Barbara Erlenkamp

Wiedersehen in der kleinen Pension im Weinberg

Weitere Titel der Autorin:

Die kleine Pension im Weinberg
Einladung in die kleine Pension im Weinberg

Das kleine Café an der Mühle
Winterzauber im kleinen Café an der Mühle
Frühlingsglück im kleinen Café an der Mühle
Glückssterne über dem kleinen Café an der Mühle
Weihnachten im kleinen Café an der Mühle

Sommerzauber auf der kleinen Insel
Der Sommer hat doch Meer zu bieten
Strandkorbsommer

Über die Autorin

Andreas J. Schulte ist freier Journalist und Autor. Christine Schulte hat bereits in ihrer Schulzeit zusammen mit einer Freundin ihren ersten Roman verfasst und arbeitet heute als technische Redakteurin. Das Ehepaar lebt mit seinen beiden Söhnen seit 25 Jahren in einer alten Scheune zwischen Andernach und Maria Laach. Unter dem Pseudonym Barbara Erlenkamp schreiben sie zusammen moderne, humorvolle Frauen- und Unterhaltungsromane. 2018 ist ihr erster Bestseller-Roman »Das kleine Café an der Mühle« erschienen.

Barbara Erlenkamp

Wiedersehen in der kleinen Pension im Weinberg

Lübbe

NACHHALTIG PRODUZIERT

Die Bastei Lübbe AG verfolgt eine nachhaltige Buchproduktion. Wir verwenden Papiere aus nachhaltiger Forstwirtschaft und verzichten darauf, Bücher einzeln in Folie zu verpacken. Wir stellen unsere Bücher in Deutschland und Europa (EU) her und arbeiten mit den Druckereien kontinuierlich an einer positiven Ökobilanz.

FSC www.fsc.org MIX Papier | Fördert gute Waldnutzung FSC® C014496

Vollständige Taschenbuchausgabe
der bei Bastei Lübbe erschienenen E-Book-Ausgabe

Bei Fragen zur Produktsicherheit wenden Sie sich bitte an:
produktsicherheit@bastei-luebbe.de

Umschlaggestaltung: Birgit Gitschier, Augsburg
Umschlagmotiv: © shutterstock / Gringoann.art; shutterstock / Butterfly Hunter
Satz: 3w+p GmbH, Rimpar
Gesetzt aus der Adobe Caslon Pro
Druck und Verarbeitung: GGP Media GmbH, Pößneck

Printed in Germany
ISBN 978-3-404-19413-1

5 4 3 2 1

Sie finden uns im Internet unter luebbe.de
Bitte beachten Sie auch: lesejury.de

Für Nicole
Freundin, Lieblingsbuchhändlerin und unser Anker an der Mosel

Ein Kind großzuziehen, ist ein Abenteuer. Es gehen zu lassen, ein Wagnis. Es für immer zu lieben, deine Aufgabe.

Barbara Erlenkamp

Fotomotiv gesucht

Ein gelber Schmetterling. Glücklich seufzte Katie. Seit sie als Kind die *Mumin*-Bücher gelesen hatte, wusste sie: Der erste Schmetterling, den man im Frühling sah, konnte einem verraten, wie der Sommer werden würde. Und wenn es ein gelber Schmetterling war, bedeutete das, dass man sich auf einen sehr guten Sommer freuen durfte. Auch wenn es nur eine Geschichte aus einem Kinderbuch war – warum sollte es nicht wahr sein? Der Zitronenfalter auf der violetten Blüte sah jedenfalls wunderschön aus. Die Flügel hatte er fast vollständig zusammengelegt, wohl, um ein Sonnenbad zu nehmen. Die feine gelbe Oberfläche, durch die die Morgensonne schimmerte, die hauchdünnen Fühler – das Ganze wirkte so zart und vergänglich.

Katie zoomte den Bildausschnitt noch etwas näher heran. Perfekt! Sie richtete sich wieder auf und bewegte vorsichtig die verkrampften Schultern. Uaah! Der ziehende Schmerz eines Muskelkaters war das sichere Zeichen dafür, dass sie sich in den letzten Tagen zu viel zugemutet hatte.

Vielleicht nicht zu viel, korrigierte sie sich im Stillen, aber zumindest war es eine ungewohnte Arbeit gewesen. Sie hatte gemeinsam mit Oliver eine große Weinlieferung für die USA verpackt. Und weil sie sich vor ihrem Freund keine Blöße hatte geben wollen, hatte sie mindestens genauso viele Kisten die Treppe aus dem Weinkeller hochgetragen wie Oliver. Die ersten Kisten waren ihr noch leichtgefallen, schwer waren die Flaschen erst geworden, als sie bei der fünfzehnten Kiste angekommen war. Egal, das Abendessen, das Oliver als Dankeschön danach gekocht hatte, war die Mühe wert gewesen. Das Essen und die anschließende Nacht zu zweit …

Katie hob den Kopf und ließ sich mit geschlossenen Augen die Sonne ins Gesicht scheinen. Ihre deutsche Oma hatte immer gesagt: Katie – du bist ein Glückskind. Vielleicht hatte Oma ja recht gehabt, zumindest stimmte es, seit sie hier in Wümmerscheid-Sollensbach lebte. Irgendwo sang eine Drossel. Eine Hummel brummte. Katie schlug die Augen wieder auf und blinzelte in die helle Frühlingssonne. Ob sie sich ein Weilchen drüben auf die alte Holzbank setzen sollte? Verführerisch war der Gedanke schon, doch stattdessen gab sie sich einen Ruck. Schluss mit dem Herumtrödeln, es war noch mehr als genug zu tun.

Mit dem Handy in der Hand schaute sich Katie nach weiteren Fotomotiven um. Was fehlte jetzt noch? Die Nahaufnahme von dem Zitronenfalter auf der violetten Blüte in ihrem Garten war schon mal ein Knaller – so viel stand fest. Zu schade, dass sie ihre Fotos aus ihrem alten Zuhause in England nicht verwenden konnte. Dort hatten sich Kletterrosen um den Eingang zu ihrem Cottage gerankt, eine rosa, eine weiß, und zur Blütezeit hatte immer ein wunderbarer süßer Rosenduft in der Luft gelegen. Sie seufzte. Ihre englischen Rosen, die vermisste sie wirklich, seit sie in Deutschland lebte. Aber auch hier würde sie nicht lange suchen müssen, um weitere herrliche Bilder zu machen. Der Frühlingshimmel über dem Moseltal, die schroffen Felsen, die taufeuchten Rebstöcke, die unmittelbar hinter ihrem Garten in langen Reihen den Berg hinunter standen, der alte Gutshof mit seinen leuchtend roten Fachwerkbalken und dem Storchennest auf dem Dach … an jeder Ecke wartete ein noch schönerer Anblick.

Katie war an diesem Morgen unterwegs, um neue Fotos für die Website ihrer Pension zu machen. Es sollten keine beliebigen Standardbilder sein. O nein, sie wollte Aufnahmen, bei denen man direkt Lust bekam, ein Zimmer in ihrer Pension zu buchen. Wobei ihre Pension *Gutshof Moselthal* nicht unter einem Mangel an Gästen litt, im Gegenteil, mittelweile mussten größere Reisegruppen schon Wochen vorher ihre Zimmer reservieren. Katie achtete strikt darauf, dass immer zwei, drei Zimmer für spontane Übernachtungen freigehalten wurden, denn dafür hatte sie schließlich ihre Pension vor einem knappen Jahr ins Leben gerufen: für Menschen, die sich für eine kurze Zeit eine Auszeit vom Alltag gönnen wollten und die dann bei ihrer Abfahrt glücklicher waren als bei ihrer Ankunft.

Menschen glücklich machen – schwer war das nicht an einem Ort wie diesem. Die ganze Umgebung strahlte Entschleunigung pur aus. Katie machte noch zwei Aufnahmen von ihrer Lieblingsbank aus, fotografierte einen kleinen Käfer, der es eilig hatte, über den Stängel einer Narzisse zu klettern, und eine Amsel, die Katies Fotoaktion mit schiefgelegtem Kopf vom Rand der Trockensteinmauer aus beobachtete.

Vom Haus her wehten Stimmen und Gelächter zu ihr herüber. Eine kleine Gruppe von Menschen in bunter Sportkleidung schlenderte über den Rasen in ihre Richtung. Natürlich – Enno würde gleich mit seinem Yoga-Unterricht im Weinberg beginnen. Was im letzten Herbst als Verlegenheitslösung angefangen hatte, weil Ennos Yoga-Schule noch umgebaut werden musste, hatte sich zu einer Erfolgsstory entwickelt. Selbst während der eisig kalten Wintertage hatte ein harter Kern von Yoga-Begeisterten es sich nicht nehmen lassen, ihre Yoga-Übungen im Freien zu machen. Zu diesen Dauerschülern kamen immer wieder interessierte Gäste aus der Pension hinzu, die für ein oder zwei Unterrichtsstunden das Thema Yoga kennenlernen wollten.

Katie schaute auf ihre Uhr. Es wurde Zeit, ins Haus zu gehen, in Kürze würden alle Gäste ihr Frühstück haben wollen. Vielleicht sollte sie in der Küche noch ein paar Detailaufnahmen von den ofenwarmen Brötchen und Croissants machen, die dort jeden Morgen frisch gebacken wurden. Stichwort: Wohlfühlen. Dass dazu auch frische Brötchen am Morgen gehörten, stand ja wohl außer Frage.

Katie schob das Handy in die Jackentasche und verließ ihren Garten. Oliver hatte ihr zu Weihnachten neben einem wundervollen Paar Ohrringe auch ein selbst getischlertes Gartentor geschenkt. Weiße Holzlatten, schwarze Beschläge und ein englisches Emailleschild mit dem Hinweis *Please close the gate*, das er extra im Internet bestellt hatte. Katie liebte dieses Gartentor, es schaffte den perfekten Durchgang zwischen zwei Hecken und sah aus, als wäre es schon immer an Ort und Stelle gewesen. Sie schickte einen zärtlichen Gedanken an Oliver und verschloss sorgfältig das fast brusthohe Tor.

»Un, deux, trois, quatre … un, deux, trois, quatre.«

Die Stimme, die da laut auf Französisch bis vier zählte, unterbrochen von erschöpften, atemlosen Schnaufern, ließ Katie herumfahren. Das Erste, was Katie wahrnahm, war eine elastische Laufjacke mit Reißverschluss, die immer wieder zwischen den Weinstöcken hervorblitzte. Dieses Neongelb hätte man auch im Dunkeln kaum übersehen können. Ein stämmiger, nicht besonders großer Mann lief mit hochrotem Gesicht den schmalen, steilen Weg zwischen den Weinstöcken entlang. Die Spitzen seiner Nordic-Walking-Stöcke rammte er mit verbissener Anstrengung im Rhythmus seiner eigenen Anfeuerungsrufe in den weichen Boden. Er sah aus wie …

Jetzt hatte der Mann sie gesehen, hielt inne und ging langsam zu ihr hinüber. »Bonjour, Katie, was für eine herrlische Morgen.« Seine schnaufenden Atemzüge straften diesen Satz allerdings Lügen.

»Jean-Pierre, was treibst du denn hier? Heidi hat doch geschrieben, dass ihr erst in einer Woche aus Frankreich zurückkommen werdet.«

Jean-Pierre Garbon stützte sich auf seine Stöcke und grinste über das ganze Gesicht.

»Wenn meine geliebte 'eidi tagelang 'eimweh nach die Mosel 'at, werde isch doch nischt widersprechen. Eine kluge Mann weiß die Zeischen zu deuten. Eine weitere Woche in Frankreisch, in die Kreise meiner Onkel, Tanten, Cousinen, Neffen und Nischten, und 'eidi wäre todunglücklisch geworden. Voilà, wir sind in die Nacht zurückgekommen. Nebenbei, merci für die Heizen und Lüften von unsere 'aus. Es war ein angenehmes Ankommen in die Nacht.«

Katie hatte den *Gutshof Moselthal* von Heidi Schwarzbeck vor fast zwei Jahren gekauft. Heidi war das Haus zu groß geworden, deshalb war sie mit Jean-Pierre in das kleine Haus des ehemaligen Kellermeisters gezogen. Doch weil Jean-Pierre noch verschiedene geschäftliche Angelegenheiten in Frankreich klären musste, hatten die beiden fast zwei Monate in Bordeaux verbracht. Bei dem Gedanken, dass Heidi wieder in Wümmerscheid-Sollensbach war, wurde Katie ganz warm ums Herz. Als junge Frau hatte sie bei ihr kochen gelernt, die Sterneköchin war dabei so etwas wie eine mütterliche Freundin für sie geworden. Während Katies Jahren in England war der Kontakt eingeschlafen, umso intensiver war die Freundschaft geworden, seit Katie wieder in Deutschland lebte. Sie hatte Heidi vermisst.

Zufrieden strich sich Jean-Pierre über seinen mächtigen Walross-Schnäuzer. »Mir scheint, du 'ast uns vermisst, meine liebe Katie. Das freut misch aber sehr.«

»Natürlich habe ich euch vermisst, was denkst du denn?

Ich hätte in den letzten Monaten mehr als einmal euren Rat gebraucht, das kannst du mir glauben.«

»Nun, jetzt wir sind wieder da und stehen für alle Fragen zur Verfügung.«

»Na, da kann ich gleich mal fragen, was du hier überhaupt tust? Seit wann machst du Frühsport? Ich dachte immer, du würdest dich an Winston Churchills Motto ›Sport ist Mord‹ halten?«

»Was immer man über die alte Engländer sagen kann, da sprischt er die Wahr'eit. 'eidi aber fand, eine wenig Bewegung würde misch auf andere Gedanken bringen und mir guttun. Und sie 'atte rescht. Isch bin auf die Gedanke gekommen, die Erfinder von diese Dinger 'ier«, der kleine Franzose hob anklagend die beiden Stöcke hoch, »die dürren Hals umzudrehen. Niemand kann doch bei Verstand die Laufen durch die steile Weinberge für entspannend finden. Aber isch dachte mir, eine Versuch ist es wert.«

»Wir können ja in den nächsten Tagen mal zusammen laufen gehen«, bot Katie an.

»Abgemacht. Isch nehme disch bei die Wort.«

»Na dann. Bestell Heidi bitte Grüße, ich werde mich später bei ihr melden.«

»Werde isch tun. Au revoir, Katie.«

Katie schaute ihrem Freund hinterher. Jean-Pierre machte Frühsport, das hätte sie nie für möglich gehalten.

»Un, deux, trois, quatre.«

Jean-Pierres Stimme hallte durch den Frühlingsmorgen und war selbst auf der Terrasse der Pension noch zu hören, als Katie ins Haus zurückging.

Eine neue Homepage

Willkommen in der Pension Gutshof Moselthal oder, wie manche Gäste liebevoll sagen, in der kleinen Pension im Weinberg. Gönnen Sie sich bei uns eine Auszeit vom Alltag. Wir sorgen dafür, dass Sie sich hier, oberhalb des Moseltals, entspannen können. Unsere Chefin Katie Sheridan hat von ihrer deutschen Mutter gelernt, dass ein knuspriger Auflauf nicht nur satt macht, sondern auch die Seele wärmt. Und von ihrem englischen Vater, dass ein Haus nur dann ein Heim wird, wenn es Freunde beherbergt.

Und so ist die Pension Gutshof Moselthal *mehr als nur ein Dach über dem Kopf, sie ist ein Ort, an dem man sich wohlfühlt. Überzeugen Sie sich selbst …*

»Also, Theo, ich weiß nicht, der Satz mit dem Auflauf und Dads Spruch … hmm …« Katie, die den Text auf dem Monitor aufmerksam gelesen hatte, schaute ihren Mitarbeiter zweifelnd von der Seite an.

Theo Engels war längst zu ihrer rechten Hand in der Pension geworden, mehr Freund als Mitarbeiter. In seinem abwechslungsreichen Arbeitsleben hatte Theo unter anderem längere Zeit in einer Marketingagentur gearbeitet. Für Katie war es selbstverständlich gewesen, ihm das Update ihrer Website anzuvertrauen.

»Sieh mal, Katie, das ist ja nur ein Textentwurf. Das Ganze ist noch nicht online. Wir können alles anpassen und ändern«, erklärte Theo, »aber ich fand die beiden Zitate deiner Eltern zu gut, um sie nicht zu verwenden. Außerdem erzählt der Text etwas von dir, von deinem Leben in Deutschland und England.«

»Will ich das? Ich meine, interessiert es unsere potenziellen Gäste, was meine Mutter oder mein Dad gesagt haben? Es ist ja nicht so, dass ich hier im Mittelpunkt stehe, sondern es geht um die Pension, um das ganze Team.«

»Jetzt stell mal dein Licht nicht unter den Scheffel. Du hast diese Pension gegründet, du hast das Haus gekauft. Du hattest eine Vision, und die ist Wirklichkeit geworden. Die Hotels der großen anonymen Ketten, die in jeder Stadt, ach was, in jedem Land gleich aussehen, solche Hotels gibt es genug. Davon habe ich bei meiner Weltreise einige kennengelernt, und glaub mir, ich bin nicht der Einzige, der sich dort nicht wohlfühlt. Die Menschen sehnen sich nach etwas Besonderem, nach etwas, das aus der Masse heraussticht.«

»Und woran hast du dabei gedacht?«

»Wir könnten zum Beispiel erwähnen, dass du in mehreren großen Sternerestaurants gekocht hast.«

»Auf keinen Fall! Das hier ist eine ganz normale Pension und kein Restaurant. Ich will nicht, dass die Leute Sterneküche erwarten.«

»Dass du bei Heidi gelernt hast, solltest du aber trotzdem einflechten, finde ich. Heidi Schwarzbeck ist wirklich vielen bekannt, allein schon wegen ihrer tollen Kochbücher. Die künftigen Gäste sollen direkt wissen, dass wir eben nicht nur eine einfache Pension sind.«

»Okay, okay, schon kapiert. Nimm es mit einem Körnchen Salz … ach nee, das heißt auf Deutsch anders … ähm.«

»Ich soll das alles nicht so ernst nehmen?«

»Genau. Mit den deutschen Redewendungen komm ich immer durcheinander.« Theo sah immer noch ein wenig gekränkt aus, daher beeilte sich Katie weiterzusprechen. »Du hast dir solche Mühe beim Texten gegeben, und ich mäkele nur an den Sätzen herum. Weißt du was? Wir machen einfach einen Test. Wir zeigen den Text dem Rest des Teams, und wenn sie Mamas Auflaufspruch und Dads Zitat zum Haus gut finden, stellen wir den Text online.«

»Abgemacht. Ich drucke den Text aus, und du kannst die drei nach ihrer Meinung fragen. Aber nicht schummeln.«

»Bäh.« Katie lachte und streckte Theo blitzschnell die Zunge raus. »Was denkst du denn von mir?«

»Nur das Beste, Katie, nur das Beste. Du bist doch kein Spielverderber.« Theo wirkte rundum zufrieden. Sein breites Lächeln und die wuscheligen blonden Haare ließen ihn viel jünger aussehen als Mitte dreißig. Dabei hatte es vor einem halben Jahr eine Zeit gegeben, da hatte Katie befürchtet, dass er nie wieder so lächeln würde. Damals hatte Theo seine Frau bei einer Affäre mit einem anderen Mann erwischt und erfahren, dass sie ihn schon monatelang betrogen hatte. Theo war tief verletzt aus dem gemeinsamen Haus ausgezogen, hatte für ein paar Wochen in Katies Gästezimmer gewohnt, um schließlich nach und nach wieder ins Leben zurückzufinden. Mittlerweile hatte er eine hübsche geräumige Dachgeschosswohnung ganz in der Nähe des Rathauses von Wümmerscheid-Sollensbach bezogen. Katie hoffte für ihn, dass es bald auch wieder eine Frau in seinem Leben geben würde, aber dafür schien Theo noch nicht bereit zu sein. Ein Schritt nach dem anderen, dachte Katie, es ist jedenfalls schön, ihn wieder so gelöst und fröhlich zu sehen.

»Sag mal, ich unterbreche ja nur ungern deine Gedankengänge, bei denen du dieses milde Lächeln im Gesicht hast, aber wann kommt eigentlich Emma? Ich würde meinen Dienst so einteilen, dass du genug freie Zeit hast, um sie am Flughafen abzuholen«, sagte Theo.

»Emma? Ach, das dauert noch. Sie wollte mit meinem Ex-Mann darüber sprechen.« Katies Tochter Emma lebte in England bei Brian und dessen zweiter Frau. »Musst du das jetzt schon wissen? Ich kann nachfragen.«

»Normalerweise wäre es keine große Sache, aber bei mir zu Hause gibt es Probleme mit der Heizung, und ich muss mit dem Handwerker aus Brennerbach einen Vor-Ort-Termin vereinbaren.«

»Ich glaube, Brian hat Emmas Flug für Mitte April gebucht, also in gut zwei Wochen. Das bekommen wir doch hin mit deinem Dienstplan.«

»Ach so, na bis dahin wird wohl mein Heizungsfritze mal Gelegenheit gehabt haben vorbeizuschauen. Wobei man bei Handwerkern ja nie weiß. Am kommenden Osterwochenende bin ich auf jeden Fall hier.«

»Nein, darüber hatten wir doch schon gesprochen. Du musst auch mal freimachen«, widersprach Katie.

»Ach was, zu Hause sitze ich nur rum. Meine Kumpels sind Ostern alle mit ihren Familien beschäftigt. Das Sportstudio hat übermorgen geschlossen, weil Karfreitag ist. Und wir haben hier weiß Gott genug zu tun, allein schon wegen der ganzen Pensionsgäste, die sich für den Osterbrunch am Sonntag angemeldet haben.«

»Na ja, du hast schon recht. Ruhig wird es in den nächsten Tagen nicht, aber …«

»Nix aber. Gönn mir den Spaß und lass mich arbeiten. Wie gesagt, ich nehme mir dann stattdessen frei, wenn ich mich mit den Handwerkern treffen muss, und vielleicht gönne ich mir mal ein langes Wochenende nach Ostern.« Theo holte ein Blatt aus dem Laserdrucker und reichte es Katie.

»Hier ist der Text. Ich bin gespannt, was die anderen sagen werden.«

»Ich gehe gleich in die Küche und fange dort an. Die anderen werde ich morgen fragen. Und Theo ...«

»Ja?«

»Danke für die ganze Arbeit.«

»Ich mache das gern, Katie.«

Auf dem Weg zur Küche dachte Katie noch mal über Theos Frage nach. Mehrere Jahre hatte zwischen ihr und Emma Funkstille geherrscht. Katie hatte sich zwar um Kontakt bemüht, war aber von Emma abgewiesen worden. Erst nach und nach hatten die beiden wieder zueinandergefunden: in Briefen, Chats und Telefonaten. Und jetzt würde Emma nach Deutschland kommen, um bis zum Sommer in Brennerbach die Schule zu besuchen. Mitte April begann in England der neue Term, denn anders als in Deutschlands bestand in England ein Schuljahr nicht aus zwei Halbjahren, sondern aus drei Trimestern. Für Katie war Emmas Deutschlandbesuch ein riesengroßes Geschenk.

Allerdings eines, das sie ganz kribbelig machte, schließlich hatte sie Emma seit Jahren nicht mehr so lange am Stück gesehen. Katie schnaubte. Sie durfte sich nicht selbst verrückt machen. Andere Mütter wurden schließlich auch mit ihren Teenager-Töchtern fertig. Nein, sie würde jede Minute von Emmas Aufenthalt genießen.

Alles in Ordnung?

Jean-Pierre Garbon saß in seinem Ohrensessel, dessen dunkelbraunes Leder schon bessere Zeiten erlebt hatte, und ließ das Handy in den Schoß sinken. Nachdenklich fuhr seine Hand über die Schrammen, die die Zeit und der ständige Gebrauch auf der Sessellehne hinterlassen hatten. Der Sessel hatte ihn in den letzten Jahrzehnten an jeden Wohnort begleitet. Gekauft hatte er ihn bei einem Händler in Paris und war sich damals als junger Koch extravagant vorgekommen. Keiner seiner Freunde besaß einen Ohrensessel aus Leder, damals waren stylische Designerstühle mit viel Chrom angesagt. Glänzend, teuer und unbequem.

Jean-Pierre hatte in diesem Sessel für seine Abschlussprüfung gebüffelt, hatte die Businesspläne für sein erstes Bistro zusammengestellt, Speisekarten entworfen, geschlafen, gelesen, seine erste Frau geliebt.

»Wo hat es uns alles nur 'ingebracht, mon ami?«, murmelte Jean-Pierre. Wie armselig. Nach all diesen Jahren hatte er keinen anderen Gesprächspartner als seinen alten, treuen Ledersessel. »Wozu das alles? Warum bin isch nischt glücklisch?«

Er wusste keine Antwort, dabei hätte eigentlich alles klar sein müssen. Er hatte seine große Liebe gefunden. Heidi, die ihm immer zur Seite gestanden hatte, auch als es ihm wirklich dreckig gegangen war. Ihn verband so viel mit Heidi, nicht nur die Erinnerungen an die alten Zeiten und an gemeinsame Kolleginnen und Kollegen. Letztlich war da natürlich auch die Leidenschaft fürs Kochen und für gutes Essen. Heidi war die Frau, mit der er alt werden wollte.

Alt werden? Himmel, was für ein Blödsinn, es war längst passiert. Er war auf dem besten Weg, alt zu sein. Gerade jetzt, in diesem Augenblick, fühlte er sich, als wäre er bereits auf der Zielgeraden des Lebens eingelaufen. Er stöhnte. Das konnte es doch noch nicht gewesen sein? Da musste doch noch was kommen?

Den Entschluss, seine Bistro-Kette in Frankreich zu verkaufen und sich mit Heidi dauerhaft an der Mosel niederzulassen, bereute er nicht. Also so gut wie nicht, meistens jedenfalls. Gedankenverloren griff er nach dem Weinglas. Der trockene Merlot gehörte zu seinen Lieblingsweinen. Wie oft hatte er sich mit seinem Sous-Chef ein Gläschen gegönnt, während sie über die Neuerungen auf der Speisekarte diskutiert hatten. Normalerweise trank er keinen Wein mitten am Tag, aber die offene Flasche hatte in der Küche gestanden und die Erinnerungen … der Wein passte zu seiner Stimmung.

Das Glas war leer. Er ging in die Küche und schenkte sich nach. Was war schon dabei? Ein kleines Schlückchen Wein würde ihn aufheitern. Und es war ja nicht so, als ob er irgendwelche Verpflichtungen hätte. Er war frei, vollkommen frei. In Frankreich kannte man ihn als den Spitzenkoch, der im Fernsehen mit seinen Kochshows den Massen die regionale Küche schmackhaft gemacht hatte. Millionen von Menschen hatten sich die Sendungen regelmäßig angesehen. Er hatte für die französische Fußball-Nationalmannschaft und für den Staatspräsidenten gekocht, war mit Orden geehrt worden. Sein erstes Bistro in einem Pariser Randbezirk, einer Arbeitergegend, war gleich mit zwei Sternen ausgezeichnet worden. Allen Kritikern zum Hohn, die den Standort für miserabel gehalten und das Projekt zunächst als wirtschaftlichen Selbstmord bezeichnet hatten.

Jean-Pierre nahm das Handy und scrollte durch die Website seiner Bistros oder besser gesagt, seiner ehemaligen Bistros. Doch, das sah ganz gut aus. Bei einigen Rezensionen und einem Auszug aus der Speisekarte schnalzte er missbilligend mit der Zunge, aber im Großen und Ganzen schien alles ohne ihn sehr gut weiterzulaufen.

»Alles in Ordnung mit dir, Schatz?«

Heidi kam ins Wohnzimmer und warf ihm einen prüfenden Blick zu. Sofort fühlte er sich ertappt. Dabei war es nun wirklich kein Verbrechen, sich über den Zustand der Restaurants zu informieren, die lange Zeit der Mittelpunkt seines Lebens gewesen waren.

»Doch … ähm … natürlisch. Isch 'abe nur ein wenig geschaut in die Netz, was … ähm … was isch anstelle von die Nordic-Walking tun könnte.«

Heidi setzte sich auf die Sessellehne und küsste ihn auf die Wange. Zärtlich streichelte ihre Hand seinen Nacken. »Ach herrje, gefällt dir das Laufen nicht?«

»Was soll isch sagen, Chérie, es ist … nun, es ist nischt das, was ich will tun jeden Tag. Ah, nischt mal jede Morgen. Und wenn, dann ist es auch nur für die eine Stunde …«

»Kann es sein, dass du dich langweilst?«, fragte Heidi. »Ist das der Mann, der mir vorgeschwärmt hat, was er alles tun würde, wenn er erst einmal Luft zum Durchatmen hätte?«

»Oh, isch weiß genau, was ich tun möschte. Also nischt in diese Moment, aber insgesamt. Da musst du misch nicht erinnern.«

»Gut, dann hoch mit dir, wir müssen nämlich noch einkaufen fahren, und Leonie hat uns gebeten, dass wir heute Abend auf Marie achtgeben. Ich habe zwar meiner Tochter erklärt, dass ein fast elfjähriges Mädchen keine gluckende Oma mehr benötigt, aber ich will mir auch nicht die Gelegenheit entgehen lassen, mit meiner Enkelin zusammen zu sein.«

»Dann zieh isch besser mal eine saubere 'emd an.« Jean-Pierre stand auf und küsste Heidi sanft. »Isch beeile misch.«

***

Heidi schaute ihm hinterher. Sein Handy lag noch im Sessel. Sie nahm es und legte es auf den kleinen Beistelltisch. Als sie das Gerät berührte, erschien auf dem Display eine Speisekarte. Heidi brauchte nur einen Sekundenbruchteil, um zu erkennen, was das für eine Speisekarte war. Rasch schaltete sie das Display wieder aus. Jean-Pierre sollte nicht glauben, dass sie ihm hinterherschnüffelte. Nachdenklich schaute sie auf das Handy, das jetzt nur noch eine schwarze Fläche zeigte. Hatte sie einen Fehler gemacht? War es ihre Schuld, dass Jean-Pierre unglücklich war? Hatte sie ihn womöglich zu etwas gedrängt, das er jetzt bereute?

Ihr war klar, dass andere Männer in Jean-Pierres Alter noch mitten im Berufsleben standen. Fast sechzig, das sollte doch die neue Vierzig sein, hatte sie vor kurzem erst in einer Zeitschrift gelesen. Zwischen Heidi und Jean-Pierre lagen knapp zehn Jahre Altersunterschied, aber das hatte sie und – davon war sie überzeugt – auch Jean-Pierre nie gestört. Aber es würde erklären, warum sie sich mit fast siebzig bereitwillig damit abgefunden hatte, nicht mehr aktiv einer Küchenbrigade vorstehen zu müssen, während er offenbar damit haderte. Jean-Pierre hatte schon so viel erreicht und so viel gearbeitet – genug für zwei Berufsleben. Genug gearbeitet, das klang erst einmal gut.

Versuchte sie gerade, sich zu rechtfertigen? Sie konnte nicht in seinen Kopf hineinschauen, wusste nicht, was sein Herz bewegte. Heidi seufzte. Auf dem Beistelltisch stand noch ein gebrauchtes Weinglas. Hatte sie vergessen, das Glas vom Abend wegzuräumen? Sie drehte das Glas zwischen den Fingern. Nein, der Rotweinrest war noch nicht eingetrocknet. Offenbar hatte Jean-Pierre sich ein Gläschen gegönnt. Rotwein mitten am Tag …

»Mhmmm«, brummte sie nachdenklich. Erst jetzt fiel ihr auf, dass schon seit einigen Tagen immer ein offener Merlot in der Küche stand. Zwar pflegten sie abends zusammen ein Glas Wein zu trinken, aber dass Jean-Pierre stillschweigend allein trank, war ungewöhnlich.

»Eines ist sicher«, sagte Heidi zu sich selbst, »mangelnder Spaß am Nordic-Walking ist unser kleinstes Problem.«

Eine halbe Stunde

Die Frühlingssonne kitzelte Katie im Gesicht. Sie warf einen Blick auf den Wecker. Zu früh, um aufzustehen, sie hatte noch eine halbe Stunde. Mit Schwung drehte sie sich im Bett herum und erntete dafür ein verschlafenes Grunzen von der anderen Bettseite.

»Brumm hier nicht herum, sondern übernimm deine Pflicht und kuschel dich an mich«, flüsterte sie. Zufrieden stellte sie fest, dass Oliver ihren Wunsch prompt erfüllte. Seine Wärme umfing sie, und eine Hand legte sich sanft auf ihren Bauch Sofort fühlte sich Katie geborgen und behaglich.

Als dann Bill Withers' *Lovely Day* die Zeit um Aufstehen ankündigte, war Katie überrascht, wie schnell die letzte halbe Stunde vergangen war. Sie musste in Olivers Armen noch einmal tief eingeschlafen sein.

»Mhmm, guten Morgen, Katie. Also in meinem Schlafzimmer rasselt ja immer nur so ein altmodischer Wecker.«

»Tja, Herr Körten-Buschmeier, dann bin ich doppelt froh, dass du gestern nicht mehr nach Hause fahren wolltest. Ein bisschen Soul der 70er ist mir nämlich tausend Mal lieber als das grässliche Rasseln des uralten Weckers, der sorgt bei mir jedes Mal für Herzrasen. Und abgesehen davon: Frohe Ostern.«

Oliver stützte sich auf einen Arm, strich ihr behutsam eine Haarsträhne aus der Stirn und küsste sie zärtlich. »Dir auch frohe Ostern. Ich werde gleich nach den Feiertagen losziehen und einen neuen Wecker kaufen, denn dass die Liebe meines Herzens nur vom Wecker und nicht von meinem Anblick Herzrasen bekommt, darf ich einfach nicht riskieren.«

»Ach du …« Katie gab ihm spielerisch einen Klaps und sträubte sich nur zum Schein ein wenig, als Oliver sie näher an sich heranzog. Nach einem langen, leidenschaftlichen Kuss löste sich Katie von ihm. »Jetzt muss ich aber wirklich aufstehen. Der eingeplante Schmuse-Puffer ist aufgebraucht. Ich schaffe selbst jetzt nur noch eine Blitzdusche.«

»Ich wäre dabei.«

»Kommt überhaupt nicht infrage. Träum weiter, ich muss heute den Oster-Brunch auf die Beine stellen.«

»Sagt die Frau, die – ohne mein Wissen – bei der Weckzeit einen Schmuse-Puffer eingerechnet hat.«

»Was eine durchaus weise Entscheidung war, mein Lieber.« Katie zog sich rasch den Bademantel über und warf Oliver einen Luftkuss zu.

Der ließ sich mit einem theatralischen Seufzer zurück in die Kissen fallen. »Also gut, dann eben eine Blitzdusche, danach helfe ich dir beim Brunch.«

»Das musst du nicht«, sagte Katie von der Schlafzimmertür aus.

»Nee, muss ich nicht, möchte ich aber. Erinnere dich bitte daran, dass du Papa ebenfalls eingeladen hast, ich bleibe also, da kann ich genauso gut helfen.«

»Gut, ich bin in fünf Minuten fertig, danach kannst du das heiße Wasser haben.«

»Oder wir nutzen das warme Wasser gemeinsam …«

»Neiiin!«

Katie verließ einen breit grinsenden Oliver. Sein Grinsen sorgte auch bei ihr für gute Laune. Glücklich summend ging sie durch ihr Wohnzimmer. Viele Jahre hatte sie gedacht, dass sie sich nicht noch einmal verlieben würde. Das war ein Irrtum gewesen. Dass es aber ausgerechnet ihr Nachbar und Winzer Oliver Körten-Buschmeier sein würde, damit hätte sie – zumindest in den ersten Wochen nach ihrem Einzug – nie gerechnet. Zumal Oliver zehn Jahre älter als sie war, schon Mitte vierzig, und Katie hatte sich nach ihrer gescheiterten Ehe mit Brian geschworen, sich nie wieder in einen älteren Mann zu verlieben. Aber ihr Herz hatte wohl andere Pläne gehabt. Oliver brachte sie zum Lachen, er war warmherzig und zärtlich, er liebte seine Arbeit und die Landschaft, in der er seine Weine anbaute. Braun gebrannt, mit unzähligen Lachfalten um die Augen und muskulös wirkte er deutlich jünger, als er war. Vor allem aber – er hat mein Herz erobert, dachte Katie glücklich und schloss die Badezimmertür hinter sich ab. Nicht dass Oliver doch noch auf andere Ideen kam, denn dann wäre ihr Brunch wirklich gefährdet

Osterhase und Cordhut

Ein wenig erinnerte der Trubel in der Küche Katie an frühere Zeiten. Sicher, sie hatte die Küche der Pension großzügig geplant, falls nötig, konnte hier eine komplette Küchenbrigade arbeiten. Das alles aber hatte Katie nur deshalb umgesetzt, weil der Platz ohnehin vorhanden war und sie beim Ausbau der Pension von vornherein Nägel mit Köpfen hatte machen wollen. Sie wusste, dass ein nachträglicher Umbau – vor allem, wenn dieser im laufenden Betrieb erfolgen musste – deutlich aufwendiger war. Die damalige Entscheidung zahlte sich jetzt aus. Um alle Wünsche der Gäste beim Osterbrunch zu erfüllen, arbeiteten nicht nur Katie und ihr Koch Manni an diesem Vormittag in der Küche, sondern auch Theo, Elke und Lotte waren mit von der Partie. Manni hatte in den zurückliegenden Monaten enorm viel dazugelernt. Er war inzwischen in der Lage, einzelne Aufgaben an andere zu delegieren und die Arbeit daran im Blick zu behalten, während er selber etwas anderes erledigte.

»Theo, schneide den Räucherlachs bitte in feine Streifen, die nimmst du dann und schneidest sie quer noch einmal klein. Ja, genau so. Wenn du damit fertig bist, dann sag Bescheid, denn Katie muss das Lachstatar noch mit Limonensaft und Dill abschmecken, bevor er in die kleinen Gläser gefüllt wird«, sagte Manni und rührte währenddessen weiter in der Bärlauchcremesuppe, damit diese nicht anbrannte.

»Geht klar, Manni.«

Aus den Augenwinkeln beobachtete Katie, wie Theo sehr geschickt mit dem scharfen Kochmesser den Räucherlachs zerkleinerte. Wahrscheinlich hatte er bei seinen zahlreichen Jobs rund um den Erdball auch irgendwann mal in einer Küche gearbeitet. Sie nahm sich vor, Theo bei Gelegenheit danach zu fragen. Katies Aufgabe war klar definiert: Sie war für den Geschmack der Gerichte verantwortlich, während ihre Helfer die Zutaten vorbereiteten.

»Katie, du müsstest jetzt mal die Suppe abschmecken«, bat Manni.

»Und wenn du damit fertig bist, musst du die Frischkäsedips probieren. Ich habe lediglich Salz und Pfeffer verwendet«, rief Lotte von der anderen Seite der Küche.

»Der Backofen piepst, soll ich die Dinkelbrötchen rausnehmen? Und dann sollen sie wohl auf diesen Gittern da vorne auskühlen?«, fragte Elke.

»Um die Brötchen könnte ich mich kümmern«, bot Oliver an. Er war dabei, die Tabletts für jeden Tisch zusammenzustellen und zu prüfen. Für jeden Gast gab es einen Bestellzettel. Seine Aufgabe war es, die gewünschten Speisen auf den Zetteln abzuhaken, sobald sie fertig angerichtet, dekoriert und auf dem richtigen Tablett abgestellt waren.

»Ach ja, bitte hol doch die Brötchen heraus und nimm ein neues Blech aus dem Kühlschrank. Dann können wir gleich die nächsten Brötchen backen«, sagte Katie. »Elke, die Suppe ist auch fertig. Füll sie bitte in die kleinen Gläser, und dann servieren wir an den ersten Tischen das Essen.«

»Wird gemacht, Chefin.«

Katie probierte hier und würzte da noch etwas nach, korrigierte mit geübter Hand die Dekoration auf den Tellern und achtete darauf, dass alle Portionen gleich groß waren. Für einen Laien musste der ganze Betrieb wie ein einziges Durcheinander aussehen, aber Katie hatte alles im Griff, vergab weitere Aufgaben, lobte, spornte an – kurz, sie fühlte sich großartig.

Ich hatte ganz vergessen, wie viel Spaß diese Arbeit im Team macht, dachte sie glücklich. Das hier war zwar keine professionell ausgebildete Küchenbrigade, aber es waren Menschen, die tagtäglich miteinander arbeiteten. Ein Kreis von Kolleginnen und Kollegen, die sich mochten und schätzten. Und das merkte man bei allem, was sie taten. Katie freute sich darüber, dass alles so reibungslos verlief. Wenn jetzt noch die Gäste mit dem Osterbrunch-Angebot der Pension zufrieden waren, hatten alle ihr Ziel erreicht.

»Gibt es vielleicht noch etwas, was ein alter Mann tun kann, um zu helfen?«, fragte eine Stimme von der Tür her. Katie musste zweimal hinsehen, denn fast hätte sie Olivers Vater nicht erkannt. An den meisten Tagen trug Erwin Körten-Buschmeier ausgebeulte Latzhosen und Gummistiefel. Und wenn er mal nicht im Garten unterwegs war, genügten ihm ein Flanellhemd und alte Cordhosen. Heute aber hatte er zur Feier des Tages einen beige-braunen Tweedanzug mit Hemd und Weste angezogen. Jacke und Weste spannten etwas über dem Bauch, aber das schmälerte nicht den eleganten Gesamteindruck. Worauf Erwin aber nicht verzichtet hatte, war sein obligatorischer speckiger Cordhut. Böse Stimmen im Dorf behaupteten, dass Erwin diesen Cordhut auch nachts im Bett trug. Katie hielt das für ein Gerücht, wobei …

»Papa, du hast dich aber in Schale geworfen. Den Anzug kenne ich ja noch gar nicht«, rief Oliver quer durch die Küche.

Erwin strich mit den Händen über die Aufschläge des Jacketts. »Ich habe ihn neulich in Koblenz gekauft und dachte mir, dass heute ein guter Anlass wäre, ihn einmal zu tragen.«

»Du siehst toll aus. Erwartest du ein größeres Ereignis?«, fragte Katie.

»Nun ja, womöglich bekomme ich ja bald Gelegenheit, den Anzug in der Kirche zu tragen. Wo doch Oliver schon so Andeutungen wegen euch beiden gemacht hat. Ich freue mich jedenfalls wie ein Schneekönig darauf.«

Katie, die gerade ein Basilikumblatt auf einen der Teller legen wollte, hielt mitten in der Bewegung inne. Oliver und sie würden bald heiraten, und sie wusste noch nichts davon? Für einen Wimpernschlag schien es ihr, als würden alle in der Küche den Atem anhalten. Der Moment verging so schnell, wie er gekommen war. Manni ließ laut klirrend einen Löffel fallen, und Theo rief: »Au Mist, ist das heiß!« Katie taxierte Oliver. Unter ihrem Blick glühten seine Ohren plötzlich verdächtig rot.

»Ich kümmere mich mal kurz um … äh … die Weinflaschen, die stehen ja noch draußen«, murmelte Oliver und verließ die Küche durch den Ausgang zur Terrasse.

Katie zählte innerlich bis drei, dann drehte sie sich mit einem Lächeln zu Erwin um. Der schien von dem plötzlichen Stimmungsumschwung im Raum nichts mitbekommen zu haben.

Das war wohl auch besser so. Sie versicherte ihm: »Der Anzug steht dir wirklich hervorragend, Erwin. Und ja, du kannst gerne helfen. Die ersten Tabletts sind fertig. Auf jedem Tablett liegt eine Nummer. Die Tische drüben im Speiseraum sind ebenfalls nummeriert, da stehen Osterhasen mit einer Nummer zwischen den Pfoten. Du musst also lediglich das Tablett an den Tisch mit der entsprechenden Nummer tragen.«

»Den richtigen Osterhasen finden? Ha, das sollte ich wohl

hinbekommen«, erwiderte Erwin, nahm das erste Tablett und trug es in Richtung Speiseraum.

Stille senkte sich über die Küche. Katie holte einmal tief Luft und sah reihum jeden einzelnen scharf an. Jeder reagierte auf seine Art. Manni grinste schief, und Theo hob lediglich eine Augenbraue. Elke und Lotte beugten sich tief über die Teller, die sie gerade anrichteten, waren sichtlich bemüht, möglichst unbeteiligt zu wirken, sie vermieden jeden Augenkontakt.

»Alles klar, wir machen weiter.« Sie klatschte in die Hände. »Endspurt, Leute, Erwin wird alles, was zum Frühstück gehört, servieren, und wir kümmern uns darum, dass die warmen Speisen auf die Tische kommen. Elke und Lotte, wir drei werden drinnen servieren, während Manni und Theo für Nachschub sorgen.«

Jetzt schauten endlich auch die beiden Frauen von ihrer Arbeit auf.

»Wird gemacht, Chefin.«

Gut, dass in der Küche so viel Trubel herrschte. Aber anders als vorher erfüllte der Trubel Katie nicht mit Freude. Wie kam Erwin auf die Idee, dass es bei ihr und Oliver bald etwas zu feiern geben würde? Oliver, da war sie ganz sicher, hatte zu ihr nichts gesagt, das einen neuen Tweedanzug rechtfertigen würde.

Der falsche Moment

»Dein Osterbrunch war ein voller Erfolg. Ich habe nur zufriedene Gesichter gesehen und ganz viel Lob gehört. Selbst Papa hat seinen Spaß gehabt«, sagte Oliver, als er zusammen mit Katie am späten Nachmittag endlich die Treppe zu Katies Wohnung hochstieg.

»Mhmmm«, erwiderte Katie unbestimmt.

Sie öffnete die Wohnungstür, und als auch Oliver im kleinen Flur ihrer privaten Dachwohnung stand, schloss sie mit Nachdruck die Tür hinter ihm.

»Okay, Oliver, jetzt haben wir Zeit, und niemand hört uns zu.« In seinem Gesicht spiegelte sich blankes Unverständnis. Sie würde deutlicher werden müssen. »Was genau hast du dir dabei gedacht, als du deinem Vater erzählt hast, dass wir demnächst vor den Traualtar treten werden?« Katies Stimme zitterte. Mit zusammengepressten Lippen und funkelndem Blick musterte sie ihren Freund, der plötzlich sehr kleinlaut wirkte.

»Also, wirklich, Katie. Ich habe zu ihm überhaupt nichts Konkretes gesagt. Jedenfalls nicht so direkt.«

Katie sah ihm unverwandt ins Gesicht und wartete. »Du

hast gar nichts gesagt? Erwin hat sich einfach nur so überlegt, was er bei unserer Hochzeit in der Kirche tragen könnte?«

Oliver druckste herum. »Möglicherweise ist mir irgendwann mal was in der Art rausgerutscht, kann schon sein. Ich meine … wir zwei verstehen uns doch gut, ich liebe dich, das weißt du, und … und … ich dachte, das wäre wahrscheinlich der nächste logische Schritt.«

»Ein logischer Schritt? Ich kann nicht glauben, was du da gerade von dir gibst. Hast du kurz mal darüber nachgedacht, ob du vielleicht zuerst die Frau fragen solltest, ob sie dich heiraten möchte? Anstatt gegenüber deinem Papa Andeutungen zu machen?«

»Ich habe ihm nicht gesagt, dass ich dir gleich morgen einen Antrag machen will.«

»Ach, wolltest du gar nicht?«

»So habe ich das jetzt nicht gemeint …«

»Es hat aber dafür gereicht, dass Erwin nach Koblenz gefahren ist, um sich einen Anzug zu kaufen. Oder ist das sein übliches Frühlingsritual: Tweed-Anzüge in Koblenz shoppen?«

»Jetzt hör bitte auf. Du verdrehst mir die Worte im Mund. Ich habe ihn ganz sicher nicht gebeten, sich für eine mögliche Hochzeit auszustatten. Komm schon …« Oliver trat näher an Katie heran und nahm sie in den Arm.

Im ersten Moment blieb sie stocksteif stehen, bevor sie sich schließlich einen Ruck gab und die Umarmung flüchtig erwiderte. Im nächsten Moment hatte sie sich wieder aus seinen Armen herausgewunden und stand ihm gegenüber, eine Armeslänge entfernt.

»Ich bin immer noch sauer. Sehr.« Wütend biss sich Katie auf die Unterlippe und atmete tief durch. Jetzt bloß nicht weinen. »Ein Heiratsantrag. Das sollte ein schöner und besonderer Moment sein. Diesen Moment hast du verdorben.«

»Es stimmt alles, was ich gesagt habe. Ich liebe dich, Katie Sheridan«, murmelte Oliver.

»Darum geht es doch gar nicht.« Fast tat ihr Oliver schon wieder leid, wie er da so mit gesenktem Kopf vor ihr stand. »Ich hab dich auch lieb.«

»Würdest du denn meine Frau werden?«

O Gott, das war ja noch schlimmer. »Wag es nicht, mir jetzt einen Antrag zu machen, das ist wirklich der falsche Zeitpunkt.«

»Und der richtige wäre wann?«

»Wenn du das nicht weißt, dann musst du noch eine Menge lernen, mein Lieber.« So leicht würde sie es ihm nicht machen. »Denk beim nächsten Gespräch mit Erwin nach, bevor du etwas sagst … bitte!«

»Dein Wunsch ist mir Befehl.« Oliver schwieg. Er dachte sichtlich nach, was er jetzt tun sollte. »Bist du mir noch böse?« Er sah Katie flehend an. Sein Blick war herzzerreißend, es fiel ihr schwer, nicht sofort einzulenken. Sie seufzte. Diese blauen Augen. Olivers Augen hatten eine ganz besondere Farbe, eine Art warmes dunkles Blau, mit einem kleinen Ring von Braun rund um die Pupillen. Und trotzdem, sie war wütend.

Oliver machte einen kleinen Schritt auf Katie zu. Nur seine Atemzüge waren zu hören. Er streckte die Hand aus, er wollte Katie erneut in den Arm nehmen, da zerriss der Rufton von Katies Handy die Stille. Der Moment war vorbei, verpasst, Katies Aufmerksamkeit war woanders.

»Osterwünsche? Musst du das jetzt unbedingt annehmen?«, fragte Oliver.

»Das ist Emma.« Sie sah seinen fragenden Blick. »Ich habe für sie einen besonderen Klingelton.«

Sie zog ihr Handy aus der Hosentasche. »Ich muss wissen, was sie will.« Rasch ging Katie ins Wohnzimmer hinüber, dort am Fenster war der Empfang besser. »Hallo, Emma, frohe Ostern.«

»Hi, Katie, dir auch frohe Ostern, auch von Dad und Mum.«

Einmal mehr versetzte es Katie einen Stich zu hören, wie Emma ihre Stiefmutter Mum nannte. Aber so war es nun einmal. Emma, ihre kleine Tochter, war bei Brian, ihrem Vater, und dessen zweiter Frau aufgewachsen. Mittlerweile war Emma gar nicht mehr so klein, ihr sechzehnter Geburtstag stand kurz bevor. Jahrelang hatte Emma jeden Kontakt mit Katie verweigert. Umso mehr freute sie sich auf das bevorstehende Wiedersehen. Aber dass sie ihre Stiefmutter »Mum« nannte und ihre leibliche Mutter »Katie«, musste das wirklich sein? Reg dich darüber nicht auf, ermahnte sie sich und fragte stattdessen: »Was gibt es Neues?«

»Ich rufe an, weil Dad und Mum bereits Mitte der Woche für vierzehn Tage nach Los Angeles fliegen wollen. Dad hat dort eine Konferenz, und Mum will ihn begleiten. Die beiden werden danach noch ein paar Tage in LA dranhängen.«

»Ja, aber was wird dann aus dir? Dann bist du ja ganz allein zu Hause.«

»Katie, ich werde übermorgen sechzehn, ich bin kein Baby mehr.« Emma beherrschte wie fast alle Teenager der Welt die Fähigkeit, die Silben in der Anrede so zu dehnen, dass allein dadurch klar wurde, wie nervig sie ihren Gesprächspartner fand. Kaaa-tiiiiie ... man konnte förmlich hören, wie Emma dabei die Augen verdrehte. »Außerdem bin ich nicht alleine, unsere Haushälterin ist auch noch da. Aber ich habe eine Idee.«

»Was denn?«, fragte Katie gespannt.

»Ich wollte dich fragen, ob es wohl möglich wäre, dass ich schon eine Woche früher als geplant zu dir nach Deutschland komme? Wir haben hier Osterferien bis Mitte April. Wann ich genau in meiner deutschen Gastschule anfange, darf ich selbst festlegen, ich habe gefragt. Das Schulhalbjahr hat ja bei euch sowieso schon angefangen.«

»Bist du sicher, dass du das selber aussuchen darfst?«

Emma lachte. »Na ja, so ganz freie Wahl habe ich nicht. Unser neuer Term beginnt Mitte April, dann sollen wir natürlich wieder zur Schule gehen. Bis dahin ist aber noch über eine Woche Zeit, und wozu soll ich alleine hier herumhängen? Das war so meine Idee. Was hältst du davon?«

»Du willst früher kommen? Das wäre großartig.«

»Echt? Cool!«

»Cool ist gar kein Ausdruck.« Katies Stimme quietschte vor Aufregung. Sie konnte gar nicht aufhören zu lächeln. »Wann wirst du denn genau hier sein, kannst du das schon sagen?«

»Na ja, an meinem Geburtstag gehen wir schick essen in so einem Londoner Edelrestaurant. Ich will am nächsten Tag auch noch mit ein paar Freundinnen feiern. Dad meinte, dass Samstag ein guter Tag wäre. Er will den Flug umbuchen und dir alle Infos mailen.«

»Samstag also. Ich freue mich so, dich zu sehen, Emma.«

»Na dann, bis Samstag, Katie.«

Das Handy immer noch in der Hand, lehnte Katie die Stirn an die kühle Fensterscheibe und schloss die Augen.

Oliver war Katie ins Wohnzimmer gefolgt. »Schlechte Nachrichten?«

Jetzt drehte sich Katie zu ihm um. Sie lachte und weinte gleichzeitig. »Nein, gar nicht. Emma kommt früher, schon am Samstag. Himmel, in weniger als einer Woche sehe ich meine Tochter wieder.« Mit dem Handballen wischte sie sich eine Träne aus dem Augenwinkel.

»Aber das ist doch schön. Warum weinst du denn?«

»Tu ich doch gar nicht.« Katie schniefte und blinzelte die letzten Tränen weg. »Was ist, wenn sie Probleme mit dem Flug hat?«

»Katie, wenn Emma auch nur ein bisschen nach dir kommt, wird sie eher den Flugbetrieb eigenhändig koordinieren, als Probleme zu haben.« Oliver machte Anstalten, Katie zu umarmen. »Komm her.«

Doch Katie schob ihn weg. »Oliver, nicht.«

Überrascht ließ er die Arme sinken. »Was meinst du damit?«

»Ich kann das jetzt nicht. Unser Streit vorhin, diese ganze missratene Heiratsantrag-Sache … puh. Ich muss mich jetzt erst mal abregen, und dafür brauche ich ein bisschen Zeit für mich. Sonst sage ich gleich noch irgendetwas, was mir nachher leid tut.«

»Aber …«

»Bitte, Oliver. Geh jetzt. Es ist besser so.«

Wortlos drehte er sich um und zog ganz leise die Wohnungstür hinter sich zu. Katie ließ sich in einen Sessel sinken und vergrub den Kopf in beiden Händen.

Vollkommen leer

Das grelle Licht eines Frühlingstags strömte durch die hohen Fenster des Lofts. Der Himmel war leicht bedeckt, kein Schatten störte den perfekten Lichteinfall auf der Leinwand. Die Leinwand! Strahlend weiß, frisch grundiert, makellos – und vollkommen leer. Zwei mal zwei Meter und nichts als Weiß.

Ronald Willem schloss kurz die Augen. Er musste nur die angemischten Farben mit dem Pinsel aufnehmen und anfangen. Die Farbtöne hatte er genau auf die Farbpalette des Unternehmenslogos abgestimmt. Für ihn wirkte die Kombination zwar wie eine fiese Zusammenstellung in einem Spektrum von Currygelb bis Cyanblau, aber wer war er, die Farbwahl seiner Auftraggeber zu kritisieren? Schließlich zahlten sie ihm einen Haufen Geld dafür, dass er Bilder malte, die haargenau zum Corporate Design des Unternehmens passten.

Nur noch anfangen. Er wählte einen breiten, langstieligen Pinsel, tauchte ihn in einen Klecks von kränklich blassem Grün, streifte einen überschüssigen Tropfen von der Spitze ab und hob den Pinsel. Seine linke Hand, die den Pinsel führen sollte, begann zu zittern. Noch mal die Augen schließen. Atmen. Es war doch gar nicht schwer, er hatte das schon tausend Mal gemacht. Nur den Anfang machen. Ein bisschen von dem kalten, sterilen Weiß bedecken, eine Linie ziehen, wenigstens einen kleinen Klecks setzen. Das Zittern wurde stärker. Er setzte die Palette auf dem kleinen Arbeitstisch ab, legte den Pinsel darauf, trat einen Schritt zurück und wischte sich mit dem grauen Ärmel seines weiten Baumwollhemds die Schweißtropfen von der Stirn.

Luft, er brauchte frische Luft! Draußen war schließlich ein heller Frühlingstag. Ein kühler Luftzug würde ihm jetzt guttun. Er trat zu einem der bodentiefen Sprossenfenster, löste drei Riegel an dem schwarz lackierten Metallrahmen und öffnete das Fenster so weit wie möglich.

Lautlos schwang der Fensterflügel nach innen und blieb auf halbem Weg hängen. Ungeduldig schob der Maler mit dem Fuß einen Haufen fleckige Abdeckplanen beiseite. Fünf Stockwerke unter ihm bremste kreischend eine Straßenbahn. Auf sechs Spuren donnerte der Verkehr der Hauptstraße vorbei. Immerhin war es draußen tatsächlich etwas kühler, und ein Luftzug drang in sein Atelier. Fehler. Ganz großer Fehler. Er hatte die Windrichtung nicht beachtet, und bevor er das Fenster wieder zudrücken konnte, stand schon der penetrante Gestank aus der Produktionshalle des Herstellers für Würzextrakte und Fertiggerichte auf der anderen Straßenseite im Raum. Seit Jahren belästigten ihn nun schon diese penetranten Gerüche. Er hatte sich geschworen, nie wieder eine Tütensuppe oder irgendeine Art von künstlich hergestellten Aromen zu sich zu nehmen. Fluchend fummelte er an den alten Fensterriegeln herum, bis endlich wieder Stille im Raum war. Den Lärm konnte er aussperren, aber der widerwärtige Geruch würde noch tagelang im Raum stehen.

Alles zurück auf Anfang. Mit einem Seufzen griff Ronald Willem ein weiteres Mal zu seinen Farben. Er wandte sich der riesigen Leinwand auf den Staffeleien zu und versuchte, die genauso großen siebzehn weiteren Leinwände zu ignorieren, die an der Seitenwand des Ateliers lehnten. Cyan. Currygelb. Blasses Grün. Da war schon wieder das Zittern. Ein Tropfen Grün fiel auf seine Schuhspitze. Was nur, was konnte er malen? Die Unternehmensphilosophie seines Auftraggebers hatte man ihm ausführlich erklärt, sogar ein in Leinen gebundenes Handbuch dazu hatte man ihm mitgegeben. Trotzdem wollte ihm nichts einfallen. Er hatte darauf gehofft, über die ruhigen Osterfeiertage den Anfang zu finden. Die Hoffnung hatte sich nicht erfüllt.

Damals, direkt nach dem Studium, war das Malen ein Spaziergang gewesen. Ganz einfach. Die Ideen sprudelten nur so, er brauchte sie nur noch auf Leinwand zu bannen und sich über die Geldbeträge zu freuen, die regelmäßig auf seinem Bankkonto eingingen. Mit seinem neu gegründeten Unternehmen Ronald Willem Corporate Art war er auf eine Goldader gestoßen. Und nicht nur seine Auftragsarbeiten brachten ihm ein üppiges Einkommen ein, irgendwann war er berühmt genug geworden, dass sich die Kunden um seine sämtlichen Werke rissen, ganz gleich, was er malte. Aber nun, ein Vierteljahrhundert später, stand er verschwitzt vor einer vollkommen leeren Leinwand.

Happy Birthday

Hello my dear, bist du schon wach?

Katie! Natürlich bin ich wach. Mum hat mich schon um zehn geweckt, das macht sie immer in den Ferien. 😠

Happy Birthday, liebe Emma 😊. Heute ist also dein großer Tag. Du bist jetzt sechzehn Jahre alt. Was für ein Glück, dass ihr schon Schulferien habt. Du hast nichts weiter zu tun, als zu feiern und es dir gut gehen zu lassen!

Danke, es wird bestimmt super. Wir wollen essen gehen, davon hatte ich dir ja erzählt. Dad wird sich extra früh freinehmen (was er so früh nennt ... wahrscheinlich kommt er kurz vor sieben nach Hause).

Was hast du bis dahin für Pläne?

Na, langweilig wird mir jedenfalls nicht. Ich brauche schließlich Zeit, um mich schön zu machen. Heute Mittag geh ich noch zum Friseur, Geschenk von Dad. Ich darf mir die Haare hochstecken lassen. Ich habe ein superschönes neues Abendkleid bekommen, das ziehe ich heute Abend an. Es ist lila. Ich freu mich so!

Katie pausierte für einen Moment, bevor sie die nächste Nachricht schrieb. Haare hochstecken lassen beim Friseur? Ein Abendkleid zum Geburtstag? Hm, ihre Tochter hatte ja einen ganz schön hohen Lebensstandard. Auf der anderen Seite – warum sollte sie es nicht genießen, dass ihr Vater über reichlich Geld verfügte. Und Emmas Freude über alles war ungespielt und ehrlich.

Ich wünsche dir einen wundervollen Tag. Und genieße das feine Essen im Restaurant heute Abend. Schick mir unbedingt ein Foto. Nicht vergessen!

Na klar. Wir machen ein Selfie für dich. Ich denke ganz bestimmt daran. Jetzt muss ich aber los, mein Friseurtermin ist in einer Stunde. Bye-bye, Katie.

Langweilig

Kurz und energisch drückte Katie auf den Klingelknopf aus Messing. Drinnen erklang ein unmelodisches Läuten, das Katie immer ein wenig an die Klingel zur großen Pause während ihrer Schulzeit erinnerte. Die Haustür öffnete sich.

»Ah, bonjour, da ist ja unsere Nachbarin.« Jean-Pierre und Katie begrüßten einander mit zwei Wangenküsschen, so, wie es in Frankreich unter Freunden üblich war.

»Wie schön, es ist jemand zu Hause.«

Jean-Pierre verzog das Gesicht. »Mon dieu, wo soll isch denn sonst sein? Zu ›ause, immer zu ›ause. Die alten Leute sind immer da.« Er lächelte knapp.

»Hmm.« Katie sagte nichts weiter dazu. Das war kein Scherz gewesen, da war sie sich sicher.

Jean-Pierre öffnete die Tür noch ein Stückchen weiter und wies mit einer einladenden Handbewegung in Richtung Küche. »Komm ›erein, komm und setz disch für ein Weilschen zu deine Freundin. ›eidi ist in die Küsche.« Er hob die Stimme und rief: »›eidi, Besuch für disch.«

Er selbst folgte Katie nicht in die Küche, sondern stampfte geräuschvoll in die obere Etage.

»Oh, guten Morgen, meine Liebe, das ist aber schön, dass du bei uns vorbeischaust.« Heidi blickte von ihrer Tageszeitung hoch. »Wir sind gerade mit dem Frühstück fertig. Soll ich dir auch noch schnell einen Milchkaffee machen?«

»Das wäre herrlich. Ich hoffe, ich störe nicht. Jean-Pierre hat mir aufgemacht.«

»Ich bitte dich.« Heidi lachte. »Um halb elf am Vormittag kann man wohl erwarten, dass die Nachbarn schon wach sind. Erst um diese Zeit zu frühstücken, ist für mich ein unglaublicher Luxus. Das sind die kleinen Freuden des Ruhestands.«

»Kann ich gut nachvollziehen. Manchmal wünsche ich mir, ich wäre auch schon so weit. – Und habt ihr euch gut wieder eingelebt zu Hause?«

Heidi stand am Herd und bereitete die Espressokanne vor. Sie nahm sich Zeit für die Antwort. Katie ließ inzwischen den Blick durch die behagliche Wohnküche wandern. Auf dem blankgescheuerten Kiefernholztisch standen noch die blau gemusterten französischen Kaffeeschalen, aus denen Heidi und Jean-Pierre ihren Morgenkaffee zu trinken pflegten. Daneben ein Rest Baguette, ein Glas Erdbeermarmelade und einige Stückchen Butter auf einem Teller. Die hellen Leinenvorhänge hatte ihre gemeinsame Freundin Rita aus alten bestickten Tischdecken angefertigt. Heidi hatte die Vorhänge so weit wie möglich aufgezogen, und die Morgensonne schien auf die schwarz-weißen Bodenfliesen.

»Heidi? Einen Penny für deine Gedanken.« Katie schaute ihre Freundin an. Die antwortete nicht, also redete Katie weiter. »Ich finde, diese Küche ist der perfekte Ort zum Ankommen und glücklich sein. Ich könnte mir vorstellen, dass du und Jean-Pierre sehr froh seid, wieder zu Hause zu sein.«

»Mm, doch, ja.«

Bevor Katie antworten konnte, hörte man wieder das Stampfen auf der Holztreppe. Schritte kamen näher, und Jean-Pierre steckte den Kopf zur Küchentür herein. Er hielt seine Nordic-Walking-Stöcke hoch und sagte: »Meine Damen, isch gehe wieder in die Weinberg, diese Sport soll ja gut für misch sein.«

Glücklich sah er nicht aus. Er hatte sich umgezogen, seine Beine steckten in einer engen blauen elastischen Laufhose. Die leuchtstiftgelbe Jacke, die Katie neulich bei ihrer Begegnung im Weinberg aufgefallen war, hatte er allerdings durch ein blau-weiß gestreiftes Langarmshirt ersetzt, das über seinem Bauch ein wenig spannte. Dazu trug er eine kurze blaue Miki-Mütze, nach Art der französischen Fischer.

Katie fand, dass er in dieser Kleidung schon mehr wie der Jean-Pierre aussah, den sie kannte. Er strich sich über den Walross-Bart.

»Jean-Pierre …«, setzte Heidi an. »Du musst nicht …«

Er hob abwehrend die Hände mit den beiden Walkingstöcken. »Ah, doch. Isch muss. Isch muss raus aus diese ›aus. Isch muss.« Der eine Walkingstock streifte den Schirmständer im Flur, der laut polternd umfiel. »Merde.« Man hörte, wie er im Flur die Schirme vom Boden aufsammelte und dabei allerlei französische Flüche vor sich hinmurmelte, die Katie allesamt noch nie gehört hatte. Schließlich rief er ein grimmiges »Au revoir!« in die Küche, bevor er die Haustür hinter sich zuschmetterte.

Dann war Stille.

Heidi seufzte.

Vorsichtig erkundigte sich Katie: »Das klingt nicht gerade glücklich, meine liebe Freundin, wenn ich das mal so sagen darf. Was ist denn nur los?«

»Ach, nichts.« Schweigend saßen die zwei am Tisch. Heidi fuhr sich mit beiden Händen durch die kurzen Haare. »Eigentlich ist nichts. Aber irgendwie … Jean-Pierre …«

Katie wartete und ließ ihrer Freundin Zeit. Schließlich fragte sie: »Was ist denn los mit Jean-Pierre? Er ist doch hoffentlich nicht krank?«

»Nein, das ist es nicht, er ist vollkommen gesund. Nur … das geht jetzt schon seit Wochen so, es fing unterwegs in Frankreich an. So kenne ich Jean-Pierre gar nicht. Er ist so ruhelos. Nichts macht ihm Freude. Endlich einmal hat er so viel freie Zeit, wie er nur will. Und was macht er? Nichts.«

Katie nippte an ihrem heißen Kaffee, setzte den Becher zurück auf den Tisch und dachte nach. »Ich glaube, ihm ist unglaublich langweilig.«

»Das habe ich mir auch überlegt, deswegen habe ich ihm doch die Walkingstöcke besorgt. An der neongelben Jacke und dieser grässlichen blauen Hose bin ich allerdings nicht schuld, die hat er letzte Woche im Ausverkauf erstanden. Ich dachte, wenn er regelmäßig rausgeht, kommt er bestimmt auf andere Gedanken.«

»Er scheint mir nicht so der Typ für Nordic Walking zu sein. Warte mal, ich habe eine Idee. Wie wäre es, wenn du ihm Ennos Grundkurs Yoga im Weinberg vorschlägst? Yoga soll ja manchmal Wunder wirken, dabei kommt er vielleicht zur Ruhe.«

»Oder noch besser«, unterbrach Heidi ihre Freundin, »ich lasse auf dem Küchentisch ganz unauffällig eine der Broschüren liegen. Es ist einen Versuch wert.«

Ich muss hier raus

Die hellgrau getünchten Ziegelwände schienen Ronald Willem höhnisch anzustarren. Wie sorgfältig er vor einigen Jahren diesen Farbton ausgewählt hatte. Das helle Grau, eine Nicht-Farbe, wie er sie nannte, schuf gemeinsam mit dem Nordlicht, das durch die hohen Sprossenfenster in den Raum fiel, eine vollkommen neutrale Stimmung im Raum. Wie stolz er immer auf dieses Atelier gewesen war. Er hatte sich sogar angewöhnt, beim Arbeiten ausschließlich graue Kleidung zu tragen. Seine ehemals dunkelbraunen Haare, die er immer noch schulterlang trug, hatten sich mit der Zeit dem Farbkonzept angepasst. Anstatt wie andere Männer in den Fünfzigern mit ein wenig Tönung nachzuhelfen und so einen Anschein von Jugend zu bewahren, hatte er seine ersten grauen Haare geradezu begrüßt.

Und jetzt? Mit wildem Blick starrte der Maler auf die Farbpalette, die leere Leinwand, das letzte Licht am Himmel eines weiteren Tags im Frühling. Noch ein Tag ohne ein Vorankommen. Ein Tag weniger, um den Auftrag zu vollenden.

Beim hellen Klingeln seines Telefons zuckte er erschrocken zusammen. Er hatte sich damals bewusst für einen dieser alten Apparate entschieden. Der technische Umbau für den Einsatz in seiner digitalen Anlage war nicht billig gewesen. Ihm hatte die Idee gefallen, aber jetzt bereute er, dass er das Telefon nicht stummschalten konnte. Stummschalten war in der Blütezeit der Telefonie noch keine Option gewesen, da hatte man stolz mit seiner Erreichbarkeit geprahlt. Heute klang die Klingel in seinen Ohren schrill und fordernd. Wenn er nicht abnahm, würde es bestimmt gleich wieder aufhören. Tatsächlich verstummte das Telefon, Ronald atmete auf. Sekunden später klingelte es schon wieder. Mit einem wütenden Brummen ging er zu der Kommode, auf der das Telefon stand, und nahm ab.

»Willem«, knurrte er in den Hörer.

»Herr Willem? Wie schön, dass ich Sie erreiche. Bettina Sauer von der Drohsten International AG, ich verbinde Sie mit Herrn Drohsten junior«, flötete eine Frauenstimme aus dem Hörer. Bevor er auch nur etwas sagen, geschweige denn protestieren konnte, dudelte bereits irgendeine weichgespülte Klaviermusik los. Die sollte wahrscheinlich die Wartezeit verschönern und den Anrufer entspannen, tat sie aber nicht. Allein der Gedanke an ein Gespräch mit Drohsten junior, dem jungen Unternehmenschef, sorgte bei Ronald für Schweißperlen auf der Stirn. Was sag ich bloß? Mist, ich bin so was von am Ar…

»Herr Willem, hallo. Ich will gleich zur Sache kommen. Langsam mache ich mir Sorgen. Alles im grünen Bereich bei Ihnen?« Herr Drohsten hatte die unangenehme Gewohnheit, auf jegliche Art von Smalltalk und Höflichkeitsfloskeln zu verzichten.

»Herr Drohsten, was für eine Überraschung.«

»Sagen wir mal so. Überraschend wird es erst, wenn Sie mir jetzt erklären, dass Sie noch nicht fertig sind. Sie wissen ja, dass wir Ihre Werke bei der großen Einweihung des neuen Bürokomplexes zeigen wollen.«

»Davon haben Sie mir noch nichts gesagt.« Ronald hoffte, dass man das Beben in seiner Stimme nicht hörte. Mit der freien Hand wischte er sich hektisch den Schweiß von der Stirn. Sein linkes Augenlid begann unkontrolliert zu zucken.

»Na, na, darüber haben wir aber schon gesprochen, und zwar hier in meinem Büro, an dem Tag, an dem ich auch die unverschämt hohe Anzahlung angewiesen habe.«

»Sicher, ich meine, mir war nur nicht bewusst, dass Sie eine … ähm … große Einweihung feiern wollen.« Er räusperte sich ausgiebig. »Ronald Willem Corporate Art steht natürlich zu seinen … ähm … Zusagen.«

»Davon gehe ich auch aus. Achtzehn große Kunstwerke sind natürlich kein Klacks, kleines Wortspiel, höhö. Aber ich habe meinem Vater und unserem Vorstand klargemacht, dass Drohsten International auch im Bereich der Raumausstattung der neuen Büros Zeichen setzen muss. Mir hat die Ambiguität Ihrer Werke sofort gefallen, dass hier Tradition und Moderne reflektiert werden. Diese auf die Spitze getriebene Anklage von Konsum und Vergänglichkeit … Ahh, ich komme ins Schwärmen. Sie hören, ich kann es gar nicht erwarten, dass Sie Ihre neuen Werke präsentieren.«

»Natürlich.« Mehr fiel Ronald nicht ein, die Wand vor ihm begann vor seinen Augen zu verschwimmen. Er holte tief Luft.

»Aber Ihnen ist sicher auch klar, Herr Drohsten, dass achtzehn Willems eine Herausforderung sind.«

»Ich bitte Sie, mein lieber Willem, eine Herausforderung, die das Unternehmen meiner Familie Ihnen vergoldet hat. Nun sagen Sie schon, wann kann ich mir einen Eindruck verschaffen? Im Juni ist die Einweihung, Sie sind sicher schon auf der Zielgeraden.«

»Zielgeraden? Ja, so könnte man natürlich auch sagen. Obwohl ich …«

»Sehr gut. Papa ist zurzeit noch auf den Kanaren – Osterurlaub, Sie verstehen. Ich würde sagen, Ende des Monats riskiere ich mal einen Blick. Bis dahin – frohes Schaffen, Herr Willem. Enttäuschen Sie uns nicht.«

Er war erledigt, aber so richtig erledigt. Wenn er nicht lieferte oder sich die Fertigstellung verzögerte … Drohsten hatte nicht so geklungen, als ließe er mit sich verhandeln. Die würden knallhart die Anzahlung zurückfordern. Wahrscheinlich gab es bei Drohsten International eine ganze Horde von Anwälten, die nur darauf warteten, ihn fertigzumachen.

Er fuhr sich mit dem Hemdärmel über die Stirn. Die verwaschene graue Baumwolle verfärbte sich dunkel, wo sie den Schweiß aufnahm. Ungeduldig schob er die schmale eckige Lesebrille auf dem Nasenrücken nach oben. Das war noch so etwas, das ihn störte. Seit einigen Jahren konnte er ohne dieses lästige Hilfsmittel nicht mehr klar sehen. Klar sehen konnte er heute nur eines: Die Anzahlung zurückzahlen, das war ein Ding der Unmöglichkeit. Das Geld war längst ausgegeben. Die Miete für das großzügig bemessene Atelier und seine ebenso geräumige Wohnung am Stadtrand, seine Vorliebe für edle Restaurants und die maßgeschneiderte Kleidung, die teuren Stoffe aus Mailand und London, sein Bedürfnis, mehrmals im Jahr zu verreisen – das alles war nie ein Problem gewesen, solange er sich vor Aufträgen kaum hatte retten können. Doch jetzt? Wenn er nicht bald etwas auf die Leinwand brachte, war er am Ende. Die würden ihn in der Luft zerreißen, seinen Namen in den Dreck ziehen.

Er stand reglos mitten im Raum und ließ die Arme sinken. Ein Gedanke jagte den nächsten, bis er kaum noch etwas von seiner Umgebung mitbekam. Ohne dass er es bemerkte, brach die Dunkelheit herein. Achtlos hatte er längst die Farbpalette mit den frischen glänzenden Klecksen von Cyanblau, bleichem Grün und Currygelb zu Boden fallen lassen.

Nach Stunden – oder waren es Minuten gewesen? – entrang sich ihm ein zitternder Seufzer. Er richtete sich auf, tappte im Dunkeln nach dem Lichtschalter und blinzelte im grellen Schein der Neonleuchten. Ein Entschluss war gefasst, endlich. Nur noch eines konnte ihm helfen: Er musste hier raus. Die Leinwände in seinen Transporter laden, die Farben und Materialien mitnehmen und losfahren. Einfach ins Blaue, der Rest würde sich finden. Ihm blieben noch vier Wochen, vier bis fünf Bilder pro Woche – grob gesagt, schließlich wollte sich Drohsten Ende des Monats ja nur einen ersten Eindruck verschaffen. Wie im Fieber begann Ronald, die Leinwände mit Gurten zusammenzubinden und in schützende Decken zu hüllen. Mehr als drei auf einmal würde er nicht tragen können. Im Innenhof parkte sein nachtblauer Transporter. Er schloss das Fahrzeug auf. Als sein Blick dabei auf den kühnen Schriftzug fiel, den er auf beiden Seiten angebracht hatte, schnaubte er einmal kurz: *Ronald Willem Corporate Art.* Er lächelte grimmig. Wenn ihm nichts einfiel, konnte er sein Unternehmen vergessen. Hunderte von hungrigen jungen Kunststudenten würden sich gierig in die Lücke werfen, seine Preise bereitwillig unterbieten, ihm sein Einkommen wegnehmen.

Es war kurz nach Mitternacht, als er endlich alles im Auto verstaut hatte. Die Leinwände. Einen alten Teppich, den er unter die Staffelei zu legen pflegte. Seine Staffeleien, natürlich. Mehrere Werkzeugkoffer voller Farbtuben, Dosen, Pinsel, Spachtel und Paletten.

Ein Zwischenstopp an seiner Wohnung genügte, um das Nötigste an Kleidung zusammenzuraffen. Die passende Musik für die Reise war schnell ausgewählt. Wenig später tönte Gerry Mulligans Bariton-Saxophon aus den Lautsprechern. *Tango Nuevo* – ah, was für ein geniales Album, musikalisch angesiedelt irgendwo zwischen Jazz und dem neuen Tango Argentino des damals noch wenig bekannten Astor Piazzolla.

Nur heute Nacht verschaffte es ihm nicht die Ruhe, die er sich erhofft hatte. Achtzehn Bilder … und er hatte in den letzten Wochen kein einziges geschafft. Wütend schlug er mit der Faust auf das Lenkrad. Er brauchte jetzt einen Ort, wo seine Seele Ruhe finden konnte. Für einen winzigen Augenblick überlegte er, einfach weiterzufahren, unterzutauchen, nie wieder zurückzukommen. Verlockender Gedanke, aber kindisch. Ein Ronald Willem tauchte nicht unter, er war der helle Stern am Corporate-Art-Himmel. Der einzige helle Stern vermutlich. Jetzt musste er dafür sorgen, dass der Stern nicht zur Supernova wurde.

Eine schreckliche Nacht und ein neuer Morgen

Sprühregen, blendende Scheinwerfer und dunkel glänzender Asphalt. Die nächtliche Fahrt auf der Autobahn war ein Albtraum. Die Scheibenwischer schmierten hin und her über das Glas der Windschutzscheibe. Zu wenig Regen, um den hochgewirbelten Schmutz wegzuspülen. Zu viel, um die Scheibenwischer auszuschalten. Ronald hatte Mühe, nicht am Steuer einzuschlafen. Er gähnte und ließ die Seitenscheibe herunter, um frischen Sauerstoff ins Auto zu lassen. Das half ein bisschen, aber nur für kurze Zeit.

Plötzlich schreckte er hoch. Er fuhr immer noch mit konstanten hundertzwanzig Stundenkilometern auf der Autobahn, dafür sorgte der Tempomat. Aber er war komplett weg gewesen. Wie lange hatte der Sekundenschlaf gedauert? Er hätte es nicht sagen können. Der Angstschweiß brach ihm aus. Er wollte weg von allem, dorthin, wo ihn Drohsten junior nicht so schnell finden konnte. Er wollte sich von einer neuen Umgebung inspirieren lassen. Ein früher Tod durch Übermüdung am Steuer stand nicht auf seiner Agenda. Entschlossen setzte er an der nächsten Ausfahrt den Blinker. Bestimmt fand er im Hinterland ein Motel, ein Hotel mit Nacht-Check-in, irgendwas …

Die folgenden zwanzig Minuten auf schmalen Landstraßen forderten alles von ihm. Völlig übermüdet schaffte er manche der Kurven nur mit Ach und Krach. An einer besonders brenzligen Stelle mit zwei scharfen S-Kurven direkt nacheinander sorgte ein dauerhupender Lkw dafür, dass er das Steuer herumriss und wieder auf der eigenen Fahrbahn weiterfuhr. Okay, genug war genug. Dann eben kein Hotel, kein später Check-in, kein Bett. Eine Landstraße erstreckte sich vor ihm. Etwas unterhalb schimmerten ein paar Straßenlaternen, dort lag der nächste Ort. Ihm war es egal, er konnte nicht mehr. Ronald fuhr auf den Grasstreifen neben der Landstraße, stellte den Motor aus und zog die Handbremse an. Mit einem tiefen Seufzer der Erleichterung darüber, dass er den letzten Teil der Horror-Fahrt überlebt hatte, stellte er den Fahrersitz so weit wie möglich nach hinten und schob sich eine zusammengerollte Jacke unter den Kopf. Es dauerte nur wenige Atemzüge, dann war er eingeschlafen.

***

Klatsch!

Der Schlag hallte laut im Van nach.

Klatsch!

Ronald schreckte hoch, brauchte einen kurzen Moment, um sich zu orientieren, dann brachten ihn gleichzeitig ein stechender Schmerz in der rechten Schulter und ein lautes »Sagen Sie mal, spinnen Sie?« zurück in die Wirklichkeit. Richtig, er hatte in seinem Van geschlafen. Zu müde, um über irgendeine Alternative nachzudenken.

Klatsch!

Ein kleiner dicker Mann mit einem hässlichen Cordhut auf dem Kopf schlug mit der flachen Hand gegen die Seitenscheibe.

Ronald setzte sich richtig auf, hob beschwichtigend die Hände und versuchte, einigermaßen entschuldigend zu lächeln. Rasch fuhr er die Scheibe herunter. »Ist alles in Ordnung?«, fragte er.

»So wie Sie hier parken, nein!«

»Ich muss mich entschuldigen. Das war ein Notfall. Ich war so müde, dass ich einfach rechts rangefahren bin.«

»Und sind dabei mit Ihrer Dreckskarre direkt auf meinem frisch ausgesäten Rasen gelandet. Was glauben Sie denn, wie ich die Reifenfurchen jemals wieder wegkriegen soll?«

»Aber das ist doch der Seitenstreifen der Landstraße.«

»Der zu meinem Grundstück gehört. Ich muss Sie doch nicht um Erlaubnis fragen, was ich mit dem Grünstreifen anstelle. Aber umgekehrt wird ein Schuh draus, Freundchen. Sie müssten sich fragen, ob Sie hier parken dürfen. Und die Antwort lautet: Nein, dürfen Sie nicht.«

»Wirklich, es tut mir schrecklich leid. Mein Name ist Willem, Ronald Willem, ich bin Künstler. Ich bezahle Ihnen den entstanden Schaden an Ihrem Rasen.«

Zum ersten Mal sah der der Mann mit dem Cordhut etwas versöhnlicher aus. »Na ja, und wenn Sie Picasso persönlich wären und die Mona Lisa hinten im Van schlafen würde, das ist doch keine Art und Weise zu parken. Wenn das jeder machen würde. Da könnte ich ja gleich aus meinem Garten einen Parkplatz machen.«

»Wie gesagt, sagen Sie mir, was ich Ihnen schulde.«

Der Mann winkte ab. »Geschenkt, wird schon gehen.«

»Dann wären Sie vielleicht noch so nett und verraten mir, wo ich hier überhaupt bin? Und gibt es irgendwo Kaffee, und vielleicht sogar ein Hotel?«

Der Alte schob sich den Cordhut aus der Stirn und grinste

schief. »Willkommen in Wümmerscheid-Sollensbach. Ein ganz idyllischer Ort oberhalb der Mosel, zumindest wenn man nicht auf fremden Grundstücken parkt.« Er deutete auf einen Punkt hinter Ronald. »Wenden Sie. Dann hinter Ihnen die Straße rauf und nach ungefähr dreihundert Metern fahren Sie durch die Einfahrt in der Bruchsteinmauer. Da ist ein Café, *Das kleine Café an der Mühle.* Sophie von Metten wird Ihnen einen Kaffee servieren, da werden Sie sich sofort besser fühlen. Und zu der anderen Frage: Meine künftige Schwiegertochter führt eine Pension, auch nicht weit von hier. Fragen Sie Sophie von Metten im Café danach, die erklärt Ihnen dann den Weg. Tolle Pension übrigens und wunderschöne Zimmer. Sie werden hier gar nicht mehr weg wollen.«

»Wenn Sie das sagen, Herr …«

»Körten-Buschmeier. Erwin Körten-Buschmeier, der schlimmste Albtraum für Parkschnösel wie Sie.« Den letzten Satz sagte Körten-Buschmeier bereits leicht amüsiert. Offenbar war es Ronald gelungen, den Zorn des Gartenbesitzers zu besänftigen.

»Vielen Dank. Dann wünsche ich Ihnen noch einen schönen Morgen. Vielleicht bleibe ich wirklich länger, dann wäre es mir ein Vergnügen, mal ein Glas Wein mit Ihnen zu trinken.«

»Ich nehme Sie beim Wort, Herr Willem.«

Als Ronald sich auf dem Fahrersitz umdrehte, knackte es in seinem Rücken dermaßen laut, dass Erwin Körten-Buschmeier zusammenzuckte.

»Heilige Scheiße, Herr Künstler. Unten am Marktplatz gibt es auch einen guten Krankengymnasten.«

»Ich fürchte, ich bin einfach zu alt für eine Nacht auf dem Fahrersitz.«

Ronald startete den Motor, winkte noch einen Gruß und fuhr zurück in die Richtung, aus der er am Abend vorher gekommen war. Kaffee, was er jetzt brauchte, war ein großer Kaffee und danach ein Bett. In der Reihenfolge.

Eine Skizze

Ronald lenkte seinen Van durch die Einfahrt in der Bruchsteinmauer. Vor ihm lag ein kiesbedeckter Platz. Er parkte, nahm seine Umhängetasche und stieg aus. Das Bruchsteinhaus machte einen einladenden Eindruck. Es ähnelte einem Cottage, in dem er einmal für mehrere Wochen gearbeitet hatte. Auf einem großen Holzschild stand der Schriftzug *Tante Dottis Bistro.* Ronald runzelte die Stirn. Ein Bistro? Hatte der Alte mit dem Cordhut nicht von einem kleinen Café gesprochen? Egal, so viele Bistros, Cafés oder Restaurants würde es in diesem Ort vermutlich nicht geben, bestimmt war er hier richtig. Er ging zur Eingangstür und drückte die Klinke herunter. Abgeschlossen. Hinter den hohen Fenstern brannte Licht, zumindest war also jemand da. Ronald sah sich um und klopfte dann gegen die Scheibe. Augenblicke später wurde die Tür einen Spalt breit geöffnet, und eine junge Frau trat zu ihm heraus auf die Eingangsstufe. Sie mochte etwa Mitte dreißig sein, die glatten braunen Haare trug sie zu einem Pferdeschwanz zusammengebunden. Ein schmales Gesicht und lachende Augen … attraktiv, ziemlich attraktiv, fand Ronald.

Diese Frau würde ich gerne mal porträtieren, schoss es ihm durch den Kopf. Gleich darauf schüttelte er den Kopf. Was für ein verrückter Gedanke, er hatte schon seit Jahrzehnten keine Menschen mehr gemalt.

Weiter hinten im Raum hörte man leichte Schritte und ein kratzendes Geräusch auf dem Fußboden. »Nein, du bleibst drinnen, wir waren gerade erst spazieren.« Die Frau versuchte, mit einer Hand die Tür hinter sich zuzudrücken, doch es war zu spät. Ein brauner Hundekopf schob sich ins Freie und schnüffelte neugierig. »Herr Württemberg, nicht!« Die helle Stimme gehörte zu einem kleinen Mädchen, das sich offenbar bemühte, den Hund festzuhalten. Ronald hatte selber keine Kinder, und ihm fiel es immer etwas schwer, das Alter von ihnen einzuschätzen, aber er tippte darauf, dass das Mädchen vier oder fünf Jahre alt war.

»Es tut mir leid, wir öffnen erst um elf Uhr«, sagte die Frau.

»Ach herrje, so ein Pech. Wissen Sie, ich habe heute Nacht am Straßenrand in meinem Auto hinter dem Lenkrad geschlafen und könnte dringend einen Kaffee gebrauchen. Ein älterer Herr riet mir, hier vorbeizuschauen, weil Sie den besten Kaffee der ganzen Gegend hätten.«

»So? Ein älterer Herr hat Ihnen den Rat gegeben?«

»Herrgott, mein Namensgedächtnis. Ein Doppelname. Körten-Dingens. Etwas mit Meier am Ende. Ich hatte mit dem Wagen auf seinem Rasen geparkt, natürlich unabsichtlich.«

Die junge Frau lächelte. Es war ein sympathisches Lächeln.

»Onkel Erwin ist immer unglaublich stinkig, wenn jemand seinen Rasen betritt«, meldete sich jetzt das kleine Mädchen zu Wort.

Ronald nickte »Ja, das ist mir auch aufgefallen. Zum Glück konnte ich ihn ein wenig besänftigen.«

»Sie haben auf seinem Rasen geparkt und es überlebt. So

viel Glück muss belohnt werden. Kommen Sie herein, ich mache Ihnen eine Tasse Kaffee. Viel Ruhe ist hier aber nicht. Ich bin gerade dabei, den Gastraum für den Tag herzurichten.«

»Ich will Ihnen wirklich keine Umstände machen«, versicherte Ronald.

»Glauben Sie mir, eine Tasse Kaffee zu servieren ist kein Umstand, das geht schon.«

Die Frau gab den Weg frei und sorgte mit einem leisen »Herr Württemberg, mach Platz« dafür, dass der braungelockte Labradoodle sich sofort hinlegte. Mit neugierigen Augen verfolgte der Hund Ronalds Eintritt.

»Du kannst dich hier an diesen Tisch setzen, den habe ich schon abgewischt«, erklärte das kleine Mädchen eifrig und führte Ronald zu einem Zweiertisch. Er ließ sich nieder und schaute sich neugierig um. Der ganze Gastraum verströmte eine unglaubliche Behaglichkeit. Normalerweise war ihm der modische Landhausstil, wie ihn einige Cafés in der Großstadt pflegten, ein Graus. Hier aber war alles authentisch, es passte zusammen: die Landschaft, das Haus, die Einrichtung. Die geschliffenen und geölten Holzplatten der Tische ruhten auf eisernen Untergestellen von alten Nähmaschinen. Die Stühle waren Bugholzstühle, wie sie in Wiener Kaffeehäusern zu finden waren und von der Traditionsfirma Thonet hergestellt wurden. Diese Stühle hier waren keine Nachbauten, es handelte sich um Originale, wie Ronald anerkennend feststellte. Er atmete tief durch, ja, der hohe, bis zum Dach offene Gastraum gefiel ihm sehr. Zum ersten Mal seit Tagen fühlte er sich weniger angespannt. »Was darf ich Ihnen denn bringen? Kaffee, Cappuccino, einen Milchkaffee?«

»Und Sie sind sicher, dass Sie keinen Ärger bekommen, weil Sie mir hier außerhalb der Öffnungszeiten etwas anbieten?«

Die junge Frau lachte. »Keine Sorge. Ich bin Sophie von

Metten, ich bin hier die Chefin, das ist mein Bistro und mein Haus. Was darf ich Ihnen also bringen?«

»Einen großen Kaffee bitte, schwarz, ohne Zucker, und vielleicht können Sie mir sogar noch weiterhelfen. Hier im Ort … ähm … in Wümmer…«

»Wümmerscheid-Sollensbach.«

»Genau, danke. Ich suche ein Zimmer. Hier in Wümmerscheid-Sollensbach soll es eine Pension geben. Ich würde gerne ein paar Tage vor Ort bleiben.«

»Sie meinen vermutlich die Pension *Gutshof Moselthal*. Eine gute Freundin von mir führt sie.«

»Richtig, davon hat Herr Körten-Buschmeier gesprochen. Seine Schwiegertochter, sagte er …«

»Schwiegertochter? Das hat er gesagt?« Sophie von Mettens Augen funkelten belustigt. »Nun ja, möglich ist es, dass es dort irgendwann mal eine Hochzeit gibt. Ich würde es an Ihrer Stelle gegenüber Katie Sheridan allerdings nicht erwähnen. Frau Sheridan ist die Inhaberin der Pension. Die hat sicherlich eine eigene Meinung dazu. Ich kann Ihnen gern den Weg zum *Gutshof Moselthal* erklären, und ich versichere Ihnen, Sie werden die Pension lieben. Aber erst einmal sollen Sie Ihren Kaffee bekommen.«

Sophie von Metten verschwand durch eine Pendeltür. Ronald erhaschte einen Blick auf die Küche und hörte Augenblicke später das vertraute Geräusch einer Kaffeemühle. Sein Kaffee würde nicht lange auf sich warten lassen.

Die Pendeltür öffnete sich, und das kleine Mädchen trug sehr vorsichtig einen Teller durch den Raum.

»Meine Mama sagt, du hast vielleicht auch Hunger und möchtest ein Hörnchen.« Das Mädchen streckte sich und schob den Teller auf den Tisch. Ein frisches Croissant, ein Stück Butter und ein kleines Schälchen Marmelade befanden sich auf dem Teller. Beim Anblick des knusprig braunen Croissants knurrte Ronalds Magen vernehmlich und erinnerte ihn daran, dass er seit gestern Mittag nichts mehr gegessen hatte.

»Das ist aber sehr nett«, erwiderte er, »ich habe wirklich noch kein Frühstück gehabt.«

Er riss ein Stück Croissant ab und strich behutsam Butter darauf. Es schmeckte himmlisch.

»Und du hast in deinem Auto geschlafen?« Das Mädchen war neben seinem Tisch stehen geblieben und musterte ihn neugierig.

»Ja, fast die ganze Nacht.«

»Mache ich auch immer, wenn ich mit Papa fahre. Meine Kita hat Osterferien, und da darf ich oft mitfahren, wenn Papa Termine hat. Ich schlafe dann immer ganz tief und fest in meinem Sitz. Ich habe dann auch meinen Kuschelteddy dabei.«

»Ähm … ja also, ich habe nicht so tief … ähm geschlafen.«

»Hast du einen Kuschelteddy?«

»Ähm … nein.«

»Ach so!«

Das klang so, als läge damit die Lösung auf dem Tisch. Kein Kuschelteddy, kein tiefer Schlaf im Auto.

»Na, du bist ja auch groß. Die Großen müssen nicht so lange schlafen.« Nach dieser Feststellung drehte sich das Mädchen um und lief aus dem Gastraum, wobei sie zwischendurch auch immer wieder nur auf einem Bein ein paar Mal hüpfte.

Ronald schaute ihr nach. Tief und fest im Auto schlafen, das musste schön sein. Er dagegen fühlte sich wie durchgekaut und ausgespuckt.

Immerhin, hier war er ganz unverhofft zu einem Frühstück gekommen. Er aß mit großem Genuss weiter. Ließ sich jeden Bissen auf der Zunge zergehen. Sophie von Metten brachte ihm seinen Becher Kaffee.

»Ich danke Ihnen für das Croissant, Frau von Metten.«

»Keine Ursache, Sie haben ja noch nicht gefrühstückt, und eine Tasse Kaffee auf leeren Magen, das ist doch kein Start in den Tag.«

Dem wollte Ronald nicht widersprechen. Stattdessen fragte er: »Jetzt bin ich doch neugierig. Draußen auf dem Schild steht Bistro. Herr Körten-Buschmeier sprach aber von einem Café. Ist das auch hier in der Nähe?«

»Ja, in der Tat. Es ist eine längere Geschichte.«

»Ich habe Zeit.«

»Das Bistro, in dem wir jetzt stehen, war früher ein Café, bis ich es umgetauft habe in *Tante Dottis Bistro*. Schön, aber die Leute aus dem Dorf haben nie aufgehört, es das Mühlencafé zu nennen. Und als ich dann im Nebengebäude zusätzlich ein Café eröffnet habe, kam dafür nur ein Name in Frage: *Das kleine Café an der Mühle*.«

»Hübscher Name, klingt fast wie ein Buchtitel. – Ich weiß, Sie haben anderes zu tun, aber dürfte ich das Café wohl einmal sehen? Ihr Nachbar meinte, es müsste mir gefallen.«

»Das ist kein Problem. Nehmen Sie einfach Ihren Becher und den Rest Croissant mit, wir müssen nur hinten durch den Garten gehen, dann sind wir schon da.«

Der Anblick verschlug Ronald die Sprache. Ein englischer Tearoom oberhalb der Mosel, wenn ihm das jemand vorher erzählt hätte, er hätte es nicht geglaubt. Auch in diesem Raum war die Einrichtung mit Liebe für Details stilsicher zusammengestellt worden.

»Und, gefällt Ihnen mein Café?«

Ronald seufzte. »Großartig, wirklich ganz großartig. Ob ich hier wohl meinen Kaffee zu Ende trinken dürfte?«

Sophie von Metten lächelte geschmeichelt. »Natürlich, warum nicht. Suchen Sie sich einen Platz aus. Ich muss mich allerdings jetzt drüben um die Tische kümmern. Sie entschuldigen mich. Wenn Sie noch etwas wünschen, kommen Sie einfach kurz rüber.«

»Nein, danke, ich will hier nur noch kurz sitzen bleiben und meine Tasse austrinken.

Als er allein am Tisch saß, den letzten Bissen Croissant kaute, fühlte Ronald plötzlich den Drang, die Atmosphäre des Raums festzuhalten. So etwas war ihm seit Jahren nicht mehr passiert. Er kramte in seiner Umhängetasche, holte sein altes Skizzenbuch hervor, nahm einen weichen Bleistift aus der Federmappe und begann nach einem weiteren prüfenden Blick zu zeichnen. Mit schnellen Strichen skizzierte er das alte Küchenbüffet, die Standuhr und den Kaminofen. Innerhalb kürzester Zeit nahm der Tearoom Gestalt an. Er zeichnete die Treppe, die zu einer zweiten Ebene im Gastraum führte, dahinter die alte Bruchsteinwand, die Sandsteinplatten auf dem Boden. Sein Bleistift flog nur so über das Papier. Er verlor jedes Zeitgefühl, konzentrierte sich ganz auf das Bild.

Während er zeichnete, hörte er plötzlich ein leises Tapsen und anschließend ein kurzes Winseln. Herr Württemberg, der Labradoodle, setzte sich neben Ronalds Stuhl und schnüffelte an seinem Hosenbein. Der Hund schaute ihn auffordernd an. Als Kind hatte Ronald viele Jahre lang einen Hund besessen. Seine Hände wussten automatisch, was er zu tun hatte. Während er mit der rechten Hand weiterarbeitete, kraulte er mit der linken den Hund am Kopf.

»Hier steckst du, Herr Württemberg. Na, da kann ich dich ja lange suchen.« Sophie von Metten war neben Ronalds Tisch aufgetaucht. Er war so versunken in seine Arbeit gewesen, dass er nicht einmal bemerkt hatte, dass sie den Gastraum betreten hatte.

»Entschuldigen Sie bitte, ich hoffe, unser Hund hat Sie nicht belästigt.«

»Ganz und gar nicht, er war sehr brav«, versicherte Ronald.

Sophie von Metten legte den Kopf schräg und betrachtete seine Skizze. »Meine Güte, haben Sie das alles in der letzten halben Stunde gezeichnet? Das ist aber sehr gelungen. Sie sind Künstler, nicht wahr? Ich habe durch das Fenster die Beschriftung auf Ihrem Van gesehen. Wobei ich mir unter Corporate Art wirklich nichts vorstellen kann.«

»Das hier«, Ronald hielt sein Skizzenbuch hoch, »hat nichts mit meiner Arbeit für Unternehmen zu tun. Da arbeite ich vor allem abstrakt.«

Während Sophie von Metten die Tasse und den Teller abräumte, ließ Ronald noch einmal einen letzten Blick durch den Raum schweifen und verstaute dann das Skizzenbuch in seiner Tasche. Er nahm sich vor, dieses Motiv auch noch einmal in Farbe umzusetzen. Ja, diese letzte halbe Stunde hatte wirklich nichts mit seiner Arbeit für Unternehmen zu tun. Aber sie hatte in ihm eine Sehnsucht geweckt, von der er gar nicht gedacht hätte, dass sie noch in ihm schlummerte.

Dieser Gedanke machte ihm Angst.

Der neue Gast

»Hallo! Hallo – ist jemand da?«

Eine Männerstimme. Katie hielt mitten auf der Steintreppe inne. Sie war im Keller gewesen, in der Küche wurden noch zwei Flaschen Wein gebraucht. Im Moment war niemand oben am Empfang. Theo war zum Einkaufen gefahren, Elke und Lotte kümmerten sich um die Zimmer. Katie beeilte sich mit den letzten Stufen, schloss die Kellertür hinter sich und durchquerte die Eingangshalle. An der Rezeption stand ein einzelner Gast, der sich suchend umschaute.

»Entschuldigung. Wir haben Sie warten lassen.«

Der Mann drehte sich zu ihr um. In Katies Augen hatte er eine starke Ähnlichkeit mit John Lennon. Ein John Lennon, der Haarschnitt und Style der späten Beatles-Jahre in sein fünftes Lebensjahrzehnt mitgenommen hatte. Schmales Gesicht, runde Nickelbrille, glatte graue Haare, die er schulterlang mit Mittelscheitel trug. Ein Künstler, dachte Katie spontan. Dieser Mann sah einfach nicht so aus wie der durchschnittliche Moseltourist. Die meisten ihrer Gäste wirkten bei der Ankunft entspannt. Andere waren ein bisschen aufgeregt, weil sie die Pension noch nicht kannten und nicht wussten, ob es ihnen hier gefallen würde. Dieser Mann dagegen wirkte gehetzt und nervös, er sah aus, als wäre er auf der Flucht. Der brauchte kein Zimmer, um sich zu erholen, er brauchte einen Ort zum Untertauchen. Ein Gedanke, der Katie beunruhigte. Ach was, bestimmt bildete sie sich das alles nur ein. Sie zwang sich zu einem höflichen Lächeln.

»Was kann ich für Sie tun? Mein Name ist Katie Sheridan, ich bin die Besitzerin dieser Pension.«

»Ronald, Ronald Willem. Und bevor Sie fragen, ja, ich bin der Willem.«

Offenbar erwartete ihr neuer Gast, dass sie gleichermaßen überrascht, begeistert und hingerissen oder doch zumindest sichtlich beeindruckt sein würde, sobald er seinen Namen offenbarte. Katie entschloss sich für nichts von alledem und setzte stattdessen auf Ehrlichkeit.

»Sie müssen verzeihen, Herr Willem, ich habe noch nie von Ihnen gehört, aber ich freue mich, Sie kennenzulernen.«

Katie hatte als Reaktion alles zwischen Enttäuschung und Entrüstung erwartet, aber Willem stutzte nur einen Moment und fing dann an zu lachen.

»Herrlich, absolut herrlich. Sie wissen nicht, wer ich bin? Das ist ja großartig. Ich würde nämlich gerne die nächsten Tage möglichst ungestört bei Ihnen wohnen. Keine Diskussionen mit Kunstfans, keine unnötigen Erklärungen, was ich mir bei dem einen oder anderen Bild gedacht habe – verstehen Sie, was ich meine?«

»Ich denke schon und ich kann Ihnen versichern, dass bisher noch jeder Gast bei mir in der Pension das gefunden hat, was er sich vorher gewünscht hat. Wie lange möchten Sie denn bei uns bleiben?«

»Wie lange? Gott, wenn ich das jetzt schon wüsste. Sicher mehr als eine Woche, vielleicht zwei oder drei. Hätten Sie überhaupt ein Zimmer für mich? Es müsste groß sein, groß genug, damit ich meine Leinwände aufstellen kann. Und ruhig sollte es sein, ja, ruhig ist wichtig.«

Katie überlegte kurz. Ein Gast für drei Wochen, das lohnte sich.

»Ich könnte Ihnen eine Suite anbieten.«

»Eine Suite? Das klingt nach genügend Platz, sehr gut. Es stört Sie doch nicht, wenn ich arbeite, während ich hier bin? Möglicherweise sogar einmal unter freiem Himmel. Vielleicht ist das der Schlüssel …« Ronald Willem verstummte. Eben noch gelöst und beinah fröhlich, wirkte er im nächsten Atemzug wieder deprimiert und gehetzt.

Puh, der hat aber mehr als nur ein Päckchen zu tragen, dachte Katie. Das Beste war wohl, ihn erst einmal ankommen zu lassen.

»Machen Sie sich keine Gedanken, Herr Willem. Natürlich können Sie bei mir im Haus arbeiten. Ich hatte hier schon einen Amerikaner, der über Wochen seine deutschen Wurzeln erforscht hat, und einen Informatiker, der Ruhe und Platz benötigte, um ein wichtiges Programm fertigzustellen. Solange Ihre Kunst nicht die anderen Gäste meines Hauses stört, würde ich mich freuen, wenn Sie bei uns wohnen und auch arbeiten.«

»Gut, sehr gut. Noch eine Frage: In welche Himmelsrichtung liegt die Suite?«

Katie erinnerte sich an ein langes Gespräch mit einer britischen Malerin, die sie einmal bei einem Geschäftsessen kennengelernt hatte. Das richtige Licht war für die Malerin ein unglaublich wichtiges Thema gewesen. In Gedanken ging Katie die verschiedenen Zimmer durch, die drei Suiten der Pension hatten alle Morgensonne. Die kamen damit nicht infrage. Aber viele ihrer Einzel- und Doppelbettzimmer besaßen Verbindungstüren, damit sich beispielsweise eine Familie auch zwei nebeneinanderliegende Zimmer teilen konnte.

Kurzerhand fasste sie in Gedanken zwei dieser Zimmer zu

einer Suite zusammen. »Ich glaube, ich habe genau das richtige für Sie. Zwei Zimmer, in einem können Sie arbeiten, in dem anderen wohnen. Ich würde Ihnen beide Zimmer zusammen zum Preis einer Suite vermieten. Die Fenster des einen Zimmers gehen nach Norden, ich denke, das kommt Ihnen entgegen.«

»Norden? Wunderbar! Das nehme ich, und bitte, kein Wort darüber, dass ich unter Ihrem Dach wohne und arbeite.«

»Nein, nein, vollkommene Diskretion, das ist doch selbstverständlich. Kommen Sie, ich zeige Ihnen die beiden Räume. Brauchen Sie Hilfe mit Ihrem Gepäck?«

»Leinwände, ich habe unterschiedliche Leinwände dabei und natürlich Arbeitsmaterialien.«

Das klang nach einer Aufgabe für Theo, fand Katie.

»Ein Mitarbeiter wird Ihnen helfen, Herr Willem. Er ist zurzeit unterwegs, aber ich werde ihn direkt informieren, sobald er zurück ist. Sie können sich frisch machen, kommen dann herunter und ich serviere Ihnen eine Tasse Kaffee oder Tee – einverstanden?«

»Einverstanden. Aber ich möchte auch nicht zu viel Zeit verlieren.«

»Keine Sorge, mein Mitarbeiter sollte in spätestens einer Dreiviertelstunde zurück sein.«

***

»Junge, Junge, unser neuer Gast plant offenbar Großes. Zumindest die Leinwände sind groß, fast zwei Meter im Quadrat, und er hat achtzehn davon im Van. Achtzehn! Was plant der? Eine Mini-Documenta oberhalb der Mosel? Dabei ist das wirklich nicht mein Geschmack. Also, die Bilder, nicht der Mensch.« Theo ließ sich in einen der Sessel in Katies Büro fallen.

Katie nutzte diese Sitzgruppe, bestehend aus zwei bequemen Sesseln und einem kleine Beistelltisch, immer für ihre Besprechungen mit Theo. Hinter ihrem Schreibtisch zu sitzen, während er davorsaß – das war nicht ihr Ding.

»Du kennst Willem und seine Bilder?«, fragte sie verblüfft, während sie sich in dem anderen Sessel niederließ.

»Kennen ist zu viel gesagt. Ich weiß, dass er abstrakt malt. Also, sehr abstrakt. Mein ehemaliger Agenturchef hatte ein Bild von Willem in seinem Büro hängen. Muss ein Schweinegeld gekostet haben. Dabei war da nicht viel mehr als ein Kreis mit Farbflecken drumherum zu sehen. *Der Sog*, so lautete der Titel. Und mein Chef schwärmte von einer ganzen Serie, die er dann aber doch nicht ersteigern konnte, weil er von einem Japaner überboten wurde. Die Serie hieß *Mai-Licht-Zyklus*. Habe ich mal gegoogelt, das waren auch nur breite Pinselstreifen in hellen Gelbtönen. Mal ehrlich, wer gibt für so eine Grütze ganze Monatsgehälter aus?«

»Wie sagt Manni immer: Jeder Jeck is anders.«

»Geschenkt, du hast recht. Hat denn Willem gesagt, was er vorhat und wie lange er bleiben will?«

»Er sprach von bis zu drei Wochen, und dass er ungestört sein möchte. Ungestört und unerkannt.«

Theo stieß einen leisen Pfiff aus. »Drei Wochen, solche Gäste mit Suite lob ich mir. Und was sein Inkognito angeht, kann er, denke ich, unbesorgt sein. Das heißt, natürlich nur, wenn er den Van mit seinem Namen und dem Firmenlogo auf der Seite woanders parkt. Ich sag ihm das gleich mal. Und dann helfe ich Manni mit den Vorräten.«

»Und wenn ihr damit fertig seid, prüfst du dann bitte noch den Weinkeller? Muss da noch mal sauber gemacht werden? Oliver will in den nächsten Tagen den ersten Gutshof-Moselthal-Riesling vorbeibringen. Dann haben wir unseren eigenen Wein. Das müssen wir auch noch auf der Website ankündigen, denkst du daran?«

»Na klar, ist schon eingeplant. Vielleicht organisieren wir für unsere Gäste auch eine Mini-Weinprobe, kann ja nicht schaden, wenn die Touristen vor ihrer Abfahrt ein Fläschchen Wein als Andenken kaufen. – Und ist dein Verlobter mit der Qualität des jungen Weins zufrieden?«

Katie schnaubte ungehalten und schaute Theo an. »Verlobter? Was soll das denn heißen?«

Theo wurde rot. »Ich dachte … in der Küche neulich … hat sich dein Schwiegerpapa in spe nicht schon einen neuen Anzug gekauft?«

»Hör bloß damit auf. Ich habe Oliver deutlich zu verstehen gegeben, was ich davon halte.«

»Also noch keine Hochzeitglocken?«

»Nein, definitiv nicht.«

War da in Theos Miene so etwas wie Erleichterung zu sehen?

Bevor Katie weiter darüber nachdenken konnte, sprang er auf. »Ich gehe jetzt und sehe zu, dass der Gewölbekeller tipptopp in Ordnung ist, wenn der neue Wein kommt.«

Panoramablick

Am nächsten Morgen fühlte sich Roland energiegeladen wie seit Tagen nicht mehr. Vielleicht lag es an dem hervorragenden Frühstück, das ihm serviert worden war, oder an der Gewissheit, dass ihm in den nächsten Tagen niemand mit Nachfragen den letzten Nerv rauben würde. Keine Fragen, kein Druck. Endlich konnte er unbeschwert arbeiten. Schon am Vortag hatte er alles vorbereitet. In seinem Mal-Zimmer stand die Leinwand bereit, er hatte die richtigen Farben zusammengestellt und seine Notizen überprüft. Er schwor auf seine handschriftlichen Notizen. Die gebundene Unternehmensphilosophie von Drohsten mochte Journalisten und Kunden beeindrucken, aber ihm war das nicht genug, er wollte das innere Wesen einer Firma in sich aufsaugen. Deshalb machte er sich immer Mitschriften, wenn er mit Kunden sprach. Vor einem Auftrag unterhielt er sich stets lange mit einem Auftraggeber. Seine Aufzeichnungen aus diesen Gesprächen füllten viele Seiten, teils in seiner ausladenden Handschrift verfasst, teils als Mindmaps skizziert. Sein Erfolgsgeheimnis war, dass er die Wünsche und Erwartungen seines Gegenübers in seine

Arbeit einfließen ließ. Er hatte einmal einen ganzen Zyklus von Bildern in verschiedenen Grün- und Brauntönen geschaffen, weil der Vorstandsvorsitzende ein begeisterter Jäger gewesen war. Ein anderes Mal hatte die Gattin des Firmeninhabers von einer längeren Karibikreise geschwärmt – Ronald hatte sofort gewusst, welche Farben er verwenden musste. Man sollte nie unterschätzen, welchen Einfluss Ehefrauen auf die Meinung und das Urteil ihrer Männer hatten. Der Firmeninhaber hatte angesichts der Begeisterung seiner Gattin sogar noch zwei weitere Werke für sein Ferienhaus in Auftrag gegeben.

Wie gesagt, Ronald konnte gut zuhören, und seine Vorgespräche waren die Grundlage für seine Kunst. Deswegen hatte ihm der Großauftrag von Drohsten auch zunächst keine Kopfschmerzen bereitet. Zugegeben, achtzehn Bilder, das war schon eine Hausnummer, aber die Arbeit wurde unverschämt gut bezahlt. Geld spielte in diesem Unternehmen offenbar keine große Rolle, Drohsten junior hatte sich gegenüber seinem Vater durchsetzen können. Eine optimale Ausgangslage, um möglicherweise später Folgeaufträge zu ergattern. Folgeaufträge – pah! Ronald bekam Schweißausbrüche, wenn er nur daran dachte. Nie wieder. Achtzehn Bilder und keine einzige Leinwand mehr, so viel stand für ihn fest.

Am Vorabend hatte er im Bett noch einmal alle Aufzeichnungen studiert. Drohsten junior war begeisterter Segler, verbrachte seinen Urlaub immer auf seinem Boot. Auf seinem Schreibtisch stand sogar ein Modell seiner Segeljacht. Und wenn er nicht auf dem protzigen Boot war, spielte er Golf. Hatte sogar schon an mehreren Turnieren teilgenommen.

Ronald hatte damals in sich hineingelächelt und sich über das schnellverdiente Honorar gefreut. Ein Kinderspiel: Meer, Wasser, Sonne, endlose Weite, grüne Golfplätze, Natur, ein freier Himmel … das waren die Schlüsselwörter. Also bitte, damit hätte sogar ein Grundschulkind etwas anfangen können.

Ronald griff nach einem Pinsel. Na los … Meer, Wasser, Weite, dazu die Unternehmensfarben aus dem Logo von Drohsten International. Wo war das Problem? Er musste nur anfangen. Die große Leinwand schien alle Energie, die er eben noch gespürt hatte, aus ihm herauszusaugen wie ein Schwamm. Das grelle Weiß schien ihn zu erdrücken. Male endlich, fang an, denk nicht weiter nach, das Resultat muss nicht dir gefallen, sondern Drohsten junior. Ein Willem begeistert, ein Willem inspiriert.

Der Pinsel zitterte in seiner Hand. Warum war es hier im Zimmer nur so stickig?

Mit einem Aufschrei warf er den Pinsel auf den Tisch. Achtzehn Bilder, die eine Sehnsucht nach Meer zum Ausdruck brachten … wie schwer verdammt noch mal konnte das sein? Grundgütiger, er hatte schon einen Kunden zu Tränen gerührt, der mit Tiefkühlpizza sein Geld verdiente. Die Trilogie *Vier Jahreszeiten.* Ein Kritiker hatte später geschwärmt, dass man hier die Dissonanz zwischen Anspruch und Wirklichkeit vermittelt bekomme.

Die riesige Leinwand war sein Feind – das war in diesem Zimmer die Wirklichkeit, aber er würde sich nicht in die Knie zwingen lassen.

Ronald schaute durch das Fenster in den Garten. Eine große Wiese, blühende Blumen, Weinstöcke, ein weiter Panoramablick. Plötzlich verspürte er den unbändigen Drang, aus dem Zimmer zu fliehen, die Weite und die frische Luft würden ihm guttun. Ja, er würde draußen malen. Wie im Fieber raffte er seine Pinsel zusammen, stellte alles in die Kiste zu den Farben. Er würde draußen malen, dieses Zimmer war nicht besser als sein eigenes Atelier, zu beengt, zu klein, ein Verlies, in dem seine Kreativität erstickte. Er würde alles nach draußen bringen: erst die Farben, Pinsel und den großen Skizzenblock, dann die Staffeleien und die Leinwand.

***

Dreimal ging er den Weg zwischen Zimmer und Garten, um alles nach draußen zu tragen. Dann endlich standen die Staffeleien mit einer der riesigen Leinwände an der richtigen Stelle auf der Wiese der Pension. Glücklicherweise war es an diesem Morgen windstill. Die Auftragsarbeit für Drohsten International stellte ihn vor Herausforderungen – und das in vielfacher Hinsicht. Eine davon war ganz praktischer Natur: Leinwände in der Größe von vier Quadratmetern waren unhandlich und wirklich nicht leicht aufzustellen. Grundgütiger, er hatte ja sogar Probleme gehabt, das Riesending durch seine Zimmertür zu bekommen. Klar, es gab Künstler, die ihre Leinwand einfach irgendwo anlehnten oder auf den Boden legten, doch davon wollte Ronald nichts wissen. Er hatte sich eigens für den Auftrag zwei spezielle Staffeleien gekauft, sodass er jede beliebige Stelle auf der Leinwand mit Leichtigkeit bearbeiten konnte. Wer wollte schon in unwürdiger Haltung vor seinem Gemälde kauern? Er nicht, so viel Selbstachtung musste sein.

Ronald stand vor der Leinwand und atmete einmal tief durch. Ja, hier draußen konnte er das. Meer, Weite, Himmel. Etwas Weiß, ein Hauch von Cyan – die Drohsten-Logofarbe sollte schließlich auch vorkommen –, viel dunkles Blau, ein wenig Grün. Das Currygelb und das blasse Grün hatte er erst einmal hintangestellt. Kraftvolle Farben, voller Energie, das war der Weg. Ronald schloss die Augen. Normalerweise tauchte in seinem Kopf ein Bild auf, das er nur noch auf die Leinwand bringen musste. Doch da kam nichts. Heilige Scheiße, es hatte ihn erwischt. Er hatte es schon von anderen Künstlern gehört, aber bislang nur müde belächelt: eine Malblockade. Wütend stampfte er mit dem Fuß auf. Los, Konzentration. Himmel, Weite, Wolken. Ronald öffnete die Augen. Was er sah, gefiel ihm. An der Leinwand vorbei blickte er über das weite Moseltal. Er trat zur Seite. Ein leichter Wind wehte vom Tal herauf. Die Luft fuhr ihm durchs Haar, ein süßer Blütenduft lag in diesem Windhauch. Ein riesiger Vogel näherte sich vom Tal her, warf einen großen Schatten auf die Wiese, als er in Richtung Haus flog. Ronald verfolgte den Flug. Ein Storch, das war ein leibhaftiger Storch. Er hatte noch nie Störche in freier Wildbahn gesehen. Ein Storchenpaar hatte auf dem Dach des Gutshofs sein Nest. Ronald bückte sich und holte einen Aquarellblock aus seinem Koffer. Vielleicht sollte er sich erst einmal entspannen, den Kopf frei bekommen. Das Moseltal-Panorama bettelte geradezu darum, von ihm gemalt zu werden. Die verschiedenen Braunschattierungen der Felsen, die Grüntöne des Gartens vor ihm. Er öffnete den Verschluss seines kleinen Wasserbechers, wählte einen Pinsel, und Augenblicke später versank er in seine Arbeit. Die große Leinwand beachtete er nicht mehr, darum konnte er sich später kümmern.

Blumen zum Start in den Tag

An diesem Morgen wartete auf Katies Schreibtisch eine Überraschung: ein üppiger Blumenstrauß in einer runden Vase. Leuchtend bunte Tulpen in allen Schattierungen von rot, lila, gelb und orange, dazu gelber Ginster und irgendwelche weiß blühenden Zweige. Ihr Herz klopfte schneller. Die Blumen konnten nur von jemandem kommen, der sie sehr gut kannte. Von jemandem, der wusste, wie sehr sie solche bunten, fröhlichen Farbzusammenstellungen liebte. Oliver. Vielleicht eine Entschuldigung von ihm, ein Versuch der Annäherung? Fast eine Woche war es jetzt her, dass sie ihn weggeschickt hatte. Vorsichtig suchte sie zwischen den Tulpenstielen, die bei jeder Bewegung leise quietschen, nach einer Karte. Nichts. Da war kein Hinweis.

»Guten Morgen, Katie.«

»Morgen, Theo. Sag mal, weißt du, woher die Blumen …«

»Die sind von mir. Ich dachte, du freust dich über ein bisschen Farbe auf deinem Schreibtisch.«

»Aber Theo, das wäre doch nicht nötig gewesen. So ein großer Strauß.«

Er machte eine wegwerfende Handbewegung. »Ich bitte dich, das sind doch nur ein paar Frühlingsblumen vom Biohof. Die haben jetzt auch Schnittblumensträuße.«

Der Strauß war zu viel. Mehr als nur eine kleine Aufmerksamkeit unter Kollegen. Katie zögerte einen winzigen Moment, bevor sie den Mund öffnete, um zu antworten.

Ein Schatten glitt über Theos Gesicht. »Ich dachte wirklich, du würdest dich freuen.«

Ach herrje, jetzt hatte sie ihn gekränkt. Katie beeilte sich zu versichern: »Tu ich auch, die sind wunderschön. Herzlichen Dank.«

»Gern geschehen.« Zum Glück wechselte Theo jetzt das Gesprächsthema, der peinliche Moment war vorüber. »Übrigens, hast du schon unseren Künstler im Garten entdeckt?«

»Herrn Willem? Nein, wieso? Er war beim Frühstück, aber danach habe ich ihn nicht mehr gesehen. Ich dachte, er hätte sich in sein Zimmer zurückgezogen, um zu arbeiten. Schließlich ist er inkognito hier, das hatte ich dir doch erzählt.«

»Inkognito? Von wegen. Als ich vom Einkaufen zurückkam und das Auto ausgeräumt habe, war er dabei, eine seiner Monster-Leinwände am Rand des Rasens aufzubauen. Gut sichtbar für jedermann. Und eine Viertelstunde später, als ich das nächste Mal vorbeikam, saß er auf einem Hocker, zwei Meter neben der leeren Leinwand und hat ein Landschaftsaquarell gemalt.«

»Beim Frühstück hat er mir von einem großen Firmenauftrag erzählt, den er fertigstellen muss.«

Theo lachte leise auf. »Firmenaufträge, ich weiß. Ronald Willem ist bekannt für seine Gemälde, die in ganz Deutschland die Räumlichkeiten von Unternehmen schmücken. Seine Kunstwerke für Firmen sind immer gnadenlos abstrakt. Nach abstrakter Malerei sah das aber nicht aus, was er da gerade malt.«

»Woher willst du das wissen?«

»Ich habe einen Blick auf sein Aquarell geworfen, so im Vorbeigehen.«

Katie hob die Augenbrauen.

»Okay, zugegeben, ich war neugierig. Es ist ein perfektes Abbild von unserem Blick aufs Moseltal. Ronald Willem malt wirklich gut.« Er schüttelte den Kopf. »Wie kann ein Mensch, der in der Lage ist, mit wenigen Pinselstrichen unser Moseltal perfekt festzuhalten, sich nur mit abstrakten Aufträgen abgeben? Das ist doch eine Verschwendung von Talent.« Er zuckte mit den Achseln. »Nur meine bescheidene Meinung.«

Katie machte Anstalten, sich an den Computer zu setzen, und Theo wandte sich zum Gehen. Kurz bevor er den Raum verließ, fiel ihm noch etwas ein, und er wandte sich zu Katie um. »Hast du dich eigentlich schon wegen der Website entschieden? Du weißt schon, wegen der Textstelle über deine deutsche Mutter und deinen englischen Vater. Ich wollte später noch daran arbeiten.«

Katie hob beide Hände. »Ich gebe auf, Theo. Ich kann die Textstelle inzwischen schon auswendig: ›Unsere Chefin Katie Sheridan hat von ihrer deutschen Mutter gelernt, dass ein knuspriger Auflauf nicht nur satt macht, sondern auch die Seele wärmt. Und von ihrem englischen Vater, dass ein Haus nur dann ein Heim wird, wenn es Freunde beherbergt.‹ Alle, die ich gefragt habe, finden deinen Text gut. Also machen wir es so, wie du es vorgeschlagen hast.«

»Na bitte, warum nicht gleich so?«

»Theo Engels, pass auf, was du sagst.«

»Jawohl, Chefin.«

Katie schaute ihm nach, wie er fröhlich pfeifend durch die große Halle ging. Mit einem Lächeln beugte sie sich zu den Blumen vor und schnupperte. Der Ginster duftete zart. Sie sollte viel öfter frische Blumen auf dem Schreibtisch haben. Das war doch eine nette Idee von Theo gewesen.

Mein Mädchen

Katie hatte sich vor ihrer Abfahrt online informiert. Für Emmas Flug von London-Heathrow nach Köln/Bonn gab es keine angekündigten Verzögerungen, so wie es aussah, würde alles planmäßig verlaufen.

Aber was war an diesem Tag schon planmäßig? Das klang ja gerade so, als würde sie regelmäßig ihre Tochter am Flughafen in Empfang nehmen. Dabei war heute eine Premiere. Und genauso aufgeregt war sie auch. Lampenfieber beim Abholen der Tochter? Definitiv!

»Letzter Aufruf für die Fluggäste des Lufthansa-Fluges LH 963 nach Paris. Die Fluggäste werden an Gate D 73 gebeten.«

Die Lautsprecherdurchsage hallte durch Terminal 2, als Katie gerade aus dem Parkhaus kam. Hoffentlich war Emma rechtzeitig am Flughafen gewesen. Was, wenn sie verschlafen hatte oder der Zubringerzug verspätet am Flughafen angekommen war? Der Gedanke löste bei Katie ein Kopfkino aus, in dem ihre Tochter am Ende einfach nicht in Deutschland ankam. Hör damit auf, ermahnte sich Katie selber. Brian hatte ihr versichert, dass Martha, seine Haushälterin, Emma nicht nur wecken, sondern sie auch bis zum Zug begleiten würde. Irgendwie fand Katie den Gedanken beruhigend, dass Emma mit ihren gerade mal sechzehn Jahren nicht allein fertig werden und abflugbereit sein musste. Aber seit wann hatte Brian eine Haushälterin? Manchmal hatte Katie das Gefühl, dass sich ihr ehemaliger Gatte zu einem völlig neuen Menschen entwickelt hatte. Wobei er, der Investment-Banker aus reichem Elternhaus, immer schon einen anderen Hintergrund als sie gehabt hatte. Teure Privatschule, Studium in Oxford, Karriere bei der Bank, ja, Brian war anders gewesen als sie. Das hatte für Katie den besonderen Reiz ihrer Beziehung ausgemacht. Damit war es allerdings recht schnell vorbei gewesen. Wobei Katie ihm zugutehalten musste, dass er sich nach der Scheidung mehr als anständig verhalten hatte. Er hatte Emma ein schützendes Zuhause gegeben. Auch zu ihr war er gut gewesen. Erst vor zwei Jahren hatte er eine Investorengruppe zusammengestellt, um ihren Traum von einer Pension zu finanzieren. Nein, sie konnte sich nicht über ihn beschweren.

Katie wusste von ihren eigenen Flügen nach Deutschland, dass sie ins Erdgeschoss des Terminals gehen musste, weil dort alle ankommenden Reisenden ihr Gepäck in Empfang nahmen. In der großen Halle gab es verschiedene Cafés, eine Bar, ein paar Geschäfte sowie die üblichen Informationsschalter der bekannten Mietwagenfirmen. Undurchsichtige Milchglasscheiben verwehrten den Einblick in die Halle, wo jetzt bestimmt schon die Koffer und Taschen auf den Gepäckbändern ihre Runden drehten. Wie immer stand auch heute Mittag ein Pulk von Menschen vor der Absperrung und wartete auf die ankommenden Passagiere. Einige Wartende hielten Papierschilder mit Namen von Firmen oder Fluggästen in den Händen.

Ihr Atem ging schneller. Würde sie Emma auf Anhieb erkennen? Unsinn, natürlich würde sie das, sie war schließlich immer noch ihre Tochter. Auf der Anzeigetafel konnte Katie sehen, dass Flug EW 468 aus London planmäßig angekommen und gelandet war. Jetzt musste es jeden Moment so weit sein. Katie versuchte im Kopf zu überschlagen, wie lange die Passagiere wohl zum Aussteigen, für die Fahrt mit dem Bus vom Rollfeld und für ihren Gang zum Gepäckband benötigten. Die Minuten schienen sich ewig auszudehnen.

Die Glastür öffnete sich, und ein neuer Schwall von Reisenden strömte in die Ankunftshalle. Entschlossen bahnte sich Katie einen Weg zwischen den anderen Wartenden hindurch, um einen besseren Blick auf die Ankommenden zu haben.

Eine Frau in einem marineblauen Business-Kostüm und hochhackigen Schuhen erschien als Erste. Sie zögerte nicht einen Moment, sondern strebte auf einen der wartenden Fahrer zu, dem sie ihr winziges schwarzes Köfferchen in die Hand drückte. Ein erschöpft aussehendes junges Paar mit drei kleinen Kindern. Zwei grauhaarige Männer mit braunen Aktentaschen. Noch eine Familie. Braun gebrannte Urlauber, offenbar auf dem Rückweg aus irgendeinem exotischen Land. Hatte sie ihre Tochter im Gedränge übersehen? Suchend ließ Katie den Blick über die Umstehenden schweifen. Nichts. Unruhig reckte sie den Hals und versuchte, einen Blick durch die sich immer wieder schließenden Glastüren zu erhaschen. Wo blieb Emma nur?

Plötzlich tippte ihr jemand von hinten auf die Schulter. »Katie?«

Sie fuhr herum.

»Katie. Ich bin's.«

Vor ihr stand ein Mädchen, nein, kein Mädchen, eine hübsche junge Frau. Emma! Ebenso groß wie Katie, die dunkelblonden Haare hoch auf dem Kopf zu einem wippenden Pferdeschwanz zusammengebunden. Katie öffnete beide Arme zur Begrüßung und blieb erst einmal stehen. Emma schob den

Rucksack zurecht, den sie über einer Schulter trug, bewegte sich ansonsten aber nicht. Es schien ihr wie Katie zu gehen, sie hatten sich seit mehreren Jahren nicht gesehen, und beide waren im ersten Moment überwältigt von diesem Augenblick. Schließlich machte Katie einen Schritt auf ihre Tochter zu und schloss Emma in ihre Arme. Nur kurz, ganz leicht, so, wie man Freunde begrüßen würde. Auf keinen Fall wollte sie Emma bedrängen. Sie konnte auch gar nicht anders, als sofort noch mal einen Schritt zurückzutreten. Sie musste Emma einmal von Kopf bis Fuß richtig ansehen.

Wie eigenartig es war, ihre Tochter nach so langer Zeit wiederzusehen. Als sie sich das letzte Mal gesehen hatten, war Emma wie alt – ja, genau, zwölf gewesen. Einen halben Kopf kleiner als jetzt und fast noch ein Kind. Nun stand vor Katie eine modisch gekleidete jüngere Version von ihr selbst, genauso groß wie sie. Für die Reise hatte Emma eine taillenkurze cremeweiße Steppjacke gewählt, dazu weiße Sneaker mit den dicksten Profilsohlen, die Katie je gesehen hatte, und eine weiche dunkelgraue Jogginghose. Scheu lächelte Emma, hielt mit einer Hand den Rucksack fest, streckte den freien Arm nach Katie aus und drückte sie noch einmal kurz an sich.

»Wo …?« Katies Stimme war ganz heiser vor Aufregung. Sie räusperte sich. »Wo warst du? Ich habe dich gar nicht durch die Tür kommen sehen.«

»Ich hab zwischen den Urlaubern festgesteckt, die haben so gedrängelt, dass ich glatt an dir vorbeigelaufen bin.«

Kurze Pause. Dann fingen beide gleichzeitig wieder an zu reden.

»Wie war …«

»Schöne Grüße von …«

Pause.

»Du zuerst.«

»Nein, du.«

Hilfe, dachte Katie. Da steht meine eigene Tochter vor

mir. Auf Augenhöhe, buchstäblich. Und ich stammele hier herum wie ein Teenager bei seinem allerersten Date. Jetzt reiß dich zusammen, du bist schließlich die Erwachsene hier. Katie spürte, wie ihr der Schweiß über den Rücken lief. Wie warm es hier drinnen in der Halle war.

Sie holte tief Luft, wies auf den geräumigen Rollkoffer, den Emma vor sich hergeschoben hatte, und sagte: »Ist das alles, was du mitgebracht hast?«

»Ja, wieso?« Emmas Nase kräuselte sich ein wenig, wenn sie lachte. »Ich brauch doch bloß meine Schulkleidung und ein bisschen was für die Freizeit. Was hast du denn gedacht?« Sie fächelte sich mit einer Hand Luft zu. »Puh, ist das heiß hier drinnen. Ich dachte, im Flugzeug wird mir vielleicht kalt, aber den hier hätte ich ruhig weglassen können.« Sie zerrte an dem riesigen blasslila Strickschal, den sie sich zweimal um den Hals geschlungen hatte. »Können wir hier rausgehen?«

Das war gut. Etwas Praktisches zu tun, würde ihnen über die ersten Minuten hinweghelfen. Entschlossen griff Katie nach dem Rollkoffer. »Der Aufzug ist da drüben. Ich bin mit dem Auto da. Komm.«

Erleichtert nickte Emma.

***

Das neue Auto war eine von Katies ersten Anschaffungen gewesen, als sie vor zwei Jahren nach Deutschland gezogen war. Ihr entging nicht, dass sich Emmas Augen ein bisschen weiteten, als sie sah, welches der Fahrzeuge in der langen Reihe blinkte, als Katie auf die Fernbedienung drückte.

»Coole Farbe«, bemerkte Emma.

»Ja, ich konnte nicht widerstehen. Meine Lieblingsfarbe. Ich hätte es Apfelgrün genannt, beim Hersteller hieß es Furious Green.«

»Und ist es das? Ich meine, furious? Wild, rasant und ein bisschen wütend?«

Statt einer Antwort lächelte Katie nur. »Wirst du ja gleich sehen.« Tatsächlich hatte sie sich nicht nur eine Sonderlackierung, sondern auch das Sport-Upgrade mit extra PS gegönnt. Sie fuhr gerne schnell, und gelegentlich merkte man, dass sie den größten Teil ihrer Fahrpraxis in Paris erworben hatte. Keine Parklücke war ihr zu klein, und eine unbekannte Strecke zu fahren, störte sie nicht im Geringsten.

Die beiden verstauten Emmas Gepäck im Kofferraum. Während Katie die Heckklappe schloss, sagte sie: »Ich geh noch schnell das Parkticket bezahlen, setz du dich doch schon mal rein.«

Im Weggehen sah Katie noch, wie Emma zielstrebig zur Fahrertür ging. »Die andere Seite, Emma.«

»Oh.« Emma wurde rot.

»Daran gewöhnt man sich schnell. Das ging mir anfangs auch so.«

***

Auf der Autobahn schaltete Katie das Radio ein. Ungefähr anderthalb Stunden würden sie bis nach Wümmerscheid-Sollensbach brauchen, wenn alles glatt lief. Obwohl es ein ganz normaler Samstagmittag war, war die Autobahn völlig überfüllt. Und anscheinend waren nur übellaunige Autofahrer unterwegs. Es wurde gedrängelt und gehupt, als ginge es darum, wertvolle Sekunden zu gewinnen. Mehr als einmal musste Katie scharf abbremsen, weil ein Autofahrer den Sicherheitsabstand vor Katies Auto ausnutzte, um ein paar Meter Vorsprung zu gewinnen. Das alles wurde nicht besser durch den feinen, aber stetigen Nieselregen, der eher in den Herbst als zu einem Frühlingstag gepasst hätte. Konzentriert und sicher lenkte Katie ihr Auto durch den Verkehr, es war jedoch kein entspanntes Fahren.

Mit einer gewissen Erleichterung bemerkte sie daher, dass nach wenigen Minuten Fahrt Emmas Kopf zur Seite sackte und dann mit einem Ruck wieder hochfuhr.

»Willst du ein bisschen schlafen? Auf dem Rücksitz liegt ein Kissen, das kannst du dir nehmen.«

»Mm, ja, bin ein bisschen müde. Wir mussten ganz schön früh aufstehen, um rechtzeitig am Flughafen zu sein.« Emma stopfte das Kissen zwischen Kopf und Schulter.

Vor Katie wurden die Autos auf allen Spuren langsamer, überall waren durch den Nieselregen Bremslichter zu sehen, dann Warnblinklichter. Bremsen. Stehen. Anfahren. Stehen. Warten. Immer, wenn sie nicht fahren konnte, nutzte Katie die Gelegenheit, zur Seite zu schauen. Ihre Tochter direkt neben sich zu sehen, war für sie wie ein Geschenk. Ihre Emma, ihr Mädchen ... wobei es schön wäre, bald zu Hause zu sein. Ah, da waren die Verkehrsnachrichten. Katie drehte das Radio lauter.

»Hier ist der SWR3 mit den Verkehrsnachrichten. Stau nach einem Unfall auf der A3 von Köln in Richtung Frankfurt am Dernbacher Dreieck. Der Verkehr wird an der Unfallstelle vorbeigeleitet. Rechnen Sie mit einer Verzögerung von etwa vierzig Minuten.«

»Ach verflixt«, murmelte Katie. Kurz entschlossen setzte sie an der nächsten Ausfahrt den Blinker. »Dann fahren wir eben die Strecke durch den Westerwald und dann auf die A48. Genau.«

Emma spürte, dass sich etwas geändert hatte, und setzte sich verschlafen auf.

Katie fuhr in den Kreisverkehr.

»Woah!«

Fast hätte Katie das Lenkrad verrissen, so sehr erschreckte sie sich, als Emma aufschrie.

»Sorry, Katie«, stammelte Emma. »Als du gerade falsch herum in den Kreisverkehr gefahren bist … ich dachte, gleich kracht's.«

»Das war nicht falsch herum, my dear.« Katies Herzschlag hatte sich schon fast wieder beruhigt. Am Straßenrand tauchte das Logo einer Fastfood-Kette auf.

»Sollen wir mal …«

»Wie wär's …«

Beide brachen in lautes Gelächter aus.

»Das muss aufhören, dass wir immer gleichzeitig reden.« Katie kicherte. »Willst du Cola oder Kaffee?«

Typisch Teenager

Emma, ihre geliebte Emma, war hier bei ihr. Allein dieser Gedanke machte Katie ganz schwindelig. In ihrem Kopf wirbelten die Ideen, was man in den nächsten Wochen alles zusammen unternehmen könnte, herum wie die Sitze an einem Kettenkarussell. So viele Ideen, so viele Möglichkeiten.

Katie stand in ihrer kleinen privaten Küche, der junge Al Green lieferte mit *Let's stay together* den passenden Soundtrack für diesen besonderen Morgen. Sie hatte bereits gefrühstückt und alles tipptopp aufgeräumt.

Viel Zeit blieb ihr nicht mehr, bevor sie unten im Frühstücksraum mit der Arbeit beginnen musste, aber sie wollte ihrer Tochter doch zumindest noch einen Becher englischen Frühstückstee ans Bett bringen. Heute war Sonntag, und es war Emmas erster Morgen in Deutschland. Am Abend vorher war sie sehr früh schlafen gegangen. Die Anreise nach Deutschland war sicher nur ein Grund für ihrer Müdigkeit. Katie vermutete, dass die Geburtstagsparty zu Emmas Sechzehntem beim Schlafdefizit ihrer Tochter eine viel größere Rolle spielte. Zumal sie sturmfreie Bude gehabt hatte. Es sei ihr gegönnt, man wird schließlich nur einmal sechzehn, dachte Katie. Vielleicht hatten Brian und Sheila ihre USA-Reise sogar extra so gelegt, dass sie sich mit dem Trubel einer Teenager-Party nicht herumärgern mussten?

Katie füllte den heißen Tee in eine Thermoskanne. Weil sie nicht wusste, wie Emma ihren Tee gerne trank, stellte sie noch Zucker, Milch und Zitrone zu der Kanne auf das kleine runde Tablett. Es gab so vieles, was sie von ihr noch nicht wusste. Einen Zettel mit dem Hinweis *Frühstück steht in der Küche* legte sie neben die Thermoskanne.

Mit dem Tablett in einer Hand klopfte Katie leise an die Tür des Gästezimmers. Als von drinnen keine Antwort kam, öffnete sie behutsam die Tür.

Für einen Moment blieb Katie in der Tür stehen und lauschte den ruhigen Atemzügen ihrer Tochter. Vier lange Jahre hatte sie diese Atemzüge nicht gehört. Katie spürte, wie ihr Freudentränen in den Augen brannten. Mit der freien Hand wischte sie sich über das Gesicht. Viel war von Emma nicht zu sehen: Am unteren Ende der Decke ragte ein Paar Füße hervor, Emmas Kopf war halb unter dem Kissen verborgen. So hatte sie schon als kleines Mädchen geschlafen, nie mit dem Kopf auf dem Kissen, sondern meistens darunter. Katie lächelte gerührt, als sie sah, wie die verstrubbelten dunkelblonden Haare unter einer Ecke des Kissens hervorschauten. Vorsichtig, damit ihre Tochter nicht aufwachte, stellte sie das Tablett auf dem Nachttisch ab. Ein letzter liebevoller Blick, dann verließ sie das Zimmer und schloss leise die Tür hinter sich. Es wurde Zeit, sich um das Frühstück der Pensionsgäste zu kümmern.

***

»Emma spricht übrigens wirklich gut Deutsch«, stellte Theo

fest. Katie und er hatten gerade ihre Morgenbesprechung beendet.

»Ja, sie hat ja auch lange bei ihrer deutschen Großmutter gelebt. Auch ich habe früher mit ihr Deutsch gesprochen, bevor der Kontakt abgebrochen ist, und seit ein paar Jahren hat sie sogar Deutsch als Fremdsprache in ihrer Schule.«

»Dann wird sie ja in der deutschen Schule leicht zurechtkommen. – Und, wie geht es dir mit der ganzen Sache? Wie war dein erster Abend als Mutter?«

»Oh, wir haben uns nur noch ganz kurz unterhalten können. Emma war fix und fertig. Sie hat am Abend vor dem Abflug eine Party mit ihren Freundinnen gefeiert, wahrscheinlich bis in den frühen Morgen. Zum Glück beginnt der Schulunterricht in Brennerbach für sie erst am Mittwoch. Also hat Emma noch etwas Zeit, um anzukommen«, erwiderte Katie.

»Soll ich sie morgens zur Schule fahren? Um die Uhrzeit bist du doch sehr eingespannt.«

»Es ist super nett von dir, das anzubieten, aber ich möchte Emma den Einstieg so einfach wie möglich machen. Es ist für mich selbstverständlich, dass ich sie zur Schule begleite.«

»Hm, ja, verstehe ich. Mein Angebot steht jedenfalls. Du weißt doch, dass ich jeden Tag direkt von zu Hause zum Biohof fahre, um unsere Bestellung abzuholen. Und das Schulzentrum liegt ganz in der Nähe. Ich muss also lediglich einen kleinen Umweg fahren, um Emma hier abzuholen. Nach der Schule kann sie dann mit dem Bus nach Hause fahren.«

»Was würde ich nur ohne dich tun?«

»Ich mache das gern, Katie. Wir kriegen das schon gemeinsam gestemmt.«

»Ja, du hast recht, wir sind ein gutes Team.«

Bei ihrem letzten Satz wurde Theos Lächeln etwas weniger strahlend.

»Gut, dann werde ich mal weiterarbeiten«, sagte er, nahm Katies Bestellung und verließ eilig das Büro.

Hm, dachte Katie, habe ich was Falsches gesagt? Theo war ja geradezu aus dem Büro geflüchtet. Ach was, wahrscheinlich bildete sie sich das nur ein.

***

Als Katie mittags in ihre Wohnung kam, war Emma zumindest auf den Beinen, Katie hörte die Dusche rauschen. Offenbar hatte Emma auch schon gefrühstückt. Alle Indizien sprachen dafür: In der Küche stand das gebrauchte Geschirr auf dem Tisch, Emma hatte die offene Cornflakes-Packung und die Milch ebenfalls stehen gelassen. Den Tisch abzuräumen, hatte sie offenbar vergessen. Und wie es in ihrer sonst so ordentlichen Wohnung aussah! Von der Küche aus zog sich eine Spur aus getragenen Socken, Wäsche und einem Nachthemd in Richtung Badezimmer. Da hatte sich wohl jemand auf dem Weg zur Dusche ausgezogen und die Kleidungsstücke unterwegs einfach fallen gelassen. Katie brummte ungehalten, bückte sich dann aber und klaubte die Sachen auf, um sie ins Gästezimmer zu tragen.

Im Türrahmen blieb sie stehen. Hier sah es aus, als wäre Emmas Tagesrucksack explodiert. Sie hatte wohl hektisch nach etwas gesucht, etwas, das anscheinend ganz unten im Rucksack verborgen gewesen war, denn der gesamte Inhalt lag rund um den Rucksack verstreut auf dem Fußboden. Die Türen des Kleiderschranks standen halb offen, und im Schrank war – nichts. Der Koffer war also noch nicht ausgepackt.

»Naja«, murmelte Katie angesichts dieser Unordnung, »sie muss erst einmal ankommen. Bestimmt wird sie später aufräumen. In so einem Chaos kann schließlich niemand wohnen.« Katie ging zur Badezimmertür und klopfte. »Emma, wenn du etwas essen möchtest, komm einfach runter. Ich bin unten in der Küche.«

»Alles klar, ich dusch noch.«

Katie wartete ab, ob noch ein Nachsatz käme wie »Dauert nicht mehr lange« oder »Bin in ein paar Minuten fertig«. Stattdessen wummerten plötzlich im Badezimmer markerschütternde Bässe los. Emmas verspätete Morgentoilette wurde von ohrenbetäubendem Rap begleitet.

»Wer's mag … Gut, dass ich hier oben weit von unseren Gästezimmern entfernt wohne.« Kopfschüttelnd verließ Katie ihre Wohnung.

Theo hat den Blues

Die Abende waren schwer zu ertragen. Tagsüber hatte Theo genug zu tun, um nicht daran zu denken, dass nach Feierabend nur eine leere Wohnung auf ihn wartete. Er hatte sich das nicht ausgesucht. Wenn man ihn vor einem halben Jahr gefragt hätte, er hätte von einem Leben an Martinas Seite geschwärmt. Martina, seine große Liebe. Die Frau, mit der er hatte alt werden wollen. Doch dazu gehörten immer zwei, und Martina hatte offenbar andere Pläne gehabt, was die gemeinsame Ehe betraf.

Der Schmerz hatte nachgelassen. Ihr Verrat aber machte ihn immer noch wütend. Als er sie in wilder Leidenschaft mit ihrem Kollegen überrascht hatte, war für ihn eine Welt zusammengebrochen. Was Martina an dem Kerl reizte, würde ihm auf ewig ein Rätsel bleiben. Er war noch am gleichen Abend aus dem gemeinsamen Haus ausgezogen. Ein Bekannter aus dem Sportverein hatte ihm kürzlich erzählt, dass Martinas neuer Lover inzwischen bei ihr eingezogen war. Für Theo machte das keinen Unterschied, er hatte ohnehin nicht auf einen Neuanfang gehofft. Martinas Verrat hatte sein Vertrauen zu ihr für immer zerstört.

Seine neue Wohnung war – höflich umschrieben – spartanisch eingerichtet. In seinem alten Haus hatte er Monate in den Umbau gesteckt, hatte die Zimmer liebevoll renoviert und eingerichtet. Martina hatte es gefallen. Gut, sollte sie mit dem Haus glücklich werden. Hier in seinen neuen Zimmern hatte er lediglich dafür gesorgt, dass die Wände frisch gestrichen und die alten Holzfußböden neu geölt wurden. Er hatte außer seinem alten Schreibtisch, einem Erbstück von seinem Onkel, einem Ledersessel und seiner Musikanlage samt Boxen nichts aus dem gemeinsamen Haus mitgenommen. Seine Kleidung lag in zwei Regalen, die einer seiner Freunde noch übrig gehabt hatte, dazu kamen eine Matratze auf dem Boden und eine umgedrehte Weinkiste als Nachttisch. Die Küchenmöbel hatte er vom Vormieter übernommen. Warum austauschen? Er musste nur am Wochenende für sich kochen. Dafür reichte ihm der einfache alte Elektroherd mit dem kaputten Backofen. Ansonsten stand hier ein Tisch auf wackeligen Beinen, ein einzelner Stuhl – er hatte nie Gäste – und eine Anrichte für das wenige Geschirr und die Töpfe, die er sich auf dem Trödel zusammengekauft hatte.

Fotos von dieser Wohnung würden das perfekte Begleitmaterial für einen Blogbeitrag aus der Serie »Wir gestalten Junggesellenwohnungen um« abgeben. Und das hier wäre definitiv die »Vorher«-Variante. Theo war klar, dass seine Wohnungseinrichtung mehr als armselig war, aber er hatte die letzten Monate gebraucht, um den Tiefschlag zu verdauen und überhaupt wieder auf die Beine zu kommen. Für gestalterische Feinheiten hatte er ganz schlicht keine Energie übrig.

»If leaving me is easy«, Phil Collins' Lied über das Verlassenwerden dröhnte an diesem Abend durch die fast leeren Zimmer. Seine Vermieterin war seit zwei Wochen bei ihrer Enkelin in Bonn. Theo hatte das alte Bauernhaus für sich allein, deshalb störte es auch niemanden, wenn er die erdrückende Stille durch laute Musik vertrieb.

Collins' frühes Soloalbum *Face Value* hatte er nie wirklich angehört. Er mochte Queen, Chicago, die Dire Straits. Wenn schon Collins, dann doch bitte als Teil von Genesis. Aber durch Zufall hatte er die CD in Brennerbach in einem Second-Hand-Laden entdeckt. Seitdem lief das Album in Dauerschleife. Es passte zu seiner Stimmung.

Theo hatte seinen Laptop auf dem Küchentisch aufgebaut und arbeitete. Er zog ein weiteres Textfeld auf und kopierte mit zwei Mausklicks den Text hinein. Speichern, schließen, fertig.

Die Gestaltung der neuen Website für die Pension hätte er nicht abends in seiner Freizeit machen müssen, aber für ihn war das mehr Vergnügen als Arbeit. So konnte er sich von der Leere in seiner Wohnung und in seinem Herzen ablenken.

Theo öffnete den Fotoordner, den er für die Website angelegt hatte. Die Grundstruktur hatte er sich schon überlegt, die Texte waren geschrieben und eingefügt, jetzt brauchte er die passenden Bilder.

Ein paar Fotos würde er als Bildergalerie auf der Startseite präsentieren: die Nahaufnahme des Zitronenfalters und ein Foto vom Garten zum Beispiel. Katie hat wirklich ein Auge für Details, dachte er. Die beiden Aufnahmen kombinierte er mit Fotos vom Haus, der großen Halle, dem Speiseraum und einem der Doppelzimmer. So weit, so gut, aber er wollte mehr als nur Räume und Landschaft zeigen. Besucher der Website sollten auch die Menschen kennenlernen, die in der Pension dafür sorgten, dass die Gäste einen angenehmen Urlaub verlebten. In einem zweiten Ordner hatte er seine eigenen Fotos gespeichert, die er in den letzten Tagen gemacht hatte. Elke, die mit einem großen Stapel Badetücher auf dem Arm in die Kamera lachte. Manni, der gerade Brötchen aus dem Ofen holte. Und dann war da noch eine ganze Reihe von Bildern, die Katie zeigten. Auf einem Bild stand sie an ihrem Gartentor und schaute irgendwo in die Ferne. Auf diesem Foto sah Katie unglaublich glücklich und zufrieden aus.

Sie war eine attraktive Frau. Eine von denen, die es nicht nötig hatten, mit aufwendigem Make-up und Styling auf sich aufmerksam zu machen. Katie konnte ihre albernen bunten Gummistiefel tragen, verschwitzt in die Kamera strahlen und gerade dadurch vielen Fotomodels das Wasser abgraben.

Immer wieder blätterte er zurück zu diesem Foto von Katie am Gartentor. Er ertappte sich dabei, dass er lächelte. Schnell blätterte er weiter. Da war eine der Portraitaufnahmen von Katie, die er an einem windigen Vormittag gemacht hatte, während sie im Garten gearbeitet hatte. Er hatte nach ihr gerufen, und sie hatte sich umgedreht und über ihre Schulter hinweg zu ihm geschaut, dabei gleichzeitig eine Haarsträhne hinters Ohr geklemmt und ihm einen Blick aus ihren strahlenden blauen Augen geschenkt. Er vergrößerte die Aufnahme auf dem Bildschirm. Katie schien ihn direkt anzulächeln.

Moment mal, hör auf, ermahnte er sich selbst, denk nicht einmal daran. Katie war für ihn da gewesen, als seine Welt zusammengebrochen war. Sie hatte ihn vor einem düsteren, tiefen Abgrund gerettet. Dafür würde er ihr für immer dankbar sein. Aber mehr durfte es da auch nicht geben. Katie war für ihn Chefin und Freundin zugleich. Eine Doppelrolle, die ihr keine Schwierigkeiten zu bereiten schien. Also sollte es doch für ihn auch kein Problem sein, in ihr die Chefin und eine gute Freundin zu sehen. Ja, sie war anders als Martina. Sie war loyal und warmherzig. Vor allem aber hatte sie einen Freund, also Finger weg.

Theo schnaubte, als er an die Szene in der Küche dachte. Olivers Verlegenheit und Katies Empörung angesichts einer angekündigten Hochzeit, von der sie zum ersten Mal gehört hatte.

Okay, eventuell lief es zwischen Oliver und Katie gerade

nicht optimal, aber das war kein Grund, sich Hoffnungen zu machen. So ein Typ Mann war er nicht und wollte er auch nicht werden.

Theo lehnte sich zurück und starrte auf Katies strahlendes Lächeln, das seinen Monitor füllte.

Phil Collins sang unpassenderweise genau jetzt *This must be love*. Nein, das durfte keine Liebe werden, so viel stand fest. Aber was, wenn Katie ähnliche Gefühle hatte? Schluss jetzt mit diesen Gedanken. So weit durfte es auf keinen Fall kommen, das führte geradewegs in eine Katastrophe. Theo vergrub das Gesicht in beiden Händen. Er war so allein.

Hier gibt es keine Haushälterin

Sollte sie …? Seit mehr als einer Woche hatte Katie keine Gelegenheit mehr gehabt, mit Sophie zu sprechen. Ob sie Sophie einfach mal anrufen sollte? Sie schaute auf die Uhr. Kurz nach dem Frühstück war Sophie immer besonders beschäftigt. Sie musste morgens ihre kleine Tochter in die Kita bringen. Danach galt es, alles im Café und im Bistro vorzubereiten. Für eine ausgedehnte Unterhaltung unter Freundinnen blieb da kaum Zeit.

Katie schloss die Bürotür hinter sich und setzte sich in einen der Sessel. Sie hielt das Handy fest, immer noch unschlüssig, ob sie Sophie um diese Zeit schon stören konnte. Das Handy vibrierte kurz in ihrer Hand. Eine Nachricht! Von Sophie. Das war wohl Gedankenübertragung. Katie öffnete das Bild, das Sophie ihr geschickt hatte, und kicherte. Es war ein Cartoon, der ein Teenager-Mädchen im Wohnzimmer zeigte, halb liegend in einem Sessel versunken und umgeben von einem heillosen Durcheinander. Das Mädchen hatte eine gewisse Ähnlichkeit mit Emma.

Guten Morgen, Katie, hatte Sophie darunter geschrieben,

wollte mal nachfragen, wie du als Mutter klarkommst? Hat alles bisher geklappt? Fühlt sich Emma wohl?

Sophie hatte offenbar gerade Zeit. Ein Geschenk des Himmels. Seit über einer Woche hatten sie nicht mehr miteinander geredet. Schnell wählte Katie die Nummer.

»Hi, ich dachte, ich ruf direkt an, sprechen geht doch schneller als schreiben. Wie ich klarkomme? Ich war ganz schön aufgeregt, das kann ich dir sagen, aber Emma ist pünktlich in Köln angekommen.«

»Ich dachte bei meiner Frage mehr an das Miteinander, Katie. Ihr habt euch doch schließlich mehrere Jahre nicht gesehen.«

»Ach so, ja. Ich denke, das wird sich in den nächsten Tagen einspielen. Emma ist ja kein Kind mehr, sie ist sechzehn Jahre alt und ziemlich taff, hat ihren eigenen Kopf … und der ist … na, sagen wir mal, eigenwillig.«

»Eine pubertierende Teenagerin, das steht mir mit Lisa auch irgendwann ins Haus, und ich kann nicht sagen, dass ich mich darauf freue.«

»Im Grunde ist es nicht so schlimm.«

»Du weißt aber schon, dass ›im Grunde nicht so schlimm‹ die kleine Schwester von ›ganz furchtbar‹ ist?«

»Ihh, wie gemein.«

»Aber wahr.«

»Okay, okay. Ich will es gar nicht schönreden. Emma war am Wochenende ziemlich durch den Wind, weil sie in der letzten Woche nur wenig Schlaf bekommen hat. Offenbar gab es in London, nachdem mein Ex bereits abgereist war, eine rauschende Partynacht. Irgendwie hatte ich gedacht, wir würden abends lange zusammensitzen und uns unterhalten, schließlich gibt es viel zu erzählen. Aber am Samstag und Sonntag ist sie ziemlich früh ins Bett gegangen, und gestern Abend haben wir zwar zusammen gegessen, aber danach hat sich Emma in ihr Zimmer zurückgezogen, um per Videocall ihre Freundinnen in England auf den aktuellen Stand zu bringen. Also viel gesehen haben wir uns im Grunde noch gar nicht.«

»Kopf hoch, Katie, das wird schon. Du kannst nicht erwarten, dass du die letzten Jahre in drei Tagen nachholen kannst. Lass ihr ein bisschen Spielraum. Emma wird auch Zeit benötigen, um sich einzuleben. Es ist ja kein Kurzbesuch. Das muss nicht alles sofort passieren, ihr habt später noch genug Zeit füreinander.«

»Das stimmt natürlich. Ab morgen geht sie in die Schule, ich bin gespannt, wie sie zurechtkommt.«

»Du hast gerade selber gesagt, dass deine Tochter ziemlich taff ist, und das Schulzentrum in Brennerbach hat einen guten Ruf. Da kann doch nichts schiefgehen. Ich denke, Emma wird ihren Spaß haben.« Mehr gab es dazu nicht zu sagen, und Sophie wechselte das Thema. »Ach übrigens, was ich dich noch fragen wollte: Bei mir war vor ein paar Tagen ein Künstler, dem ich deine Pension empfohlen habe.«

»Ronald Willem. Ja, der wohnt jetzt bei uns, und er will achtzehn große Leinwände gestalten, während er da ist. Wobei er in den letzten Tagen eigentlich nur Landschaftsbilder gemalt und gezeichnet hat.«

»Landschaftsbilder? Im Ernst? Ich habe ihn gegoogelt, der malt doch sonst nur sehr abstrakt. Obwohl, das stimmt gar nicht, er hat hier bei mir den Gastraum des Cafés skizziert. Er ist unglaublich talentiert, ich hätte ihm das Bild sofort abgekauft.«

»Wenn du möchtest, kann ich ja mal nach der Skizze fragen.«

»Warum nicht.« Plötzlich klang Sophies Stimme anders, abgelenkt irgendwie. So war Katie nicht besonders überrascht, als Sophie sagte: »Du, Peter kommt gerade mit einem großen Tablett herein. Unser Frühstück ist fertig. Wärst du mir böse, wenn wir unser Telefonat beenden?«

»Nein, gar nicht, ich muss ja auch weitermachen. Aber es war schön, mit dir zu reden.«

»Fand ich auch. Komm doch in den nächsten Tagen mal mit Emma zum Essen vorbei. Mein Café wird ihr sicher gefallen.«

»Das machen wir. Tschüs dann, und grüß Peter von mir.«

»Wird gemacht. Tschüs, Katie.«

Katie legte das Handy auf den Schreibtisch und überschlug im Kopf, wie viel Zeit ihr noch blieb, bis Theo zur Arbeit erschien. »Das müsste reichen. Außerdem ist es gleich schon halb zehn, da kann mein Sweetheart ruhig mal wach werden«, murmelte Katie und machte sich auf den Weg, um Emma zu wecken.

Als Katie ihre Wohnung im Dachgeschoss betrat, herrschte noch tiefe Stille. Ein Blick in die Küche, nein, die Schüssel für die Cornflakes, die Katie vor drei Stunden auf den Tisch gestellt hatte, war noch unberührt. Gut, dann würde sie Emma wohl wecken müssen, sie konnte ja nicht den ganzen Vormittag verschlafen. Behutsam klopfte sie an Emmas Tür. Keine Reaktion. Katie drückte die Klinke herunter, aber die Tür ließ sich nur einen Spalt breit öffnen. Irgendwas lag dahinter und blockierte sie. Katie schob energischer. So gelang es ihr immerhin, die Tür so weit zu öffnen, dass sie ins Zimmer schlüpfen konnte. Jetzt sah sie auch, was das Hindernis war: Emmas Rollenkoffer, der – immer noch unausgepackt – mit halb geöffnetem Deckel auf dem Boden lag. Katie schaute sich fassungslos um. Ihr hübsches Gästezimmer war kaum wiederzuerkennen. Emma hatte die getragene Wäsche der letzten Tage achtlos auf dem Boden verteilt, dazwischen lagen zwei aufgeschlagene Bücher, eins davon mit den Seiten nach unten, eine englische Ausgabe der *Vogue*, drei leer gegessene Teller, ein zusammengeknülltes Handtuch, zwei Gläser, eines noch halb voll mit Milch, eine aufgerissene Chipstüte und die Verpackungen von mehreren Schokoriegeln.

Was sollte sie tun? Auf keinen Fall wollte sie an Emma herumnörgeln, bevor sie überhaupt Gelegenheit gehabt hatten, einander wieder näherzukommen. Eins nach dem anderen, entschied Katie. Erst mal wecken, danach die Sache mit der Ordnung klären, sachlich und freundlich. Von der Tür aus sagte sie laut: »Guten Morgen, mein Schatz, Zeit aufzuwachen.«

In Emmas Bett regte sich etwas unter dem Kissengebirge. Mit einem Brummen blinzelte Emma verschlafen unter den Kissen hervor. Sie setzte sich auf, gähnte herzhaft und reckte sich. Sie trug einen hellblauen Schlafanzug, der mit einem Muster aus kleinen weißen Pudeln bedruckt war. Jeder Pudel trug ein Mäntelchen in einer anderen Farbe. Süß und gleichzeitig ein bisschen albern. Katies schlechte Stimmung verflog augenblicklich.

»Guten Morgen, Katie.« Noch ein gewaltiges Gähnen, wobei sich Emma wohlerzogen die Hand vor den Mund hielt. »Wie spät ist es denn?«

»Halb zehn, ich dachte, ich wecke dich mal.«

»Wäre nicht nötig gewesen, in der Regel wache ich vor zehn Uhr von alleine auf.«

»Gut zu wissen, werde ich mir merken.« Uff, das klang zickig, so war das gar nicht gemeint gewesen. Sie horchte ihrer eigenen Stimme nach. So wollte sie nicht sein. »Hast du gut geschlafen? Du hast bestimmt Hunger auf Frühstück, oder?«

»Och, geht so. Ich hab's mir gestern noch mit einem kleinen Snack gemütlich gemacht.« Mit einer unbestimmten Handbewegung wedelte Emma in Richtung Fußboden, wo die Reste von ihrem nächtlichen Imbiss standen.

Sicher, gemütlich war es bestimmt gewesen, nachts noch Chips und Schokolade zu futtern. Aber wie es hier aussah! Katie atmete tief durch und setzte sich auf die Bettkante. »Hör zu, Emma. Dazu wollte ich auch gerade was sagen.«

»Uhh, das klingt nach Stress. Ich dachte, die Sachen in der Küche sind zum Essen da.«

»Nein, darum geht es gar nicht, und ich will dir auch keinen Stress machen, aber du musst anfangen aufzuräumen. Den Koffer wolltest du schon gestern auspacken. Du hast einen Schrank und eine Kommode, das sollte also nicht so schwer sein. Und in der ganzen Wohnung … Ich habe das Gefühl, du räumst gar nichts weg, was du benutzt hast. Machst du das immer so?«

Emma rutschte am Betthaupt hoch und stopfte sich ein Kissen in den Rücken. »Nö, nur zu Hause. In der Schule würde ich damit nicht durchkommen. Unsere Hausmutter, Ms Fogger, ist bei so was total überkorrekt. Aber zu Hause bei Dad und Mum muss ich nichts im Haushalt machen, dafür ist Martha zuständig.«

Emma sagte das völlig gelassen, als wäre es das Normalste auf der Welt, seinen Müll herumliegen zu lassen. Bei dem Wort »Mum« zuckte Katie innerlich zusammen, ließ sich aber nichts anmerken. »Nur, damit ich das richtig verstehe: In der Schule dürft ihr euch nichts erlauben, und bei dir zu Hause räumt eure Haushälterin hinter dir her?«

»Klar, dafür wird sie doch bezahlt. Martha kommt an fünf Tagen in der Woche, und ihre einzige Aufgabe ist es, dass alles im Haus von Dad und Mum reibungslos läuft.«

»Okay, hab ich jetzt verstanden. Aber hier ist das nicht so.«

»Wieso, Elke und Lotte machen doch die Zimmer und die Wäsche?«

»Sie machen die Zimmer für die Gäste der Pension, dafür werden sie bezahlt. Meine eigene Wohnung mache ich selbst sauber, und meine Wäsche wasche ich auch selber. Manchmal sind Elke oder Lotte so nett und bringen die saubere Wäsche aus der Waschküche hier hoch, aber das gehört eigentlich nicht zu ihren Aufgaben. Was ich sagen will, ist, dass du und ich keine Haushälterin haben. Wir haben aber zum Glück auch keine Ms Fogger, die uns auf die Finger schaut.«

Ein erleichtertes Grinsen flog über Emmas Gesicht. Damit war das Problem für sie offenbar gelöst. »Na also«, sagte sie.

»Trotzdem musst du deinen Müll wegräumen, dein gebrauchtes Geschirr in die Spülmaschine stellen und deine Kleidung vom Boden aufheben. Hier kommt nämlich niemand vorbei und räumt hinter dir her. Und ich werde das ganz sicher auch nicht tun.«

»Echt jetzt?«

»Echt jetzt. Hundert Prozent. Sieh zu, dass du deinen Koffer ausgepackt bekommst, wirf die schmutzige Wäsche in den Wäschebehälter im Bad und alle Essenreste und Verpackungen in den Abfall.«

»Sonst noch was?«

»Nee, außer, dass es schön wäre, wenn du heute in der Küche unten frühstücken würdest. Ich habe dort nämlich zu tun, das Abendessen muss vorbereitet werden, und wir könnten trotzdem zusammen sein. Ich werde jetzt aber erst einmal eine halbe Stunde mit Theo reden, du hast also genug Zeit, um zu duschen und mit dem Aufräumen anzufangen.«

»Morgen ist doch auch noch Zeit, Katie. Morgen mache ich Ordnung.«

»Nee, morgen beginnt die Schule. Das heißt, du musst morgen unbedingt um halb acht fertig sein. Ich fahre dich zur Schule, suche mir einen Parkplatz, dann gehen wir zusammen rein und ich zeige dir, wo das Sekretariat ist.«

»Boah, wie peinlich ist das denn?« Emmas ätzender Tonfall ließ Katie zusammenzucken. »Ich bin kein Kleinkind mehr. Ich lass mich doch nicht an deiner Hand in die Schule führen.«

Katie warf ihr einen scharfen Blick zu. »Das war jetzt unnötig, my dear.«

»Sorry, Katie.« Emma versuchte wieder einzulenken. »Ist nett gemeint, aber ich würde lieber alleine reingehen. Okay?«

»In Ordnung. Wie du meinst.«

»Theo hat gesagt, er könnte mich auch hinfahren, es wäre kein Umweg für ihn.«

»Ja, das hat er angeboten. Also, von mir aus, wenn du das unbedingt möchtest … Und jetzt solltest du besser hier aufräumen.«

Emma ließ ihren Blick durchs Zimmer wandern und seufzte abgrundtief. »Also gut, dann werde ich mal anfangen.«

»Find ich gut. Wir sehen uns dann gleich unten.«

Sie stand auf und ließ Emma in ihrem Zimmer zurück. Das war doch gar nicht schlecht gelaufen, hätte schlimmer kommen können. Ihre Kleine war ganz schön verwöhnt. Ob sich Brian damit wirklich einen Gefallen tat? Während sie die Treppen hinabstieg, nahm sich Katie vor, dass Emma bei ihr zwar mehr Freiheiten als in der Schule genießen sollte, aber vielleicht konnte sie ihrer Tochter ja gleichzeitig auch ein wenig mehr Verantwortungsgefühl vermitteln.

»Hallo, Katie, du siehst aber nachdenklich aus.« Theo kam ihr in der Halle entgegen. »Alles in Ordnung bei dir?«

»Ja, ich habe nur gerade erkannt, dass mein lieber Ex-Mann unsere Tochter nach Strich und Faden verwöhnt. Stell dir mal vor, sie hält es für selbstverständlich, dass eine Haushälterin hinter ihr aufräumt.«

»Autsch. Da wird sie sich hier aber umstellen müssen.«

»Genau das habe ich ihr auch gesagt, und sie war nicht glücklich darüber.«

»Wundert dich das? Welcher Teenager findet denn Umstellungen toll?«

Katie hakte sich bei Theo unter. »Du hast so recht. Komm, lass uns ins Büro gehen und über die Reservierungen sprechen. In einer halben Stunde kommt Emma wahrscheinlich zum Frühstück runter, bis dahin haben wir Zeit. Falls sie es sich nicht anders überlegt.«

»Wo Leben ist, ist auch Hoffnung. Meine Mutter hat immer zu meiner Schwester gesagt, dass Teenager zwar nicht ans Christkind glauben, aber daran, dass jede einzelne schmutzige Tennissocke von alleine den Weg in die Waschmaschine findet. Also, du bist nicht die erste Mutter mit diesem Problem.«

Katie fühlte sich, seit sie das Ganze bei Theo angesprochen hatte, schon viel besser. »Und das hat deine Mutter nur zu deiner Schwester gesagt?«

Theo blieb stehen, schaute sie von unten mit einem treuherzigen Dackelblick an und erwiderte feierlich: »Natürlich, ich dagegen war das Musterbeispiel für Ordnung, großes Pfadfinder-Ehrenwort.«

»Ich glaub dir kein einziges Wort.«

Theo grinste breit. »Ich habe es befürchtet, aber einen Versuch war es wert. Ich war auch gar nicht bei den Pfadfindern …«

Lachend gingen die beiden zurück in Katies Büro.

Emmas erster Schultag

In aller Frühe war Katie draußen im Garten gewesen und hatte frische Blumen für die Frühstückstische geholt. Jetzt saß sie an dem alten Holztisch, den sie draußen aufgestellt hatte. Sie griff nach der ersten von zehn schmalen geraden Glasvasen und steckte zwei Birkenzweige hinein. Dazu ein paar leuchtend gelbe Narzissen. Mit schräg gelegtem Kopf betrachtete sie die Blumen und schüttelte dann den Kopf. Das war noch nicht genug. Sie nahm eine blaue Iris aus dem Blumenkorb und fügte sie hinzu. Schon besser. Der letzte Schliff wäre jetzt eine Schleife, aber sie hatte nicht daran gedacht, die Kiste mit den Geschenkbändern und Schleifen nach draußen mitzunehmen.

Hinter ihr wurde der Seiteneingang neben der Küche aufgerissen, und Emma rief: »Tschüs, Katie! Ich muss jetzt los, hab's eilig!«

Katie drehte sich auf dem Gartenstuhl um. Emma war gar nicht erst zu ihr herausgelaufen, sondern steckte nur den Kopf durch die Tür.

»Willst du nicht noch frühstücken?«

»Mach ich in der Schule. Theo wartet schon draußen im Auto. Bye-bye!«

»Hast du an deine Pausenbrote gedacht?«

Zu spät. Kopfschüttelnd schaute Katie auf die Tür, die schon wieder hinter ihrer Tochter ins Schloss gefallen war. Sollte sie hinterherlaufen, um sich richtig zu verabschieden? Nein, Emma war fast erwachsen. Schon am Vortag hatte ihre Tochter äußerst unwillig reagiert, weil sie sich wie ein Kind behandelt fühlte. Theo würde sie an der Schule absetzen, und ob sie ihr Frühstück in der Pension oder erst als Pausenbrot essen wollte, war Emmas eigene Entscheidung. Alles war gut.

Die Frühlingssonne wärmte ihr den Rücken, und mit einem zufriedenen Seufzer wandte sich Katie wieder ihrer Arbeit zu. Eine Verzierung für die Vase. Kurz entschlossen griff sie nach dem Bindebast, wickelte ihn mehrere Zentimeter breit wie eine Manschette um die Vase, verknotete die Enden und band sie zu einer winzigen Schleife.

***

»Danke fürs Mitnehmen, Theo.«

»Hab ich gern gemacht. Weißt du, wohin du gehen musst, oder soll ich kurz mitkommen?«

»He, ich bin doch kein Baby mehr. Ich soll mich im Sekretariat melden. Wie schwer kann es sein, das zu finden? Ist bestimmt ausgeschildert, sonst frag ich mich durch.«

»Na, dann mach's gut, und viel Spaß.«

»Okay, bye.«

Emma griff nach ihrem Rucksack, sprang aus dem Auto und verschwand auf dem Schulhof. Theo schaute ihr hinterher. In der Schülermenge war sie leicht zu erkennen. Es dauerte einen Moment, bis er dahinterkam, warum. Weit und breit war kein Mädchen zu sehen, das wie Emma gekleidet war. Schon als sie an der Pension losgefahren waren, hatte er sich ein wenig über ihre konservative Kleidung gewundert. Mit ihrem blassgrün karierten, knielangen Faltenrock und dem grünen Blazer wirkte sie wie ein toupierter Zuchtpudel unter Wölfen. Soweit Theo sehen konnte, trugen hier alle Jeans oder seltsam geschnittene Jogginghosen, Kapuzenpullis und dazu irgendwelche hellen Sneakers. Vielleicht hätte er vorhin doch etwas sagen sollen? Aber Emma war alt genug, um ihre Kleidung selbst auszuwählen, und wenn überhaupt, wäre es wohl eher Katies Aufgabe gewesen, darauf zu achten. Hinter ihm hupte ein Auto. Die Frau am Steuer gab ihm mit deutlichen Zeichen zu verstehen, dass sie seinen Parkplatz haben wollte. Kopfschüttelnd startete Theo den Motor und machte sich auf den Weg, die bestellten Lebensmittel abzuholen.

***

Emma sah sich auf dem Schulhof um. Irgendetwas war hier anders als in ihrer Schule in England. Das war für sie erst mal keine Überraschung, es war schließlich keine teure Privatschule wie das Internat, das sie besuchte. Die Sitzbänke auf dem Schulhof waren abgenutzt, und die Fassade hätte einen neuen Anstrich vertragen können. Ungewohnt war auch, dass hier Mädchen und Jungen miteinander zur Schule gingen, aber das hatte sie schon vorher gewusst. Emma hatte ihre gesamte Schulzeit auf reinen Mädchenschulen absolviert. Das alles war es nicht. Irgendetwas …

Plötzlich wurde es ihr klar: Niemand außer ihr trug eine Schuluniform. Der Faltenrock, die hellblaue Bluse und der Schulblazer mit dem Wappen auf der Tasche, den sie bisher immer ganz schick gefunden hatte, all das wirkte hier seltsam und unpassend. Niemand außer ihr trug einen Rock und Kniestrümpfe. Ihr wurde ganz heiß. Was sollte sie tun? Diese Frage beantwortete sich von selbst: gar nichts. Sie hatte keine

Möglichkeit, sich noch umzuziehen. Es würde so gehen müssen.

Immerhin fand sie das Schulsekretariat ohne Schwierigkeiten. »Guten Morgen, ich bin Emma O'Neill.«

Neben ihr hatte eine Frau gestanden, die sich nun mit einem herzlichen Lächeln zu ihr wandte. »Guten Morgen, Emma. Da bist du ja, ich habe schon auf dich gewartet. Ich bin Kerstin Biedenmeier, deine Klassenlehrerin.« Freundlich sah sie aus, fand Emma. Nicht besonders cool, aber nett. »Lass uns gehen, die erste Stunde fängt gleich an.«

Frau Biedenmeier ging mit schnellen Schritten voran, eine Steintreppe hoch, einen langen, grau gestrichenen Flur entlang. Emma folgte ihr, bald war sie ein wenig außer Atem. Die meisten der blauen Türen waren schon geschlossen, und man hörte drinnen Stühlerücken, durcheinanderredende Schüler und auch ein paar energische Aufforderungen, zur Ruhe zu kommen.

»So, da sind wir.« Frau Biedenmeier trat durch eine Tür und winkte Emma zu, ihr zu folgen. Die Tür schloss sich hinter Emma, die vorne stehen blieb, unsicher, was jetzt von ihr erwartet wurde. Alle hörten sofort auf, miteinander zu reden, und starrten sie mit unverhohlener Neugier an. Damit hatte sie gerechnet, schließlich war sie die Neue hier. Nicht erwartet hatte sie, dass die leisen Gespräche wenige Sekunden später wieder anfangen würden. So viel war klar, man redete über sie. Besonders die beiden Mädchen in der letzten Reihe schauten immer wieder zu ihr, um dann miteinander zu tuscheln und zu kichern. Emma wurde feuerrot, aber reckte das Kinn und richtete sich zu ihrer vollen Größe auf. Genau wie Katie war sie mit ihren etwas mehr als ein Meter achtzig größer als die meisten ihrer Altersgenossinnen.

»Guten Morgen, meine Herrschaften, stellt mal bitte eure Gespräche ein.« Frau Biedenmeier wartete, bis Ruhe im Klassenraum eingekehrt war. »Das ist Emma O'Neill, unsere neue

Gastschülerin aus England. Sie wird bis zu den Sommerferien unsere Schule besuchen. Emma, magst du dich kurz vorstellen?«

»Ähm … klar.« Sie räusperte sich. »Hi, ich bin Emma, sechzehn Jahre alt und gehe normalerweise auf die St. George's Highcastle School, das ist ein privates Mädcheninternat in der Nähe von Cambridge.«

Bei dem Wort ›Mädcheninternat‹ ging ein leichtes Kichern durch den Raum. Irgendjemand flüsterte in Bühnenlautstärke: »Ey, ein Mädcheninternat, wie bei Hanni und Nanni.«

Den Einwurf ignorierte Emma und fuhr unbeirrt fort: »Bis zu den Sommerferien wohne ich in der Nähe von Wümmerscheid-Sollensbach bei meiner Mutter, die dort eine Pension besitzt.«

»Fein, Emma, danke. Wir freuen uns, dass du bei uns bist.«

Emma fühlte sich wie auf dem Präsentierteller, während Frau Biedenmeier noch etwas über englische Privatschulen erzählte. Auch das ging vorüber. Endlich durfte sie sich hinsetzen. Sie bekam einen Platz in der ersten Reihe neben einem Mädchen, das Maja hieß.

Während der folgenden Doppelstunde Biologie hatte Emma Schwierigkeiten, sich auf das Thema »Ökologischer Fußabdruck« zu konzentrieren. Sie wurde das Gefühl nicht los, dass sich Blicke aus den hinteren Reihen in ihren Nacken bohrten. Endlich, ein Gong kündigte das Ende der zweiten Stunde an. Einige standen auf und zogen ihre Jacken an, andere fingen an, in ihren Taschen zu kramen.

Sie wandte sich an Maja. »Jetzt ist doch Pause, oder?«

Maja biss in einen Schokoriegel und nickte kauend. »Hmm.«

Emma knurrte der Magen. »Sag mal, wo wird denn hier das Frühstück serviert?«

Mit offenem Mund starrte Maja sie an. »Bist du blöd, oder was? Das ist doch kein Restaurant hier.«

Vielleicht hatte sie sich nicht richtig ausgedrückt, und Maja hatte ihre Frage nicht verstanden. Emma versuchte es noch einmal. »Wo frühstückt ihr denn?«

»Auf dem Schulhof?« Maja betonte ihre Antwort absichtlich wie eine Frage.

Langsam dämmerte es Emma. Rundherum wurden Äpfel, Brötchen, Chipstüten und Schokoriegel aus den Schultaschen hervorgeholt. Jeder hatte etwas dabei, nur sie nicht. Fuck, das konnte ja ein langer Vormittag werden. Sie beschloss, fürs erste keine Fragen mehr zu stellen, sondern einfach nachzumachen, was die anderen taten. Sie verließ die Klasse als Letzte.

Eine kleine Gruppe von Jungen, offenbar aus einer der unteren Klassen, stürmte an ihr vorbei.

»Super, heute gibt es warme Frikadellenbrötchen.«

»Ich hole mir zwei!«

Weg waren sie. Emma beeilte sich, ihnen zu folgen. Offenbar konnte man hier irgendwo etwas zu essen kaufen. Ihr wurde auch sehr schnell klar, wo. Nämlich in der Eingangshalle. Eine gut zwanzig Meter lange Schlange von Schülern drängelte sich vor einem kleinen Kiosk. Sie seufzte ergeben und stellte sich hinten an. Ab und zu zog ein köstlicher Duft von gebratenem Fleisch an ihr vorbei, wenn wieder jemand mit seinem Frikadellenbrötchen kauend an ihr vorbeischlenderte.

Endlich war sie an der Reihe.

»Ein Frikadellenbrötchen, bitte.«

Die Frau hinter dem Schalter zuckte die Achseln. »Sind alle.«

Na toll. »Irgendein Brötchen? Ein Sandwich vielleicht?«

Stumm schüttelte die Frau den Kopf. Die Papierhaube, die ihre Haare bedeckte, wackelte bedenklich, fiel aber nicht herunter. »Sonst noch was? Entscheide dich, die Pause ist gleich vorbei.«

»Was ist denn noch da?«, stieß Emma verzweifelt hervor.

Die Frau wies auf eine einzelne trockene, in Plastikfolie eingeschweißte Laugenbrezel. »Die da. Oder Gummibärchen. Und Birnen.«

Die Brezel sah staubtrocken aus, die Birnen hatten eine seltsame graubraune Farbe und waren um den Stiel herum schon ganz matschig. Emma seufzte ergeben. »Okay, dann also die Brezel und Gummibärchen.«

Draußen auf dem Schulhof setzte sie sich mit ihren Einkäufen auf ein Mäuerchen. Wie zufällig schlenderten die beiden Mädchen aus der letzten Reihe direkt an ihr vorbei, sie kicherten. Im Weggehen drehte sich die mit den langen roten Haaren noch einmal nach ihr um.

»Wolltest du was sagen über mich?« Wie man sich gegen Zicken wehrte, wusste Emma, so was lernte man auf einer Mädchenschule. Auf jeden Fall sofort dagegenhalten, sonst hatte man verloren. Jetzt drehte sich auch die Blonde um, schaute ihr einmal kurz ins Gesicht, ließ dann den Blick betont langsam nach unten bis zu Emmas Strümpfen und den flachen schwarzen Schuhen wandern, dann wieder hoch bis zum Rocksaum.

»Irgendwie ja fast schon cool, so ein Schulmädchen-Outfit. Bisschen wie Manga. Bloß der Rock … etwas zu lang, oder was meinst du, Paula?«

»Lass mal«, sagte Paula, »ist doch gut, dann sieht man auch nicht so viel von den Kniestrümpfen.«

Kichernd zogen die beiden weiter.

Emma spürte, wie sie rot wurde. Sie war nicht neidisch auf die anderen, im Gegenteil, ein paar der Outfits auf dem Schulhof würde sie nicht mal mit der Kneifzange anfassen wollen. Und für gut die Hälfte der Klamotten hätte sie auf der St George's einen Tadel von der Hausmutter erhalten, selbst wenn sie sie nur in ihrer Freizeit angezogen hätte. Das alles aber änderte nichts daran, dass sie sich extrem uncool und furchtbar altmodisch fühlte.

Der Gong hallte über den Schulhof. Die Schülermasse strömte zurück ins Gebäude. Am liebsten wäre sie hier draußen sitzen geblieben, aber dass das nicht ging, war ihr auch klar. Also, Augen zu und durch. Auf dem Weg zu ihrer Klasse knurrte ihr Magen, trotz Brezel und Gummibärchen. Boah, sie hasste diese deutsche Schule.

Schuluniform 2.0

Schnelle Schritte waren auf der Treppe zu hören. Dann wurde die Wohnungstür aufgeschlossen. Erwartungsvoll blickte Katie hoch. Sie hatte es sich in ihrer Mittagspause mit einem Becher Tee und einer Zeitschrift auf dem Sofa gemütlich gemacht. Katie freute sich darauf, einen ausführlichen Bericht von Emmas Erlebnissen in der Schule zu hören.

»Hello, my dear.«

Keine Reaktion. Emma stampfte an ihr vorbei, ohne sie auch nur anzusehen. Sie hielt allerdings kurz inne, um ihren Rucksack mitten auf dem Boden fallen zu lassen. Protestierend öffnete Katie den Mund, doch es war schon zu spät. Emma war in der Küche verschwunden und tauchte dann wieder auf, in der einen Hand ein großes Glas Milch, in der anderen eine Packung Schokoladenkekse.

»Emma?«

Ein wütendes Funkeln lag in Emmas Augen. »Lass mich einfach in Ruhe, okay?« Sie verzog sich ins Gästezimmer und schmetterte die Tür hinter sich zu.

Das wollte Katie so nicht hinnehmen. Sie würde ihrer

Tochter ein paar Minuten Zeit lassen, aber dann mussten sie reden. Sie rieb sich mit Daumen und Zeigefinger über die Stirn. Das Zusammenleben mit einem weiblichen Teenager entpuppte sich als anstrengender, als sie für möglich gehalten hatte. Was zum Teufel war in der Schule geschehen, dass Emma dermaßen mies gelaunt zurückkam? Das versprach für die nächsten Tage nichts Gutes. Besser sie sprach direkt mit ihr.

Eine Viertelstunde später klopfte sie an Emmas Tür und drückte dann die Klinke herunter, ohne abzuwarten. Die Tür des Kleiderschranks stand offen, und mehr oder weniger der gesamte Inhalt war herausgerissen und lag auf einem Haufen. Emma hatte ihre Jogginghose angezogen und saß auf dem Boden, den Rücken an die Bettkante gelehnt, neben sich das leere Glas und die aufgerissene Kekspackung. Sie schaute auf einen unbestimmten Punkt an der gegenüberliegenden Wand.

»Fuck, das hättest du mir sagen müssen!«

»Was hätte ich sagen müssen?«

Emma deutete anklagend auf den Kleiderhaufen.

»Schatz, ich verstehe immer noch nicht, was los ist. Du bist heute früh nach einem kurzen Abschiedsgruß verschwunden, sogar das Frühstück, das ich dir hingestellt hatte, hast du unberührt …«

»Ja, klar, weil ich dachte, dass es in dieser verdammten Schule eine Kantine und Essenspausen geben würde. Shit, wie konnte ich wissen, dass die alle ihre blöden Schokoriegel und Brote in nur zwanzig Minuten Pause herunterschlingen?«

»Und deshalb bist du so wütend? Weil du nichts dabei hattest?«

»Blödsinn, nein!«

»Okay«, erwiderte Katie gedehnt, sorgsam darauf bedacht, bei Emmas aggressivem Tonfall nicht selbst wütend zu werden. »Ich versteh so viel, dass du nichts zu essen dabei hattest. Aber wenn es das nicht ist, warum bist du dann so sauer?«

Emma schloss die Augen und drehte den Kopf zur Seite. Katie konnte sehen, wie eine einzelne Träne über die Wange ihrer Tochter rollte. »Ich … ich wusste nicht, dass die hier keine Schuluniform tragen«, presste Emma leise hervor. »Die haben mich alle ausgelacht, vor allem zwei besonders eklige Zicken. Ich kam mir so blöd vor. Ich hatte mir überlegt, ich bringe meine Schulkleidung von der St. George's mit. Ich brauche doch für die kurze Zeit keine komplett neue Uniform, dachte ich. Aber dass hier gar keiner … also, das wusste ich nicht.«

»Oje …« Daher wehte also der Wind.

»Und ja, was zu essen gab es auch nicht, also nichts Richtiges. Scheiß Schule. Welche Schule hat denn keinen Speisesaal? Aber egal, das mit der Kleidung war schlimmer.«

Katie sagte nichts und setzte sich erst mal schweigend neben Emma auf den Boden. Schließlich schlug sie vor: »Du kannst doch morgen was anderes anziehen. Zeig mal, was hast du denn sonst noch so dabei?«

»Das ist es ja gerade«, stieß Emma hervor. In ihrer Stimme lag jetzt die nackte Verzweiflung. Sie wies auf den Kleiderhaufen vor sich. »Ich habe nur die Schuluniform eingepackt, zwei Jogginghosen, ein paar T-Shirts und einen Kapuzenpulli. Ach ja, und den lila Schal. Mehr brauche ich zu Hause doch auch nicht.«

»Zeig mal her.« Katie wühlte ein bisschen in dem Kleiderhaufen und musste zugeben: »Das ist nicht viel.« Zuunterst lag etwas Kariertes. Katie zog daran.

»Nicht!«

Zu spät. Katie hielt Emmas Schulrock in der Hand, oder besser gesagt, das, was davon noch übrig war.

»Ich habe in der Küche eine Schere gefunden«, sagte Emma trotzig und wischte sich mit dem Handrücken über die Wange. »Ich wollte den kürzer machen.«

»Das ist dir jedenfalls gelungen«, sagte Katie trocken. Der

teure karierte Wollstoff hing am unteren Ende des Rocks zipfelig und ausgefranst herunter. Die Behandlung mit der Küchenschere war dem Kleidungsstück nicht gut bekommen. Eine Seite war deutlich länger als die andere. Es war ein jämmerlicher Anblick. »Was hast du dir nur dabei gedacht?« Sie konnte nicht anders, ihre Mundwinkel zuckten. »Vielleicht können wir den noch umsäumen und einen Minirock daraus machen. Wobei der schon wirklich sehr kurz wird …« Sie hielt den Rock prüfend hoch und brach in hilfloses Gelächter aus.

Emma konnte nicht anders und musste mitlachen. »O Gott, Katie«, keuchte sie. »Mum wird mich umbringen, wenn sie den sieht. Die haben die Schuluniform extra in London maßschneidern lassen.«

Energisch sprang Katie auf. »Okay. Das ist eine Krise. Wir fahren nach Koblenz und gehen einkaufen. Niemand lacht meine Tochter aus, weil sie eine exklusive Schuluniform von einer der teuersten Privatschulen Englands trägt. So weit kommt es noch. Na los, hoch mit dir. Du machst dir jetzt in der Küche zwei Brote und beendest deine Schokokeks-Kur. In der Zwischenzeit organisiere ich noch schnell ein paar Dinge, damit die anderen heute Nachmittag ohne mich klarkommen. Wir sehen uns in zehn Minuten am Auto.«

***

»Da bin ich wieder.« Katie legte einen Arm voll Kleidungsstücke auf den Hocker vor der Umkleidekabine. Sie überlegte kurz und reichte ein kurzes pfirsichfarbenes Kleid durch den Spalt im Vorhang. »Hier, probier das mal.«

In der Umkleidekabine raschelte Stoff. Unter dem Vorhang sah Katie nur die bestrumpften Füße ihrer Tochter, die erst aus einem und dann aus dem anderen Hosenbein schlüpften. Ein Reißverschluss wurde aufgezogen, Kleiderbügel klapperten. Schließlich kam Emma aus der Kabine. Das war nun schon das zweite Geschäft, in dem sie einkauften, und Emma fand offenbar immer mehr Gefallen an ihrer Rolle als Model. Sie machte ein paar kleine Schritte, stolzierte an Katie vorbei zu dem großen Spiegel am Ende des Ganges und machte eine schwungvolle Drehung. Der bestickte gekräuselte Baumwollstoff wirbelte am Saum hoch und ließ kurz ein Paar gertenschlanke, durchtrainierte Oberschenkel sehen. Am Ende blieb Emma in einer Siegerpose stehen, einen Arm hochgereckt, den anderen zur Seite ausgebreitet. Sie strahlte.

»Ta-daa!«

An jeder anderen hätte das gerüschte blassorange Kleid wahrscheinlich zu verspielt, ja, fast albern ausgesehen. Es war wirklich sehr, sehr kurz. Aber für Emma war es perfekt.

Katie schluckte. Wie jung Emma war, und wie schön. »Ich finde, die Farbe steht dir. Das solltest du nehmen«, sagte sie mit rauer Stimme.

An der Kasse kramte Katie schon in ihrer Tasche, um zu bezahlen, aber wie auch im ersten Geschäft zog Emma ihr Portemonnaie hervor und reichte die Kreditkarte, die ihr Vater ihr mitgegeben hatte, über die Theke. Sie nahm die große Papiertasche mit beiden Händen entgegen, grinste und sagte: »Dad hat gesagt, die ist für alle Fälle, falls ich irgendwas brauche. Und wenn ich dieses Kleid nicht brauche, was denn dann?«

Katie nahm sich vor, später noch einmal Brian zu fragen, ob die Abmachung wirklich genau so gewesen war. Sie hatten Emma in den beiden Geschäften mit einer komplett neuen Garderobe ausgestattet, Jeans, T-Shirts, Pullis, sogar Socken. Lauter vernünftige Sachen. Aber jetzt war es genug. Sie antwortete nur: »Eines müssen wir auf jeden Fall noch finden, und das sind andere Schuhe.«

***

»Die sind zu brav.« Emma streifte die weißen Ballerinas von den Füßen. »Damit sehe ich aus wie ein Schulmädchen.«

Bist du ja auch, schoss es Katie durch den Kopf. Die Bemerkung schluckte sie herunter, um des lieben Friedens willen. »Ich setze mich da drüben auf die Bank, und du drehst einfach noch mal eine Runde«, sagte sie matt und ließ sich auf eine gepolsterte Bank sinken. Emma hatte mittlerweile gefühlt jedes Paar Schuhe in ihrer Größe durchprobiert. Die dicken weißen Sneaker hatte sie verworfen (solche hatten wir letztes Jahr), ebenso wie die hellen Loafer (damit seh ich aus wie meine eigene Oma). Bei den sandfarbenen Sandaletten mit dem fast zehn Zentimeter hohen Blockabsatz hatte Katie ein Veto eingelegt, und auch Emma hatte zugeben müssen, dass dieses Schuhwerk zum Gehen völlig ungeeignet war.

Nun streifte sie durch den Laden, und Katie schaute ihr zu. Ihr entging nicht, dass Emma immer wieder zu dem Regal mit den Biker-Boots zurückkehrte. Das schwarze Modell mit den silbernen Schnallen hatte es ihr offenbar angetan. Emma schlüpfte in die Boots und bewunderte sich im Spiegel. Danach streifte sie die Stiefel ab und warf einen Blick auf das Preisschild unter der Sohle. Selbst vom anderen Ende des Ladens aus konnte Katie sehen, wie sich Emmas Mund zu einem erstaunte »O« verzog. Sie stellte die schwarzen Boots hastig wieder zurück ins Regal.

Emma drehte eine letzte erfolglose Runde durch das Schuhgeschäft. Jetzt kehrte sie entmutigt zu Katie zurück. »Lass uns gehen. Das hat keinen Zweck hier.«

Katie nickte und lächelte still. Während Emma zwischen den Regalen unterwegs gewesen war, hatte sie die Gelegenheit genutzt, schnell die Biker-Boots aus dem Regal geschnappt und an der Kasse bezahlt. »Ja, du hast recht. Hier sind wir fertig.« Sie hielt Emma die Tür auf, und beide gingen nach draußen. »Alles Gute zum Geburtstag nachträglich, my dear.«

Mit diesen Worten reichte sie Emma eine Tasche, die das Logo des Schuhgeschäfts trug.

»O mein Gott …« In Windeseile hatte Emma den Karton herausgeholt und starrte ehrfürchtig auf den Inhalt. »Das ist … ich weiß gar nicht, was ich sagen soll.« Sie fiel Katie um den Hals. »Danke, Katie. Danke, danke, danke.«

Mehr als eine Flasche Riesling

Nichts konnte Katies gute Laune an diesem Abend trüben. Zum ersten Mal seit Emmas Ankunft hatte sie das Gefühl, ganz eng mit ihrer Tochter verbunden zu sein. Nach der erfolgreichen Shopping-Aktion in Koblenz hatte Emma den letzten Rest Zurückhaltung ihr gegenüber abgelegt. Als es Katie dann noch abends gelungen war, aus Emmas abgeschnittenem Faltenrock etwas halbwegs Tragbares zu zaubern, hatte Emma selig gelächelt. »Weißt du was? Die neuen Sachen, die wir gekauft haben, sind ein Traum. Aber bis Ende der Woche werde ich meine Schuluniform tragen, aus Prinzip. Ich werde es diesen Zicken zeigen.«

»Ähm, der Rock ist jetzt aber wirklich kurz«, gab Katie zu bedenken.

»Schon klar. Gib mir mal zwei Minuten.« Emma nahm den neu umgesäumten Rock und kam kurze Zeit später wieder aus ihrem Zimmer.

Ja, so jung müsste man noch mal sein, dachte Katie neidisch. So einen Minirock tragen zu können und dabei so gut auszusehen. Der kurze Rock brachte Emmas lange Beine und ihre sportliche Figur perfekt zur Geltung. Dazu hatte sie eine blickdichte helle Strumpfhose und die neuen Boots kombiniert. Die hellblaue Bluse und eine Weste mit Schulwappen vervollständigten das Outfit. Mit dem abgeschnittenen Stoffstreifen hatte Emma ihre Haare zu einem hohen, wippenden Pferdeschwanz gebunden. Zusammen mit der braven hochgeschlossenen Hemdbluse und der schlichten Weste wirkte die riesige Schleife keineswegs albern, sondern witzig und modisch. Sie breitete die Arme aus und drehte sich einmal im Kreis. »Na, was sagst du?«

»Traditionell, aber auch cool. Ich fürchte nur, euer Londoner Schneider würde sich vor Gram in eine stumpfe Schere stürzen, wenn er dich so sehen könnte.«

In Emmas Augen blitzte der Schalk. »Niemand in London wird von diesem Outfit je erfahren. Ich sag einfach, dass mir der Rock nicht mehr gepasst hat, dann bekomme ich zum nächsten Schuljahr einen neuen.«

»Wie konnte es nur passieren, dass meine Tochter einen so durchtriebenen Charakter hat?«

Emma warf Katie einen Luftkuss zu. »Ist vielleicht genetisch bedingt.«

»Halt stopp, das weise ich weit von mir.« Katie lachte. »Und ab der kommenden Woche …«

»Werde ich nur noch die neuen Sachen anziehen. Also, die meiste Zeit. Wobei unseren Schneider wohl eher bei dem eng anliegenden, nabelfreien Rolli der Schlag treffen dürfte.«

Ja, der neue Pulli war wirklich etwas gewagt, aber die Verkäuferin hatte ihnen glaubhaft versichert, dass diese Pulliform gerade im Trend lag. Und er stand Emma ausgezeichnet, daher hatte Katie nicht protestiert.

»Du musst ja nicht alles in London vorführen«, sagte Katie.

»Ach, warum nicht? Vielleicht lege ich mir noch ein Nabelpiercing zu, ein paar von meinen Freundinnen haben schon eins.«

Katie, die gerade einen Schluck Wein getrunken hatte, verschluckte sich. »Untersteh dich, dann lässt dich dein Vater nie mehr nach Deutschland«, krächzte sie. Und das …« Ein lautes Klopfen an der Tür unterbrach Katie.

Verwundert schaute sie auf die Wanduhr. Gleich halb zehn. Alle aus dem Pensionsteam waren längst zu Hause, Besuch hatte sich keiner angekündigt, außerdem würde ein Besucher zuerst am Haupteingang klingeln. Vielleicht hatte einer von den Gästen eine Frage?

»Bleib du ruhig sitzen, ich mach auf«, sagte Emma und lief zur Tür.

Katie hörte, wie eine vertraute Stimme »Guten Abend, ist … ähm … Katie zu Hause?« fragte.

Oliver!

Katie stellte ihr Weinglas auf den Tisch, sprang auf und eilte in den Flur.

»Katie.« Mehr nicht.

Sein Blick sprach Bände. Er war unglücklich. Was sollte sie sagen, wie ihm begegnen? Für so etwas gab es kein Drehbuch. Bei ihrem letzten Gespräch vor mehr als einer Woche hatte sie Oliver mit deutlichen Worten nach Hause geschickt.

»Ich dachte, du hast vielleicht einen Moment Zeit für mich. Ich halte das nicht mehr aus. Bitte entschuldige, dass ich dich so spät noch störe. Ich hab nicht an der Haustür geschellt …«

Emma schaute mit fragendem Blick zwischen Oliver und Katie hin und her.

»Musst du ja auch nicht. Du hast immer noch einen Schlüssel«, erwiderte Katie.

»Ich …« Oliver zögerte und zupfte verlegen und unglücklich an seinem Ohrläppchen. Er wusste genauso wenig weiter wie sie. Sie schluckte trocken und machte einen Schritt auf ihn zu. Küsste ihn sanft auf die Wange. »Komm doch erst einmal herein.« Und zu Emma gewandt sagte sie: »Emma, Schatz, ich möchte dir meinen Freund Oliver vorstellen. Oliver, das ist meine Tochter Emma.«

»Hallo, Emma, Katie hat schon viel von dir erzählt. Ich freue mich, dich kennenzulernen.«

Wohlerzogen reichte ihm Emma die Hand. »Hi, Oliver, ja, ich freue mich auch.« Sie drehte sich zu Katie um und sagte mit einem unschuldigen Augenaufschlag: »Ist es okay, wenn ich in mein Zimmer gehe? Du hast ja jetzt Gesellschaft, Katie.«

Die unausgesprochenen Fragen im Raum waren fast mit den Händen greifbar. Also, das ist wirklich zu dumm, dachte Katie, Oliver wird ja seine Gründe haben, hier um halb zehn zu erscheinen.

»Lasst uns nicht hier im Flur stehen bleiben, gehen wir ins Wohnzimmer.«

»Okay, ich muss nur noch schnell etwas aus dem Auto holen«, sagte Oliver. »Kann ich die Tür so lange offen lassen?«

Emma schaute Katie mit großen Augen fragend an. Leise raunte sie: »Oliver ist dein Nachbar, dieser Winzer, oder? Du hast doch immer gesagt, da wäre nichts zwischen euch. Ist er … dein Partner? Er hat einen Haustürschlüssel.«

»Ja, aber es ist gerade ein wenig … kompliziert.«

»Und ich dachte, Theo und du, ihr wärt jetzt ein Paar. Theos Blicke, wenn du nicht hinguckst …«

In diesem Moment kam Oliver zurück, auf den Armen balancierte er zwei Sechserkartons mit Wein. Katie blieb ihrer Tochter eine Antwort schuldig. Möglicherweise hatte er Emmas letzten Satz gehört, aber falls ja, ließ er sich das nicht anmerken.

»Soll ich dir einen Karton abnehmen?«, bot Emma an.

»Nee, geht schon, aber die Wohnzimmertür könntest du mir aufhalten.« Oliver stellte die Kartons vorsichtig neben dem Couchtisch ab. »Ich sehe, du trinkst gerade Wein, Katie. Wir brauchen aber noch zwei frische Gläser.«

»Zwei Gläser, sehr wohl.« Katie ging zur Vitrine und holte zwei Weingläser.

»Ich seh schon, das wird hier so ein Erwachsenen-Ding. Ich bin in meinem Zimmer, mal schauen, ob Ruby Bock auf einen Videocall hat. War nett, dich kennenzulernen, Oliver. Wir sehen uns.«

»Ja, das hoffe ich doch.«

Als sie alleine waren, setzte sich Katie in einen Sessel. »Jetzt bin ich gespannt.«

Oliver bückte sich, um einen der Kartons zu öffnen. Er schnitt das Klebeband mit seinem Taschenmesser durch, richtete sich dann aber wieder auf. »Nein, so geht das nicht. Katie, ich habe mich wie ein Idiot benommen. Es war grundfalsch, gegenüber Papa auch nur anzudeuten, dass wir heiraten würden.« Er warf einen kurzen Blick in Richtung Gästezimmertür.

Katie ahnte, was der Blick bedeuten sollte. »Keine Sorge, wenn Emma einen Videocall mit ihrer englischen Freundin führt, trägt sie Ohrhörer, rede also ruhig weiter. Du warst bei der Stelle mit dem Idioten«, fügte sie hilfreich hinzu. Dabei zuckte ein winziges Schmunzeln um ihre Mundwinkel.

Oliver wirkte jetzt etwas entspannter. »Ich habe es nicht anders verdient. Ich möchte mich bei dir entschuldigen.«

»Und das nicht mit einer, sondern gleich mit zwölf Flaschen Wein?«

»Das ist sozusagen Teil der Entschuldigung.« Jetzt griff Oliver in den Karton, zog eine Flasche heraus und präsentierte ihr das Etikett. »Der erste Gutshof-Moselthal-Riesling aus deinem eigenen Weinberg. Ich habe den Wein heute abgefüllt.«

Katie nahm die Flasche von Oliver entgegen und betrachte

sie ehrfürchtig. »Mein eigener Wein«, murmelte sie. »Das Etikett sieht auf der dunkelgrünen Flasche richtig edel aus.«

Sie hatten das Etikett am Computer zusammen entworfen. Grundlage war eine alte Zeichnung des Gutshofes, die eingerahmt unten in der Eingangshalle hing. Oliver hatte die Zeichnung fotografiert und für das Etikett bearbeitet.

»Wie ist er geworden?«, fragte Katie erwartungsvoll.

»Probier selbst.« Oliver holte aus der Jackentasche einen Korkenzieher, entkorkte die Flasche, schenkte ein und reichte ihr eins der Gläser.

Der Wein funkelte im Glas, seine Farbe erinnerte Katie an die Freesien in ihrem Garten. Sie schnupperte. Das Bukett roch ein wenig nach Limone und Grapefruit, aber da war auch eine mineralische Note. Sie prostete Oliver zu und kostete. Sie schloss die Augen, genoss diesen ersten Schluck. Ihr eigener Weißwein.

»Er hat wenig Säure«, erklärte Oliver, »dafür aber vielfältige Aromen. Ich glaube, dein Weinberg und die Trauben sind ein wirklicher Glücksgriff.«

»Ich bin keine Kennerin, aber ich finde, er schmeckt großartig. Ich danke dir, Oliver. In diesem Wein steckt so viel Arbeit.« Katie stellte ihr Glas ab, trat zu ihm, legte ihre Arme um seinen Nacken und küsste ihn zärtlich.

»Das ist mehr als nur eine Flasche Riesling«, murmelte er zwischen zwei Küssen, »das ist eine Liebeserklärung.«

»Habe ich verstanden. Und jetzt küss mich weiter.«

Rotwein und Inspiration

Was für eine idyllische Aussicht! Ronald genoss seinen Spaziergang an diesem Morgen. Dass er jemals kurz vor Tagesanbruch anfangen würde zu arbeiten, hätte er sich nie träumen lassen, aber genau so war es gekommen. Die letzten Tage hatte er wie in einem Rausch verlebt, in einem Rausch voller Farben, Skizzen und Entwürfe. Er fühlte sich wie neu geboren. Diese Landschaft oberhalb der Mosel hatte ihm seine Kreativität wiedergegeben, die Lust am Zeichnen. Mittlerweile hatte er schon ein gutes Dutzend Landschaftsaquarelle und Kohlezeichnungen angefertigt. Und alles ohne einen Auftraggeber im Nacken. Gut, wenn er an Drohsten International dachte, wurde ihm schon flau im Magen. Trotzdem wollte er sich dieses neue Hochgefühl, das ihm die Landschaftsbilder verschafften, nicht nehmen lassen. Den Auftrag für Drohsten, den würde er schon noch fertigstellen. Im Moment hatte er jedenfalls Ruhe, die wussten ja nicht mal, wo er war.

Ronald klemmte den Skizzenblock unter den Arm und rieb sich im Gehen die Hände warm. Er nahm den Weg, der sich an dem kleineren Haus unterhalb der Pension vorbeischlängelte. Nur aus dem Augenwinkel nahm er wahr, dass in der unteren Etage schon Licht brannte. Kalt war es heute früh, kalt und feucht. Aber das geheimnisvolle Zwielicht eines wolkigen Morgens im April hatte es ihm angetan. Nicht mehr lange, und die Sonne würde durch die Wolken brechen, und diesen Moment wollte er festhalten. Er lief noch schneller, um rechtzeitig im Weinberg anzukommen. Sein Atem ging heftiger, kein Wunder, er war schwer bepackt. Zusätzlich zu dem großformatigen Skizzenblock trug er quer über dem Rücken die längliche Tasche mit seiner Feldstaffelei, und von der rechten Schulter baumelte eine Leinwandtasche mit Farben und Stiften.

Da war er, der perfekte Ausblick. Die fast noch kahlen Rebstöcke warfen im ersten Sonnenlicht bizarre Schatten auf den Boden. Jetzt hieß es schnell sein. In fieberhafter Eile stellte Ronald die Staffelei auf, legte mit kühnen Strichen den Verlauf der Weinberge fest und öffnete den Aquarellkasten. Er wollte gerade den Pinsel ansetzen, als hinter ihm Schritte zu hören waren. Eine Stimme ertönte.

»Ah, bonjour, mon ami.«

Ronald fuhr zusammen. Gut, dass sein Pinsel das Papier noch nicht berührt hatte. »Äh, ja, guten Morgen.« Wenn er keinen Blickkontakt aufnahm, würde der Besucher bestimmt weitergehen, und er konnte sein Aquarell beginnen. Aber kein Gedanke, die Schritte hatten genau hinter ihm aufgehört.

»Wir ›aben uns noch nischt kennengelernt. Sie müssen die Künstler sein, aus die Pension, oui?«

Ronald nickte, den Blick immer noch auf die Staffelei gerichtet.

»Isch bin Ihre Nachbar, aus die kleine ›aus neben die Pension. Isch ›abe gesehen, dass Sie gehen diese Weg.«

Es wäre ausgesprochen grob gewesen, nicht darauf zu reagieren, daher drehte sich Ronald nun doch um und lächelte den Mann mit dem drolligen französischen Akzent höflich an.

Sein Gegenüber war einen halben Kopf kleiner als er, sein Gesicht wurde von einem mächtigen Schnauzbart dominiert, dazu kam ein sympathisches Lächeln. Der Franzose streckte die Hand zur Begrüßung aus. »Bonjour, isch bin Jean-Pierre. Jean-Pierre Garbon.«

Ronald legte den Pinsel ab und erwiderte den Händedruck. »Ronald. Ronald Willem. Ich freue mich, Sie kennenzulernen. Moment mal: Garbon sagen Sie? Jean-Pierre Garbon? Ich habe ein Kochbuch von einem J. P. Garbon. Sie sind doch nicht womöglich der berühmte Koch aus dem Fernsehen? Was hat Sie hierher ins Moseltal verschlagen?«

»Erwischt. Oui, isch bin der Koch aus dem Fernsehen, aber jetzt bin isch in die … ähm … Ruhestand. Und in die Moseltal brachte misch die Liebe meines Lebens.« Garbon klatschte vergnügt in die Hände. »Genug von mir und die Leben. Isch 'abe mir gedacht, isch bringe Ihnen eine petit déjeuner, eine kleine Frühstück, für die Inspiration.« Jean-Pierre fing an, in seinem Rucksack zu kramen. Als Erstes kam ein rot kariertes Tischtuch zum Vorschein, das er im Gras ausbreitete. Darauf legte er ein helles Holzbrett und ein Messer, ebenfalls mit Holzgriff und einer abgerundeten Spitze. »Voilà.«

Das war ja unglaublich. Ronalds Ärger über die Störung verflog, und er schaute Jean-Pierre neugierig zu.

»Eine frische Baguette – ›abe isch vorhin aus die Backofen ge'olt. Und dazu bretonische Salzbutter und eine Ziegenbrie. Superbe.« Jean-Pierre küsste seine Fingerspitzen und rollte die Augen. »Ah oui, und etwas gegen die Kälte am Morgen.« Etwas klirrte im Rucksack. »Wo ›abe isch … ah …« Zum Vorschein kamen zwei Rotweingläser, sorgfältig in ein Geschirrtuch eingeschlagen, gefolgt von einer Flasche. »Eine Merlot ist immer eine gute Freund, n'est-ce pas?« Schon war der Wein entkorkt.

Rotwein am Morgen? Für diesen charmanten Franzosen

schien das völlig normal zu sein. Aber warum eigentlich nicht? Dieser Mann hatte Millionen Fernsehzuschauer begeistert, seine Kochbücher waren Bestseller, da würde er, Ronald Willem, ganz sicher nicht nein sagen, wenn diese Kochlegende ihm etwas anbieten wollte.

»Santé.«

»Zum Wohl.«

Schweigend tranken die beiden Männer den ersten Schluck. Ronald bückte sich, brach ein Stück Brot ab und bestrich es fast andächtig mit Butter.

»Nur zu, es wird Ihnen sischer schmecken.«

Ja, Garbon hatte recht. Ronald kaute genüsslich. Dieses Baguette war köstlich. Bei Brot hatte er hohe Ansprüche, und es gab nur wenige Bäckereien, die seinen Geschmack trafen, aber dieses Brot hier, dazu die Butter, der Wein und das alles vor dieser unglaublichen Kulisse, das ... das war ein Gesamtkunstwerk, jawohl.

»Mmh, Ihr Brot ist delikat, und der Wein ist wirklich sehr gut. Vielen Dank, dass Sie sich auf den Weg gemacht haben, um mir dieses Frühstück zu bringen.« Ronald zögerte. »Wenn es Ihnen nichts ausmacht, würde ich trotzdem jetzt gerne weitermalen. Dieses besondere Morgenlicht vergeht so schnell.«

»Ah, natürlisch. Darf isch noch eine Moment ›ierbleiben und zuschauen?«

Das war Ronald eigentlich nicht recht, er mochte es nicht, wenn man ihm beim Malen über die Schulter blickte. Aber wenn ein französischer Kochstar ihn schon so freundlich mit Brot, Wein und Käse versorgte, konnte er ihn ja schlecht wegschicken. Er nickte.

Innerhalb von wenigen Minuten entstanden auf dem Skizzenblock Wolken, Weinberge, die sich im Nebel verloren, einige Holzpfähle und ...

Ein dumpfer, sich langsam wiederholender Glockenklang zerriss die Stille. Ronald zuckte zusammen. Die ersten Takte von AC/DCs *Hell's Bells.* Diesen Rufton hatte er in einer Mischung von Verzweiflung und Sarkasmus für das Sekretariat von Drohsten International gespeichert. Bettina Sauer, Drohstens persönliche Assistentin, versuchte ihn zu erreichen. Und das vor acht Uhr morgens. Das verhieß nicht Gutes. Jean-Pierre schaute ihn fragend an, dann blickte er auf die Tasche, aus der die Töne drangen. Da Ronald keine Anstalten machte zu reagieren, zuckte auch er mit gallischer Gelassenheit die Achseln und nahm einen weiteren Schluck Rotwein aus seinem Glas, das er inzwischen zum zweiten Mal nachgefüllt hatte. Noch drei Mal meldete sich das Handy, drei Mal ignorierte Ronald den Anruf, mittlerweile war er ganz in seine Arbeit versunken.

»Pardon, das ist wirklisch faszinierend, wie die Landschaft entsteht auf die Blatt. Ist es schwer mit die Zeichnen?«

Ronald hielt inne. Im Beisein eines Fremden zu arbeiten, wäre noch vor zwei Wochen für ihn undenkbar gewesen, aber überrascht stellte er jetzt fest, dass ihn die Neugier und das Interesse des Kochs nicht störten, im Gegenteil, er fand das sehr schmeichelhaft.

»Sagen wir so, es gibt Grundtechniken, die man beherrschen sollte, aber zu der Technik kommt auch eine gewisse Begabung. Es ist wie mit dem Kochen. Jeder kann eine Scheibe Fleisch in heißem Öl braten, aber daraus etwas Einzigartiges zu zaubern, gelingt nicht jedem.«

»Oui, isch verstehe, was Sie wollen sagen.«

»Das bedeutet aber nicht, dass man nicht einfach anfangen kann. Wie soll man sonst seine Begabung entdecken? Hier, versuchen Sie es auch mal.« Ronald nahm einen kleineren Block aus der Tasche und öffnete eine schmale Metalldose mit Bleistiften. »Kommen Sie, setzen Sie sich, und dann betrachten Sie die Weinberge dort drüben. Sehen Sie den sanften Schwung der Felsen? Wie der Rücken eines schlafenden Tieres? Zeichnen Sie diese Silhouette. Wer weiß, vielleicht schlummert in Ihnen ein Maler.«

»O, o, isch weiß nischt. Aber was 'abe isch schon zu verlieren, außer meine Würde? Isch werde machen Fehler, die Sie zum Staunen bringen.«

»Churchill soll einmal gesagt haben, dass ein kluger Mann nicht alle Fehler selbst macht, er gibt auch anderen eine Chance. Also, ich gebe Ihnen jetzt die Chance, Fehler zu machen, aber nur, wenn Sie noch einmal nachschenken.«

Alles eine Frage des Stils

»Ich weiß, das geht mich nichts an, aber bist du dir sicher, dass du so angezogen in die Schule gehen willst? Ganz schön gewagt, dein Outfit. Ich dachte, die haben dich schon gestern wegen deiner Schuluniform gemobbt.«

Emma warf den Kopf in den Nacken. »Pah. Genau deshalb werde ich heute die Uniform, oder besser gesagt, das, was davon übrig ist, noch mal anziehen. Ist alles eine Frage des Stils. Morgen oder in der nächsten Woche ist die Uniform Geschichte, da ziehe ich die Klamotten an, die ich mit Katie in Koblenz gekauft habe. Aber erst muss ich noch ein paar Zicken in ihre Schranken weisen. Zwei von denen vor allem.«

»Uhh, das klingt nach Kampfansage.«

»Ach Quatsch, alles cool. Ich habe mich gestern nur nicht gleich gewehrt. Und wenn ich eines in unserer englischen Mädchenschule gelernt habe, dann, dass du besser zügig deinen Standpunkt klarmachst und keine Schwäche zeigst, sonst gehst du unter.«

»Dann drücke ich dir die Daumen, dass du Erfolg hast. Soll ich dich übrigens heute Mittag wieder abholen?«

»Nee, nicht nötig. Katie hat mir die Bushaltestelle gezeigt, wo ich aussteigen muss. Ich nehme den 300er-Bus, und von der Haltestelle aus sind es nur noch zweihundert Meter die Landstraße runter bis zur Pension.«

»Gut. Ich wünsche dir einen erfolgreichen Schultag.«

»Werde ich haben. Tschüs, Theo.« Emma stieg aus, winkte ihm noch einmal zu und lief über die Straße zur Schule.

Im Vergleich zu gestern hatte sie ein komplett anderes Auftreten. Ja, auch heute stach Emma dank ihrer englischen Schulkleidung aus der Schülermenge heraus, aber gestern hatte sie zurückhaltend und schüchtern gewirkt, während sie heute selbstbewusst und geradezu aufreizend forsch über den Schulhof schritt.

»Die beiden Zicken werden sich umsehen«, murmelte Theo, »die tun mir fast schon leid.«

***

Emma sah Paula und Alina heranschlendern. Ah, die beiden wollten bestimmt Stress machen.

Emma schluckte den letzten Happen von ihrem Käsebrötchen herunter und gab vor, auf ihr Handy zu schauen. Sie lehnte an einer Fensterbank im Flur, auf der ein großer Milchshake stand, den sie sich am Schulkiosk gekauft hatte. Noch einmal würde sie nicht bis mittags mit knurrendem Magen im Unterricht sitzen, diese Lektion hatte sie gelernt.

»Irgendwie abgefahren. Findest du nicht auch, Alina? Hey, englisches Schulmädchen, ist das jetzt die Sommerversion deiner Uniform?«

Bei der laut gestellten Frage bildete sich augenblicklich ein Kreis von Schaulustigen rund um die drei Mädchen. Keine Frage: Alle wollten miterleben, wie die nächste Runde zwischen der Neuen und dem Pärchen Alina-Paula ausging.

Emma schaute hoch und trank geradezu provozierend bedächtig einen Schluck von ihrem Milchshake, bevor sie antwortete. »Emma, ich heiße Emma O'Neill. Das ist ein englischer Nachname. Das solltet ihr beiden eigentlich wissen, wir sind schließlich in derselben Klasse.« Sie schlug eine Hand vor den Mund, als ob sie erschrocken wäre. »Ach herrje, sorry, ich hab's ganz vergessen, ihr seid ja beide in Englisch nicht so die Überflieger.« Emma erntete damit bei einigen Schaulustigen ein erstes Kichern. »Aber um eure Frage zu beantworten: Nein, das ist nicht die Sommerversion.« Sie drehte ihr Bein zur Seite, als wollte sie Rock und Strumpfhose dem Publikum bei einer Modenschau präsentieren. »So tragen wir das üblicherweise. Gestern hatte ich die Festtagsvariante an, weil ich dachte, ihr seid hier ein bisschen steif. Ist ja zum Glück alles cool bei euch. Steif gilt natürlich nicht für euch beide, ich hab's begriffen, ihr steht auf diesen abgefahrenen Schlabberlook. Wo gibt es eigentlich solche Klamotten? Lasst mich raten: Im Second-Hand-Laden oder doch eher im Altkleider-Container?«

»Ey, hat die Bitch uns gerade beleidigt?«, fragte Alina ihre Freundin.

»Komm schon, Alina, wenn du Paula das erst fragen musst, macht das Ganze hier doch keinen Spaß. Benutz dein Gehirn, also das Ding zwischen den Ohren. Übrigens, bevor ihr noch weiter fragt: Bei uns an der Schule hat dieses Stoffmuster Tradition. Das hat sogar Miley Taylor getragen, als sie noch an der St. George's war.«

Ein leises Raunen ging bei der Erwähnung des britischen Superstars durch die Schülermenge.

»Wie jetzt? Willst du behaupten, du kennst Miley Taylor? No way«, erwiderte Paula.

»Jep, ich sag mal, wie blöd müsste ich sein, um so was zu behaupten, wenn ich es nicht beweisen könnte? Hier, sie war letztes Jahr bei unserem Schuljubiläum dabei. Könnt ihr auch auf der Website der St. George's Highcastle sehen. Aber nicht vertippen beim Googeln, ist ein englisches Wort.«

Emma, die das Foto auf ihrem Handy vorher aufgerufen hatte, hielt es den beiden Zicken entgegen. Nicht nur Alina und Paula drängten sich vor, um einen Blick auf das Display zu werfen.

»Shit, das ist echt Miley Taylor in so einem albernen Rock – total krass«, stammelte Paula.

Und eine andere Mädchenstimme sagte laut. »Und daneben steht Emma.«

Mehrere andere Handys wurden gezückt, um die Webseite von Emmas Schule aufzurufen.

»Wie gesagt, alles cool bei euch. Und ja, das ist Miley Taylor in Schuluniform. Ihr habt hier doch sicher auch ein paar Promis unter euren Ehemaligen?«

Alina und Paula schauten sich ratlos an.

»Na ja, ihr beiden könnt ja noch ein bisschen nachdenken, aber bis Mittag will ich eine Antwort von euch hören, und kommt mir nicht mit dem Brennerbacher Tanzorchester, die zählen nicht.« Alle lachten. Unbekümmert nahm Emma ihren Milchshake und ließ die beiden stehen. Plötzlich war Emma umringt von einer ganzen Schar Mädchen, die sich mit ihr durch den Gang schoben und alles Mögliche wissen wollten.

»Wie ist Miley denn so?«

»Sind Mileys Haare wirklich gefärbt?«

»Habt ihr immer schon gewusst, dass sie mal ein Star wird?«

Geduldig beantwortete Emma alle Fragen.

Alina und Paula blieben allein zurück. Wahrscheinlich fragen sie sich gerade, was bei ihnen so furchtbar schiefgelaufen ist, dass sie jetzt so dastehen, dachte Emma zufrieden. Geschah den beiden ganz recht, so viel Arroganz hatte es verdient, einen Dämpfer abzubekommen.

Hätte sie sich nicht gegenüber den beiden behaupten müssen, sie hätte nie das Treffen mit Miley Taylor erwähnt. So anzugeben war eigentlich nicht ihre Art. Aber das hier war Notwehr gewesen.

Der Pausengong ertönte, und der Pulk um Emma löste sich auf. Emma wusste, dass sie jetzt zum Kunstraum musste, glücklicherweise war sie den Weg dorthin gestern schon einmal gegangen. Sie ging schneller. Als sie um die Ecke in den nächsten Flur bog, wäre sie um ein Haar mit einem Jungen zusammengestoßen, ungefähr in ihrem Alter, vielleicht ein Jahr älter.

»Hey, nicht so eilig.«

Emma blieb kurz stehen und musterte ihn. »Selber hey.« Er sah unverschämt gut aus, und sein selbstbewusstes Auftreten sagte ihr, dass er das auch wusste. Die hellbraunen langen Haare waren lässig zur Seite geföhnt und formten eine Tolle, wie sie die Rock'n'Roll-Stars in den Fünfzigerjahren getragen hatten. Er war gut einen halben Kopf größer als sie, und unter seinem schwarzen T-Shirt, eindeutig aus der aktuellen Bench-Kollektion, zeichnete sich ein muskulöser Oberkörper ab. Neben ihm auf der Fensterbank lagen ein Superdry-Rucksack und eine Jeansjacke.

»Den beiden Zicken hast du es aber gezeigt.« Er lachte leise und ein bisschen spöttisch. »Wurde auch Zeit, dass denen mal jemand sagt, wo es langgeht.«

Emma schaute zu ihm hoch. »Und wieso geht dich das was an?«, fragte sie. »Bist du ein Experte für Mädchen-Krieg oder so?«

Entschuldigend hob er beide Hände. »Sorry, ich wollte dich nicht so von der Seite anquatschen. Ich heiße Lennard.«

»Emma, aber das weißt du wahrscheinlich schon.«

Der Junge nickte lächelnd. Ein Lächeln, bei dem Emma ganz heiß wurde.

»Gibt nicht so viele Engländerinnen an unserer Schule.«

»Hört, hört, sprichst du alle neuen Mädchen in einsamen Schulfluren an, Lennard?«

»Ähm … nö, nur die hübschen.«

Jetzt wurde Emma rot. »Danke für das Kompliment. Aber jetzt muss ich in den Kunstraum.« Mit einer schnellen Handbewegung warf sie ihren hohen, wippenden Pferdeschwanz nach hinten. »War nett, dich kennengelernt zu haben.«

»Man sieht sich, Emma O'Neill.«

Die Kunst des Zeichnens

Ronald hätte nie gedacht, dass es ihm Vergnügen bereiten würde, einem völligen Laien das Zeichnen beizubringen. Aber so war es. Er genoss den Vormittag mit Jean-Pierre. Beim dritten Glas Merlot waren die beiden zum Du übergegangen. Ronald erklärte die Stifthaltung, gab Tipps zur Perspektive, erläuterte, wie man schraffierte. Als von einem fernen Kirchturm Glocken läuteten, schaute er überrascht auf seine Uhr. Tatsächlich, zwölf Uhr mittags, wer hätte das gedacht.

»Meine Güte, dieser Vormittag verging wie im Flug.«

»Oui, das stimmt. Isch fürschte, isch werde jetzt zurückgehen müssen. Meine 'eidi wird sisch bestimmt fragen, wo isch war. O mon ami, merci für diese Morgen.«

»Ich habe zu danken, lieber Jean-Pierre, für das Brot, den Wein und eine neue Erkenntnis.«

»Eine Erkenntnis?«

»Ja, es macht mir Spaß, Zeichentipps zu geben. Auf die Idee wäre ich nie gekommen.«

»Du machst das formidable. Auch wenn isch denke, dass isch wohl besser bleibe beim Braten von Fleisch.« Jean-Pierre kicherte, und auch Ronald musste schmunzeln, als er die Weinbergzeichnung des Franzosen sah.

»Im Grunde gar nicht übel, allerdings haben bei dir die Felsen vorne eher die Proportionen der Alpen im Vergleich zu der Bank dort an der Ecke.«

»Wie gesagt, es hat mir Freude gemacht, und jetzt weiß isch, dass ich weder Nordic-Walking noch Zeichnen besonders gut kann. Wir sehen uns bestimmt wieder, komm 'eidi und misch besuchen, ich werde kochen.«

»Das ist ein Wort, ich freue mich darauf.«

Ronald war selber von sich überrascht, aber es war keine leere Floskel, er freute sich wirklich darauf, von diesem sympathischen Franzosen bekocht zu werden.

Jean-Pierre packte seinen Rucksack und verließ Ronald.

»Was für eine angenehme Überraschung«, murmelte Ronald. Erneut erklang *Hells Bells* aus seiner Tasche. Er zog sein Handy heraus und schaute unschlüssig auf das Display. Sollte er den Anruf annehmen? Aber was sollte er Drohsten sagen? Dass er zwar keine achtzehn Leinwände, jedoch unzählige Landschaftsbilder fertiggestellt hatte? Nein, er würde sich noch eine kleine Auszeit gönnen, um weiter Energie für den Großauftrag zu tanken.

Da er das Handy ohnehin in der Hand hatte, machte Ronald gleich zwei Fotos, eins von der Landschaft und eins von seinem Aquarell. Es konnte nicht schaden, in seinen Social-Media-Kanälen für ein bisschen Aufmerksamkeit zu sorgen. Rasch postete er die Fotos mit der Bildunterschrift: *Energie tanken oberhalb des Moseltals.* Nach kurzem Nachdenken fügte er noch hinzu: #Wümmerscheid-Sollensbach, #GutshofMoselthal und #Malendraußen.

***

»Wo warst du?«, fragte Heidi mit besorgtem Blick, als Jean-Pierre im Hausflur seine Jacke an die Garderobe hängte.

»Nun, isch 'abe den Morgen mit eine neue Freund verbracht, der mir eine Einblick in die Kunst des Zeichnens gegeben ›at. 'ier, schau.«

Jean-Pierre hielt Heidi seine Zeichnung entgegen. Die trat näher, schnupperte dann kurz und verzog das Gesicht. »Sag mal, hast du getrunken?«

»Getrunken?

Statt einer Antwort griff Heidi kurz entschlossen nach dem Rucksack, den Jean-Pierre auf dem Boden abgestellt hatte, öffnete die Klappe und zog die leere Weinflasche heraus.

»Ich meine getrunken, und zwar Rotwein am frühen Morgen. Jean-Pierre, also wirklich. Ich weiß, dir geht es im Moment nicht so gut, aber es ist keine Lösung, seinen Frust, sein Heimweh, die Langeweile oder was auch immer in Rotwein zu ertränken.«

»Ach, was weißt du? Nischts weißt du. Ich 'abe nur mit eine Freund ein Gläschen gegen die Kälte …«

»Schatz, diese Flasche ist leer. Man kann gegen die Kälte im Weinberg auch eine Thermoskanne Tee oder Kaffee mitnehmen. Oder man geht erst gar nicht raus, wenn es einem zu kalt ist.« Heidi wischte sich mit der Hand über das Gesicht und schüttelte den Kopf. »Ich will mich nicht mit dir streiten. Ich mache mir Sorgen. Du weißt genau, dass es schon einmal eine Zeit gab, wo Rotwein am Morgen für dich nach einer Lösung aussah.«

»Willst du damit sagen, isch 'abe eine Problem mit die Alkohol? Isch finde, es reischt. Du mischt disch in die Sachen, die nischt für disch sind.«

Jean-Pierre ging wütend an ihr vorbei und verschwand in seinem Arbeitszimmer. Heidi schaute ihm hilflos nach. Ja, sie beide wussten sehr genau, was damals kurz nach seiner Scheidung mit ihm passiert war. Denn sie war nach Frankreich gefahren, um ihm, einem alten Freund, zur Seite zu stehen. Fast ein halbes Jahr lang hatte sie seine Bistros gemanagt und in seinem Restaurant gekocht. Sie, die deutsche Sterneköchin, hatte zusammen mit ihrer Jungköchin, Katie Sheridan, seinen Laden auf Spur gehalten. Das alles war Geschichte. Inzwischen war sie längst im Ruhestand, und auch Katie hatte nach ihrem Aufenthalt in England wieder nach Deutschland gefunden. Jetzt sind wir Freundinnen und Nachbarn, dachte Heidi. Das Leben schrieb die merkwürdigsten Drehbücher. Aber mit ihrem Jean-Pierre konnte es so nicht weitergehen. »Ich mische mich ein, weil ich dich liebe«, sagte sie halblaut in Richtung der verschlossenen Zimmertür. »Und weil ich jedes Recht dazu habe, denn ich habe dir damals deinen Hintern gerettet, du alter bretonischer Sturkopf.«

Heidi stellte die Flasche in den Altglaskorb, der neben der Küchentür stand. Als sie an Jean-Pierres Zimmer vorbeiging, hörte sie leise Jacques Brel mit seinem Chanson *Ne me quitte pas* – Verlass mich nicht. Sie klopfte, aber Jean-Pierre öffnete nicht.

»Lass misch, 'eidi, bitte, isch muss … bitte lass misch.«

Allein schon seine zitternde Stimme ließ Heidis Ärger verrauchen. Was ihr aber das Herz zerriss, war das leise Schluchzen, das sie durch die verschlossene Tür hören konnte.

Heimweg mit Insiderwissen

Zischend schlossen sich die Bustüren hinter Emma. Der Schulbus spuckte beim Anfahren noch eine blaugraue Abgaswolke aus. Emma blieb noch ein Weilchen am Straßenrand stehen und schaute zu, wie die Rücklichter langsam hinter der ersten steilen Kurve verschwanden. Es waren nur wenige Schüler, die bis zur Endhaltestelle unten im Moseltal fuhren.

Die Frühlingssonne schien ihr warm ins Gesicht, am Himmel gab es nur ein paar dünne Schleierwolken. Emma freute sich: Dass die Schule hier in Deutschland schon mittags endete, war eine ganz neue Erfahrung für sie. Okay, sie würde später noch Hausaufgaben machen müssen, aber erst einmal konnte sie sich etwas zu trinken aus der Küche holen und dann im Garten der Pension chillen. Als sie sich noch einmal umdrehte, bemerkte sie plötzlich, dass sie nicht allein an der einsamen Bushaltestelle außerhalb des Ortes ausgestiegen war.

Ein Mädchen, deutlich jünger als Emma, kam auf sie zu. Elf oder zwölf Jahre alt, schätzte Emma. Mit einem offenen, unbekümmerten Lächeln sagte sie: »Hi, Emma, ich bin Marie.« Wie unbefangen sie war, sie strotzte nur so vor Selbstvertrauen.

»Hi, Marie. Ich bin Emma, aber woher kennst du meinen Namen? Und vor allem, warum bist du hier ausgestiegen?«

»Entschuldige mal, seit der großen Pause heute weiß jeder an unserer Schule deinen Namen. Wundert dich das? Du lässt die beiden Oberzicken aus der Zehnten abblitzen, und du kennst Miley Taylor persönlich. Echt, das ist total abgefahren.« Mittlerweile hatte Marie Emma eingeholt und ging wie selbstverständlich voraus in Richtung der Pension.

»Jetzt habe ich verstanden, woher du meinen Namen hast, aber du bist doch hoffentlich nicht mit mir hier ausgestiegen, um mehr über Miley zu erfahren?«

»Uhhh, wie kommst du denn auf die Idee? Nein, ich bin kein Hardcore-Fan oder so.«

»Ja, aber wo willst du dann hin? Hier ist doch nichts.«

Marie blieb kurz stehen und legte den Kopf schief. »Kann es sein, dass du doch nicht die hellste Kerze auf der Torte bist? Oder stehst du gerade nur auf der Leitung? Jetlag oder so? Du bist doch hier ausgestiegen, um zum Gutshof zu gehen.«

»Ja, weil ich da wohne.«

»Und ich gehe heute zu meiner Oma, weil meine Mutter einen Termin in Cochem hat.«

»Deine Oma …?«

»Heidi Schwarzbeck, und die wohnt bei dir nebenan.«

Emma lachte auf. »Ach so, darauf hätte ich auch selber kommen können. Wusstest du übrigens, dass meine Mutter bei deiner Oma kochen gelernt hat?«

»Ja, das hat Katie mir mal erzählt. Und ich war auch dabei, als sie mit ihrer englischen Reisegruppe nach Wümmerscheid-Sollensbach gekommen ist. Deine Mutter ist cool, ich meine, die Pension und alles, was sie da aufgebaut hat. Abgesehen davon: Mannis Bratkartoffeln – mhmm – die sind auch voll lecker.«

Es fühlte sich irgendwie komisch an, wenn jemand anderes Katie cool nannte und bewunderte. Das war fast so, als würde Marie von einem anderen Menschen reden. War Katie cool? Ja, vermutlich.

Schweigend gingen die beiden Mädchen nebeneinander an der Landstraße entlang. Plötzlich kam Emma ein Gedanke. »Du, Marie, kennst du einen Jungen, der Lennard heißt?«

»Krass, den hast du also auch schon getroffen? Klar, jeder kennt Lennard Reusch. Der absolute Mädchenschwarm, ich meine, er sieht gut aus und so. Aber die ältere Schwester einer Freundin von mir hat sich letzten Herbst die Augen aus dem Kopf geheult, weil der nicht nur mir ihr, sondern gleichzeitig auch noch mit zwei anderen Mädchen zusammen war. Natürlich ohne es ihnen zu sagen. Der ist echt nacheinander am selben Tag mit jeder von den dreien auf die Herbstkirmes in Brennerbach gegangen.«

»Bis es aufgeflogen ist?«

»Bis es aufgeflogen ist. Wie gesagt, Lea hat sich tagelang nicht mehr eingekriegt. Aber irgendwie nimmt das Lennard niemand übel. Der hat mit keinem Stress. Er ist der Kapitän der Basketballmannschaft, Schulsprecher, total der Überflieger in der Elf, aber macht nie auf Streber.«

»Du weißt ja ganz schön viel über einen Jungen aus der Elf.«

»Ich halte eben die Ohren auf, und ich schreib für die Schülerzeitung. Für euch ältere Mädchen sind wir Jüngeren doch praktisch unsichtbar. Oder hättest du mit mir im Bus geredet?«

»Stimmt schon, ich vergess manchmal, dass ich ja auch mal jünger war.«

»Da bist du nicht die Einzige. Also, Lennard ist regelmäßig Schulgespräch. Ich habe gehört, dass seine Eltern eine Baufirma haben, und ihm wurde wohl ein Cabrio zum Achtzehnten versprochen, wenn er das Abi mit einem Schnitt unter 1,5 schafft, was für Lennard kein Problem sein dürfte. Der ist echt creepy. Ich meine, außer dem ständigen Wechsel von Freundinnen muss der doch auch irgendeine Schwäche haben.«

»Er hat mich heute im Flur zum Kunstraum angesprochen.«

Marie kicherte. »Na klar, das passt. Die Neue, die sich mit den Zicken anlegt. Nimm's nicht persönlich, aber in der Schule bist du so eine Art Berühmtheit. Ich denke, dass Lennard auf so was steht.«

Puh, dachte Emma, vielleicht ist es doch keine so gute Idee gewesen, mit Marie so ein Gespräch zu führen. Auf der anderen Seite war sie ehrlich beeindruckt von Maries Auftreten. Als sie so alt gewesen war, hätte sie sich nicht getraut, mit einer Sechzehnjährigen über solche Themen zu sprechen.

»Emma, ich muss hier abbiegen.« Marie riss sie aus ihren Gedanken. »Morgen bin ich noch mal bei Oma und Jean-Pierre. Hast du Lust, wieder mit mir zusammen zu laufen? Ich will auch nichts über Miley Taylor wissen.«

Emma grinste. »Geht klar, und du kannst dich auch gerne schon im Bus zu mir setzen.«

Emma: ein besonders nerviger Teenager

Nur noch schnell unter die Dusche springen, die grüne Seidenbluse und eine frische Jeans anziehen und dann gemütlich zu *Tante Dottis Bistro* spazieren. Soweit Katies Plan. Sie zog sich im Schlafzimmer aus, nahm ihre getragene Wäsche auf den Arm und stieß die Badezimmertür mit dem Ellenbogen auf.

Mit einem überraschten Quietschen fuhr Emma herum. Sie war gerade dabei gewesen, sich vor dem Spiegel das Gesicht einzucremen. Katie war nicht weniger erschrocken. Sie war so in Gedanken gewesen, dass sie für einen Moment nicht daran gedacht hatte, dass sie in ihrer Wohnung nicht alleine war. So standen sich die beiden gegenüber. Katie war die Erste, die wieder zu sich kam. Mit einer geübten Handbewegung öffnete sie den Deckel des Wäschebehälters, stopfte ihre getragene Kleidung hinein und stand jetzt splitternackt da.

»Boah, hast du keinen Bademantel? Ist ja voll peinlich, so ganz nackt durch die Gegend zu laufen.«

Ach ja, dachte Katie, ist es das? Ist ja immerhin meine Wohnung. Sie hatte nicht vor, ihre Gewohnheiten zu ändern. Gleichmütig sagte sie: »Du kannst ja abschließen, my dear, wenn du nicht gestört werden möchtest, während du …« Katie verstummte. Sie wollte nicht kleinlich erscheinen, aber die Gesichtscreme, die Emma gerade so großzügig in ihrem Gesicht verteilt hatte, war eine ganz besondere Marke, ziemlich teuer, und Katie benutzte immer nur winzige Mengen davon.

»Wann fahren wir denn zum Abendessen?«, fragte Emma, während sie sich die überschüssige Creme mit einem Papiertuch von den Wangen wischte.

»Fahren? Wir fahren nicht, wir laufen.«

»Nee, nicht im Ernst jetzt. Wir laufen?« Emma gelang es, das Wort »laufen« so zu betonen, dass man ihre Abscheu praktisch mit Händen greifen konnte.

»Tu nicht so entsetzt, ich hab dich ja nicht zum Marathon angemeldet.« Jetzt musste Katie schon ziemlich an sich halten, um ruhig zu bleiben. Sie ging zur Dusche hinüber, zog die Glastür hinter sich zu und stellte das warme Wasser an.

»Aber laufen? Wir können doch dein cooles Auto nehmen, das geht viel schneller.«

Die Glastür öffnete sich einen Spalt weit. Katie drehte das Wasser ab und steckte den Kopf hinaus. »Was hast du gegen einen kleinen Spaziergang einzuwenden? Erstens ist draußen Frühling, zweitens ist der Weg nicht weit, wir können sogar eine Abkürzung nehmen. Und drittens …«

»Gott, es gibt noch ein Drittens?«

Was war nur heute in Emma gefahren? Katie beschloss, sachlich zu bleiben und sich nicht provozieren zu lassen. »Jep. Drittens will ich den Riesling, den Oliver gestern gebracht hat, Sophie präsentieren. Und ich fahre nicht, wenn ich Wein trinke.«

»Cool, es gibt Wein.«

»Vergiss es, junge Dame. An dich habe ich dabei nicht gedacht. Sophie hat sicher auch leckere Getränke ohne Alkohol.«

»Boah, wie öde. Jetzt bin ich schon an der Mosel, umgeben von Weinstöcken, und darf nicht mal probieren.«

Emma zog einen Schmollmund, was in Katies Augen sehr süß aussah, aber sie hütete sich, so etwas zu sagen. »Was sagt denn Brian zum Thema Alkohol?«, fragte sie stattdessen.

»Dad? Ach, der sieht das ziemlich locker. Zu Silvester gab es französischen Champagner, ansonsten bekommt er das ja kaum mit. Im Internat gibt es auf jeder Party Cola mit Wodka und so. Ist zwar verboten, aber irgendjemand schmuggelt immer was rein. Ich stehe aber nicht so auf das süße Zeug mit Alkohol. Bin da mal vor einem halben Jahr böse abgestürzt.«

Katie fand es auf der einen Seite toll, dass ihre Tochter so offen über das Thema mit ihr sprach, auf der anderen Seite beunruhigte es sie, mit welcher Gelassenheit Emma über Alkoholexzesse redete. Als wäre es das Normalste überhaupt, mit fünfzehn, wie hatte Emma es gerade genannt, abzustürzen. Offenbar sah man ihr das an ihrem Gesichtsausdruck an, denn Emma sagte: »Jetzt schau nicht so entsetzt, ich war immerhin fünfzehn. Ein paar von den Mädchen trinken schon seit drei Jahren auf jeder Party. Ich habe mitgekriegt, wie Anne total betrunken ins Krankenhaus musste, da waren wir zwölf.«

»Meine Güte, zwölf? Da habe ich noch mit meinen Freundinnen Kakao getrunken.«

Emma lächelte schief. »Na ja, Kakao gab es auch, aber mit einem ordentlichen Schuss Bourbon.«

»Okay, ich sehe schon, ich bin in einer anderen Zeit groß geworden.«

»Ja, Queen Victoria hatte noch das Sagen, die Dinos zogen ums Haus …«

Gegen ihren Willen musste Katie lachen. »Gib Ruhe«, sagte sie, »du bist viel zu frech. Also meinetwegen darfst du auch ein kleines Glas Riesling probieren. Aber geh jetzt besser und mach dich fertig, ich will nur noch schnell duschen und mich umziehen.«

Sie drückte die Tür der Duschkabine wieder zu, nahm ihr Duschgel und wollte einen Klecks davon in ihre Hand drücken. Pfft. Außer Luft und einem obszön lauten Gurgeln kam nichts aus der Flasche. Komisch, die war doch vor ein paar Tagen noch fast voll gewesen. Sie ließ etwas Wasser in die Flasche laufen, schüttelte kurz und schaffte es so immerhin, den letzten Rest Duschgel zu erwischen.

Ein paar Minuten später stand Katie vor dem Badezimmerspiegel, ihr langes Handtuch vor der Brust verknotet, und hielt erstaunt die Flasche mit ihrem Lieblingsduft gegen das Licht der Lampe. Kaum noch was drin.

Offensichtlich hatte sich Emma in den letzten Tagen großzügig an ihrer Kosmetik bedient. Sie wollte nicht kleinlich erscheinen, aber Emma hätte doch wenigstens Bescheid sagen können, dass die Flaschen fast leer waren, anstatt sie wortlos zurückzustellen. So machte man das nicht.

Im Schlafzimmer fand Katie ein anderes Parfum. Sie sprühte ein wenig davon auf ihr Dekolleté und packte ihre Handtasche. Bevor sie das Handy einsteckte, tippte sie noch schnell eine Nachricht an Brian: *Hi Brian, ich hoffe, ihr habt einen schönen Urlaub. Ich muss dich mal was fragen wegen Emma: Ich bin hier ständig in einem Wechselbad der Gefühle, mal ist sie total süß und erwachsen, fünf Minuten später ist sie dermaßen pampig zu mir, dass ich mich nur wundern kann. Mache ich was falsch? Hast du irgendwelche Tipps für mich? Liebe Grüße, Katie.* Sie band sich noch schnell einen Seidenschal um, nahm die Handtasche und ging ins Wohnzimmer.

Emma kauerte bewegungslos auf dem Sofa und schaute auf ihr Handy.

»Bist du fertig?«, fragte Katie.

Emma schaute hoch. »Nö, muss mich noch umziehen.«

»Na dann los, hopp hopp, welchen Teil von ›Wir wollen gehen‹ hast du denn nicht verstanden?«

»Kein Stress, ich musste gerade noch ein paar Nachrichten beantworten. Du warst ja auch noch nicht fertig.« Emma verschwand in ihrem Zimmer.

»Ach übrigens: Wenn du das letzte Duschgel aufgebraucht hast, dann sag bitte beim nächsten Mal Bescheid«, rief Katie ihr hinterher.

»Häh, wo ist denn da nun wieder das Problem?« Emma schaute kurz durch die offene Zimmertür. Sie hüpfte auf einem Bein, während sie ihre Jeans anzog.

»Das Problem ist, dass ich unter der Dusche stehe und kein Duschgel habe, weil du die Flasche leer gemacht hast. In Rekordzeit, nebenbei bemerkt.«

»Ich dusch halt lange und oft, ist das jetzt falsch oder was?«

Katie war mit ihrer Geduld am Ende. »Dusch so oft du willst, aber die leeren Flaschen entsorgen sich nicht von alleine. Die ziehen sich ja nicht zum Sterben auf den geheimen Flaschenfriedhof zurück.«

»Boah, Katie, sehr witzig. Bei Mum und Dad werden die Flaschen einfach regelmäßig ersetzt.«

»Ja, bei mir auch, wenn ich weiß, dass sie leer sind, deshalb sollst du ja Bescheid sagen.«

»Schon gut, schon gut, ich hab's kapiert, wir haben keine Haushälterin.«

»Du sagst es. Und, können wir jetzt?«

»Sicher, ich hab mich schließlich beeilt.«

Katie verzichtete auf eine Antwort, nahm eine Stofftasche mit zwei Flaschen Riesling und schloss hinter Emma die Wohnungstür ab.

***

»Und wer ist jetzt diese Sophie, die wir besuchen?«

Katie atmete erleichtert auf. Emma hatte also doch beschlossen, ihr trotziges Schweigen zu brechen. Die ersten Minuten war sie wortlos neben ihr den Feldweg entlang getrottet, jeder Schritt eine schmollende Anklage. Ihre Frage zeigte, dass sie sich offenbar in ihr Schicksal gefügt hatte.

»Sophie ist eine Freundin von mir. Ich habe bei ihr und ihrem Mann Peter gewohnt, als ich mit meinen englischen Freunden Wümmerscheid-Sollensbach zum ersten Mal besucht habe. Kannst du dir vorstellen, wie überrascht ich war, dass meine ehemalige Chefin Heidi Schwarzbeck mit Sophie befreundet ist? Und dass sie genau hier wohnt?«

»Du meinst Heidi, die Frau, die ich vorgestern kennengelernt habe? Die ist doch voll alt.«

»Voll alt, ich bitte dich, sie ist Ende sechzig.«

»Sag ich doch.«

Katie beschloss, dieses Thema nicht weiter zu diskutieren, und schwieg.

»Aber diese Sophie«, fuhr Emma fort, »die ist noch nicht so alt, oder?«

»Sie ist zwei Jahre jünger als ich, und jetzt will ich keinen Kommentar über mein Alter hören.«

»Bleib cool, ich sag ja gar nichts.« Beide gingen eine Weile schweigend nebeneinander her, bis Emma mit der nächsten Frage herausplatzte: »Aber ist das nicht seltsam, dass du jetzt hier in Deutschland lebst? Du könntest in London ein Sternerestaurant besitzen, die Gäste würden den Laden stürmen. Dad sagt immer, du verkaufst dich hier mit der Pension unter Wert.«

»So, sagt er das?« Katie runzelte die Stirn und überlegte, wie sie darauf antworten sollte. Hatte Brian das Recht, über ihre Entscheidungen zu urteilen? Wohl kaum! Er hatte ihr bei der Finanzierung der Pension geholfen, dafür war sie ihm dankbar. Aber auf seine Meinung über ihre Lebensplanung konnte sie verzichten. Es hatte gute Gründe gegeben, warum ihre Ehe nicht funktioniert hatte. Sie waren einfach zu verschieden. Auch ihr würden auf Anhieb ein paar Dinge über sein Leben und seine Werte einfallen. Zum Beispiel seine Fixierung in Sachen Karriere, Prestige und Luxus. Aber würde sie so etwas laut äußern? Nein, würde sie nicht. Denn sie wollte nicht in Gegenwart von Emma über Brian herziehen. Ihre Tochter sollte nicht in die Lage geraten, den einen oder den anderen Elternteil verteidigen zu müssen.

»Weißt du, Emma, ein Sternerestaurant zu leiten, das ist mit viel Stress und hohem Druck verbunden, nicht nur mit Anerkennung und Geld«, sagte sie schließlich. »Frag Heidi, die hat das jahrzehntelang gemacht.«

»Trotzdem …«

»Ich bin froh, dass ich bei ihr gelernt und meine Erfahrungen in der Branche gemacht habe. Und genauso froh bin ich, dass ich jetzt die Pension besitze.« Katie sagte das in einem so abschließenden Tonfall, dass Emma nicht weiter nachbohrte.

Gut so, dachte Katie, eine Diskussion darüber, wo ich in meinem Leben die Prioritäten setze, möchte ich mit meiner Tochter nicht führen.

Emma: eine zauberhafte junge Erwachsene

»So, wir sind da.« Katie war mit Emma auf der Kieseinfahrt stehen geblieben, um ihrer Tochter einen Überblick zu geben. Sie deutete nach rechts. »Dort drüben, direkt hinter dem Haus, beginnt der sogenannte Sollensbacher Bruch, ein großes Naturschutzgebiet. Links ist das Bistro, und hinter dem Haus gibt es in einem ehemaligen Pferdestall noch ein Café.«

»Wow, ich meine das Haus hier und die ganze Gegend. Das erinnert mich an die Cottages zu Hause.«

»Da hast du nicht ganz unrecht. Warte ab, bis du das Café siehst, das wird dir gefallen.«

Plötzlich ertönte ein kurzes Bellen, und Augenblicke später raste ein hellbraunes Fellbündel mit einem freudigen Jaulen auf Mutter und Tochter zu.

»Herr Württemberg, sitz!«

Der Hund befolgte Katies Befehl auf der Stelle und bremste schlitternd ab. Hechelnd schaute der Hund zu ihr hoch und wedelte mit dem Schwanz.

»So ist es brav«, lobte Katie. »Emma, darf ich vorstellen, das hier ist Herr Württemberg, der Labradoodle des Hauses.«

»Lustiger Name. Darf ich ihn streicheln?«

»Ich glaube, er bittet darum.«

Emma hielt dem Hund ihre flache Hand entgegen, die er kurz beschnüffelte. Dann begann sie, ihn am Kopf zu kraulen, was der Hund sichtlich genoss.

»Herr Württemberg, wo steckst du?« Dem Ruf folgte ein langgezogener Pfiff. Der Hund bellte kurz auf, rührte sich aber nicht von der Stelle und ließ sich von Emma weiterstreicheln.

Ein Mann kam hinter dem Haus herum auf den Kiesplatz. Er hatte eine erstaunliche Ähnlichkeit mit dem Schauspieler Ryan Reynolds: groß, schlank, durchtrainiert, dunkle lockige Haare und ein Dreitagebart.

»Katie! Hey, das ist aber schön, dich zu sehen. Und du musst Emma sein, mein Gott, ihr beide seht euch wirklich ähnlich. Hallo, Emma, ich bin Peter. Schön, dich endlich kennenzulernen. Katie hat schon ganz viel von dir erzählt.« Peter umarmte Katie und reichte dann Emma die Hand.

»Hallo, ihr habt ein tolles Haus, und diesen Hund hier würde ich jederzeit adoptieren«, erklärte Emma.

»Herr Württemberg hat ein feines Gespür für Menschen, er lässt sich auf Anhieb nicht von jedem streicheln. Also zumindest wartet er mal ein bis zwei Minuten, bevor er anhänglich wird.« Peter lächelte nachsichtig. Ein Lächeln, bei dem Emma gleich mitlächeln musste.

Katie konnte nur staunen, jede Spur von Schmollen war verschwunden. Emmas Augen blitzten vergnügt, sie sah wunderschön aus.

»Ihr wollt bestimmt zu Sophie. Die sitzt mit Heidi im Café, die beiden wollten in Ruhe miteinander reden. Ich gehe mit unserer Fellnase noch eine Runde nach draußen.«

»Heidi ist bei euch?«, fragte Katie überrascht.

»Ja, vor zehn Minuten angekommen, sie sah ganz unglücklich aus. Geh doch rüber zu den beiden, Sophie hat gerade schon zu Heidi gesagt, dass sie dich erwartet. Wir sehen uns später noch. Ihr bleibt doch zum Essen, oder?«

»So war es mit Sophie ausgemacht«, erwiderte Katie.

»Fein, dann bis später. Komm, Herr Württemberg, reiß dich los, du kannst dich von der jungen Dame später noch kraulen lassen.«

Der Hund zögerte kurz und schaute zu Emma hoch. In seinem Blick schien fast so etwas wie Bedauern zu liegen, fand zumindest Katie, aber dann sprang er mit zwei schnellen Sätzen an Peters Seite.

»Katie, wenn du dich erst mit Sophie und Heidi unterhalten willst, darf ich dann mit Peter und Herrn Württemberg spazieren gehen?«, fragte Emma.

Peter blieb stehen. »Also, ich habe nichts dagegen. Wir werden auch höchstens eine halbe Stunde unterwegs sein.«

»Sicher, geh ruhig. Ist es dir auch recht, Peter?«

»Aber natürlich. Emma kann mir von ihrer Schule erzählen. Ich war nämlich auch mal für ein Jahr auf einem englischen Internat, in der Nähe von London.«

»Dann mal los, Herr Württemberg, bei Fuß«, rief Emma, und Katie sah, wie sie strahlte, als der Hund auf ihr Kommando hörte. Die drei verschwanden durch die Toreinfahrt in der alten Bruchsteinmauer.

Emma geht freiwillig spazieren, aber vorher so tun, als würde die Welt untergehen, weil wir nicht ins Auto gestiegen sind, dachte Katie, erklär mir mal einer die Teenager.

***

»Ich weiß, er behauptet zwar das Gegenteil, aber der Ruhestand macht ihm zu schaffen«, sagte Heidi. »Offen gestanden bin ich bei Jean-Pierre mit meinem Latein am Ende.«

Die drei Frauen saßen im Café. Außer ihnen war niemand

hier. Der gusseiserne Kaminofen verströmte eine wohlige Wärme, auf dem Tisch brannten drei Kerzen, die übrigen Lampen im Raum leuchteten gedämpft. Die Welt da draußen spielte in diesem Moment keine Rolle, da waren nur die drei Freundinnen. Drei Freundinnen und ein ernstes Problem, für das es keine Lösung von der Stange gab.

»Bestimmt ist es nur eine Phase«, sagte Sophie. »Jean-Pierre hat sein Leben lang hart gearbeitet. Es ist wie bei einem Motor, der ununterbrochen auf Hochtouren gelaufen ist. Und plötzlich ist Schicht im Schacht, da ist es doch verständlich, dass er sich erst einmal zurechtfinden muss.«

»Verstehen kann ich das auch, aber was mir Sorgen macht, ist, dass er seinen Frust im Alkohol ertränkt. Gestern hat er schon am frühen Morgen mit Merlot angefangen. Angeblich, um mit einem befreundeten Künstler zu zeichnen«, sagte Heidi.

»Ach herrje, doch nicht etwa mit Ronald Willem? Der wohnt bei mir in der Pension. Ich wusste nicht, dass sich die beiden kennen. Aber es stimmt schon, Willem war in den letzten Tagen oft schon sehr früh in den Weinbergen unterwegs.«

»Soll mein Jean-Pierre ruhig ausprobieren, ob er zeichnen kann. Ich glaube zwar, er wird kein zweiter Monet, aber vor allem muss er einen Weg aus diesem selbstzerstörerischen Sumpf finden. Ein Sumpf aus Langeweile und Frust.«

»Wir wissen alle, dass er ein Starkoch war. Stell dir einen berühmten Musiker vor, dem du plötzlich verbietest, zu singen oder sein Instrument zu spielen«, sagte Katie. »Ich denke, der Schlüssel liegt im Kochen.«

Heidi hob verzweifelt die Hände. »Das ist es ja gerade. Er hat seine Bistros freiwillig abgegeben, hat davon geschwärmt, was er in der Zeit danach alles machen wird. Aber nichts davon passiert. Er sitzt nur im Wohnzimmer, schaut sich auf seinem Handy die aktuellen Speisekarten seiner ehemaligen

Restaurants an und ist verzweifelt. Ich habe durch die geschlossene Tür sein Schluchzen gehört. Glaubt mir, das hat mir das Herz zerrissen. Reden will er darüber nicht. Er blockt jedes Gespräch ab.«

»Das klingt übel. Gib ihm noch ein paar Tage, würde ich sagen. Wenn es dann nicht besser wird, fragen wir Peters Freund Julian«, schlug Sophie vor.

»Julian? Wer ist das? Habe ich den schon einmal bei euch kennengelernt?«, fragte Heidi.

»Er war auf Peters Geburtstagsfeier. Julian ist Psychologe, ein alter Schulfreund von Peter mit einer eigenen Praxis in Trier.«

»Ja, du hast recht. Vielleicht braucht Jean-Pierre wirklich professionelle Hilfe.«

»Lass den Kopf nicht hängen, Heidi«, tröstete Katie ihre Freundin. »Du bist jedenfalls mit dem Problem nicht allein.«

Heidi griff nach Sophies und Katies Händen und drückte sie. »Ich danke euch beiden. Dafür, dass ihr zugehört habt, und dafür, dass ihr helfen wollt.«

***

»Am schlimmsten fand ich in den ersten Wochen, dass es keinen Kaffee, sondern nur Tee zum Frühstück gab. Ich war damals siebzehn und ein begeisterter Espresso-Fan. Da war dieser schwarze Tee wirklich eine Zumutung«, erzählte Peter. Er hatte sich mit Emma und Katie an einem Tisch im Bistro niedergelassen und unterhielt die beiden mit Anekdoten aus seinem Schuljahr in England. Von ihrem Platz aus hatte Katie die Pendeltür zur Küche im Blick. Ab und zu schwang die Tür auf, und jedes Mal sah Katie, wie Sophie sprach und dabei ausladende Handbewegungen machte. Anscheinend war sie dabei, letzte Anweisungen für den Abend zu geben.

»Bei uns im St. George's gibt es Kaffee, auch wenn der natürlich weit entfernt von jedem italienischen Espresso ist«, erwiderte Emma. »Aber sag doch mal, war es dann wieder schwer für dich, hier in Deutschland weiterzumachen?«

»Ich muss zugeben, ich war ein wenig hochnäsig geworden, schließlich hatte ich ein Jahr im Ausland verbracht. Aber die anderen in meiner Klasse haben schon dafür gesorgt, dass ich ziemlich schnell auf den Boden zurückkam. Ich hatte einen großen Vorsprung im Leistungskurs Englisch, das war natürlich angenehm. Und später hat sich das Auslandsjahr gut im Lebenslauf gemacht, es hat mir mehrere Türen geöffnet. Ich war später für ein paar Monate in den USA, da habe ich schon im Marketing gearbeitet. Was immer du mal beruflich tun willst, Auslandserfahrung ist ein wirklicher Pluspunkt. Wer weiß, vielleicht willst du später sogar einmal in Deutschland studieren.«

»Wäre das für dich eine Option, Emma?«, fragte Katie überrascht. Offenbar hatte Emma auf dem Spaziergang Peter, den sie doch erst vor nicht mal einer Stunde kennengelernt hatte, mehr erzählt als ihr – na prima.

»Mal gucken, nee, das ist alles offen.«

Das ist noch so eine ihrer Superkräfte, sie kann im Bruchteil einer Sekunde von junger Dame auf pubertierenden Teenager umschalten, dachte Katie und nahm sich fest vor, sich davon nicht die gute Laune verderben zu lassen. Denn man konnte eigentlich nur gute Laune haben, wenn man hier in dem gemütlichen Bistro an einem Tisch mit Freunden saß, den eigenen Wein im Glas und ein köstliches Essen in Aussicht. Als Katie sich umschaute, sah sie, dass Sophie zurück aus der Küche kam und kurz die Stirn runzelte.

»Ist Heidi schon gegangen?«, frage Sophie.

»Ja, vor zehn Minuten. Sie wollte dich nicht in der Küche stören«, antwortete Katie.

Sophie setzte sich auf den freien Stuhl neben Peter.

»Alles okay bei dir?«, fragte Peter.

Er hatte Sophies Ansprachen in der Küche also auch bemerkt.

»Ja, schon, aber Melanie steht heute irgendwie neben sich. Sie hat für zwei Hauptgerichte die Vorbereitungen vergessen. Zum Glück ist es heute ruhig«, sagte Sophie und erklärte: »Sorry, Emma, das kannst du ja nicht wissen. Melanie ist meine Jungköchin.«

Katie reichte ihr ein gefülltes Weinglas. »Hier, für dich: Das ist der erste Gutshof-Moselthal-Riesling.«

Sophie nahm das Glas, schnupperte kurz und probierte. Sie behielt den Wein einen Augenblick im Mund, bevor sie ihn hinunterschluckte. »Wow, der ist richtig klasse. Da hat sich Oliver selbst übertroffen.«

Emma nahm nun ebenfalls ein kleines Schlückchen. »Ich finde, er schmeckt nach … Wein.«

»Deine Mutter kann froh sein, dass du offenbar noch keine geübte Weinkennerin bist«, erwiderte Peter. »Ich halte das für ein gutes Zeichen. Nein, im Ernst, der Wein ist großartig. Katie. Und den wirst du bei dir in der Pension verkaufen?«

»Das ist der Plan, aber ihr könnt ihn natürlich auch auf die Speisekarte setzen, wenn ihr wollt. Ich mache euch einen Sonderpreis.«

»Das würde ich wirklich gerne tun«, erwiderte Sophie und hob ihr Glas, um mit Katie anzustoßen. »Auf die Premiere des Gutshof-Moselthal-Rieslings.«

Lachend stießen alle mit Sophie an. Erleichtert stellte Katie fest, dass Emma zufrieden und glücklich wirkte, wie sie so bei ihnen saß, an ihrem halben Glas Wein nippte und den Kopf von Herrn Württemberg kraulte.

Bleib ganz ruhig

Ping.

Endlich, da war eine Antwort von Brian. Er hatte eine E-Mail geschickt. War das ein gutes Zeichen? Katie überflog die Nachricht bis zum Ende und fing dann noch einmal an, sie in Ruhe von vorne zu lesen.

> Tja, meine liebe Katie, jetzt hat's dich also auch erwischt. Willkommen im Club der Teenager-Eltern. Um das vorwegzunehmen: Nein, du hast nichts falsch gemacht. Unsere liebe Emma ist gerne mal launisch. Ich finde das auch schwierig. Man sollte doch meinen, dass sie sich mit sechzehn mehr oder weniger wie eine Erwachsene benimmt, nicht wahr? Die meiste Zeit tut sie das, aber gelegentlich kann sie ... kapriziös sein.
>
> Ich habe mal gehört, dass es ein gutes Zeichen ist, wenn ein Teenager gegenüber den Eltern verbal mal so richtig die Sau rauslässt. Angeblich ist das ein Zeichen für tiefes Vertrauen, ein »hier bin ich daheim«. Ich hoffe, das stimmt!

Emma hat mir und Sheila schon mehrmals geschrieben, sie ist total begeistert von ihrem Aufenthalt in Deutschland. Und sie hat uns wissen lassen, dass sie dich richtig cool findet. Bleib also ganz ruhig, du machst alles richtig, und wir sind alle sehr froh, dass du Emma die Möglichkeit gibst, Deutschland in Ruhe kennenzulernen.
Sheila lässt dich herzlich grüßen.
Mach's gut, meine liebe Katie.
Dein Ex-Mann und Mit-Vater einer unmöglichen Teenager-Tochter, Brian

Ein Pastis, bitte

Rundherum wurden an den Tischen Kuchenstücke und Kaffee serviert. Nachmittags herrschte im *Kleinen Café an der Mühle* Hochbetrieb, wie immer. Besteck klirrte leise auf Porzellantellern, im Hintergrund hörte man das vertraute Zischen der Espressomaschine, und der Raum war erfüllt von den Stimmen der Gäste, die sich in gedämpfter Lautstärke miteinander unterhielten.

Nur ein einziger Zweiertisch war noch frei. Zielsicher steuerte Jean-Pierre darauf zu und ließ sich mit einem erleichterten Seufzer auf den Stuhl sinken. An der Wand gegenüber konnte man auf einer Tafel die Tagesangebote lesen. »Kirschstreusel«, murmelte Jean-Pierre. »Bienen… Bienenstisch. Kaffeeküsse.« Unzufrieden verzog er das Gesicht. »Ah non, nischt das Rischtige für eine Mann ohne Arbeit.«

Sophie näherte sich seinem Tisch. Sie lächelte, als sie sah, wer ihr neuer Gast war. »Jean-Pierre, wie schön, dich zu sehen.«

»Bonjour, Sophie.« Sie tauschten zwei schnelle Wangenküsschen aus.

»Was darf ich dir bringen? Ein Stück Kuchen, einen Kaffee? Espresso?«

Zu allen Vorschlägen schüttelte Jean-Pierre nur stumm den Kopf.

»Wasser? Zitronenlimonade?« Sophie hielt ihren Notizblock in der Hand, und der Bleistift schwebte schon über dem Papier, bereit, seine Wünsche zu notieren.

»Non, non, non.« Jean-Pierre schloss die Augen, um nachzudenken, und öffnete sie dann wieder. »Bring mir eine Pastis. Pur.«

Sophies Augen schossen zu der Wanduhr, sie zeigte vier Uhr nachmittags, und wieder zurück zu Jean-Pierre. Sie sagte nichts.

Er fügte hinzu: »Und eine Karaffe Eiswasser, bitte. Ich mische selber. Für eine kleine Aperitif ist es nie zu früh, n'est-ce pas?«

Er bekam keine Antwort, denn eine der Bedienungen war inzwischen zu Sophie getreten und wisperte ihr etwas ins Ohr. Sophie schlug erschrocken eine Hand vor den Mund. »O nein«, murmelte sie. Und an die Bedienung gewandt: »Sara, sag Igor bitte, er soll nach Hause gehen und sich ins Bett legen. Wünsch ihm gute Besserung von mir, ja?«

Als wäre nichts geschehen, nahm sie ihren Notizblock wieder hoch. »Und, darf es sonst noch etwas sein, Jean-Pierre?« Ihr Lächeln, das eben noch herzlich und offen gewesen war, wirkte nun angespannt, auch ihre Stimme klang gepresst.

Das entging Jean-Pierre nicht. »Sophie, sag, was ist passiert?«

»Igor ist offenbar krank. Er stand eben noch drüben in der Küche am Herd, aber Sara sagt, es geht ihm nicht gut. Er hat heute Mittag schon erwähnt, dass ihm unwohl ist, aber er wollte unbedingt arbeiten. Vielleicht hat er diesen Magen-Darm-Virus, der gerade umgeht. In Lisas Kita sind auch schon ein paar Erzieherinnen ausgefallen. Ach herrje …«

»Mon dieu, deine Koch ist krank.« Jean-Pierre kam ohne Umschweife zur Sache. »Und wer soll jetzt machen die Essen für deine Bistro?«

»Das ist ein Riesenproblem. So schnell bekomme ich keine Vertretung. Und ausgerechnet heute habe ich eine große Geburtstagsfeier. Dreißig Gäste. Für morgen hat sich ein Reisebus angemeldet, abends kommt der Dorfverein. Das Wochenende ist ausgebucht. Du meine Güte. Melanie ist ganz allein, das kann sie unmöglich …«

Polternd fiel der Holzstuhl um, so schnell war Jean-Pierre aufgesprungen. »Isch ›elfe dir«, sagte er knapp, strebte schon zur Tür und winkte ungeduldig. »Allons, vite. Komm schnell. ›ast du eine Kochjacke für misch?«

Die Gespräche im Raum verstummten, neugierig schauten die Gäste in ihre Richtung.

»Mesdames et Messieurs, es ist alles in die beste Ordnung. Machen Sie sisch keine Gedanken.« Jean-Pierre drehte sich an der Tür noch einmal um und verbeugte sich lächelnd in Richtung der übrigen Gäste. »Meine Name ist Jean-Pierre Garbon, und isch werde 'eute dafür sorgen, dass die Gäste werden satt und zufrieden. Und wenn Sie noch eine wenig bleiben wollen, isch freu misch, für Sie zu kochen.«

Tatsächlich gab es von einigen Tischen Beifall als Reaktion auf die kleine Ansprache des Franzosen. Jean-Pierre zwinkerte Sophie zu, und seine Bartspitzen schienen vor Vergnügen zu beben. Leise, sodass nur Sophie ihn verstehen konnte, sagte er: »Man muss die Gäste auch etwas bieten. Eine umgefallene Stuhl und eine erschrockene Chefin … das gibt nur Gerede. Jetzt dagegen werden alle nur von die lustige kleine Franzose sprechen.«

***

Sophie kannte Jean-Pierre schon seit etlichen Jahren. Seiner

Erfahrung verdankte sie die Anfangserfolge ihres Bistros. Und obwohl sie monatelang in der Küche zusammengearbeitet hatten, obwohl sie wusste, wozu er in der Lage war, staunte sie doch darüber, welche Energie in diesem Mann steckte. Eine Energie gepaart mit einer gelassenen Unbekümmertheit, die alles, was er tat, wie ein einziges Vergnügen und ein großes Spiel aussehen ließ.

Die Kochjacke, die Sophie ihm zur Verfügung gestellt hatte, war an den Ärmeln viel zu lang. Jean-Pierre krempelte sie kurzentschlossen hoch. »Wir sind schließlisch 'ier nischt bei *Germanys Next Topmodel.* 'ier wird köstlisch gekocht. Und die Topf ist meine Aussehen egal.«

Sophie lehnte an der Arbeitsfläche, während er sich die Notizen zum Abend durchlas. Melanie, ihre Jungköchin, beobachtete dagegen Jean-Pierre besorgt, der lediglich ein paar Brummtöne von sich gab, dann den großen Kühlschrank öffnete und die Edelstahlbehälter inspizierte, in denen Igor Zutaten vorbereitet hatte. Mit einem anerkennenden Pfiff schloss er die Tür wieder.

»Deine Koch versteht etwas von seine ›andwerk, Sophie. Es ist alles vorbereitet, formidable. Eine Kinderspiel. Melanie, isch weiß, wir 'aben bisher noch nischt zusammengearbeitet, aber du 'ast mit meine Neffe, Igors Vorgänger, gekocht und isch bin sischer, wir werden viele Spaß 'aben 'eute in die Küche. Eine Bistro und eine Geburtstagsfeier«, Jean-Pierre rieb sich zufrieden die Hände, »ahh, ich spüre die Kribbeln in meine Bauch. Sophie, sei so gut und ruf 'eidi an, sie soll nischt vor die Mitternacht mit mir reschnen. Und wir beide, Melanie, werden jetzt die Abend planen, allons-y, los geht's.«

Der Druck steigt

Hells Bells. Der für die Anrufe von Bettina Sauer reservierte Klingelton sorgte bei Ronald wie immer für zitternde Hände und kalte Schweißtropfen auf der Stirn.

»Herr Willem, hier ist Bettina Sauer von Drohsten International. Guten Tag.«

Ronald verfluchte im Stillen die immer heitere Assistentin seines Auftraggebers. Er wusste schon, wie das Gespräch weitergehen würde. Nach der Begrüßung vergaß sie nie, sich nach seinem Befinden zu erkundigen und noch ein paar freundliche Worte über das Wetter zu sagen, bevor sie das Gespräch zu ihrem Chef durchstellte. So war es auch heute. Nicht, dass Ronald ihr genau zugehört hätte. Zu beschäftigt war er damit, tief durchzuatmen, sich aufzurichten, um gleich, wenn das Unvermeidliche passierte, eine überzeugende Vorstellung geben zu können. Da – es war so weit.

»Ich darf Sie jetzt mit Herrn Drohsten verbinden.«

Ein paar Takte Pausenmusik, dann dröhnte Drohstens Stimme aus dem Handy.

»Willem, was ist los mit Ihnen? Ich bin besorgt, ich will

das nicht verschweigen. Ich bin zutiefst besorgt, dass Sie unseren Vertrag nicht erfüllen werden.«

Nun wünschte sich Ronald, dass Patrick Drohsten junior ein bisschen wie seine Assistentin wäre, ein paar freundliche Worte zur Einleitung, ein bisschen Smalltalk, wenigstens eine kurze Begrüßung. Aber nein. Drohsten hatte die verstörende Angewohnheit, auf all das zu verzichten. Willem wusste, warum, der Firmenchef hatte es ihm mal bei einem Whisky nach dem Briefinggespräch verraten: Damit verschaffe er sich in wichtigen Telefonaten regelmäßig einen Vorteil. Seine Gesprächspartner würden sich sogleich in die Ecke gedrängt fühlen, hatte Drohsten damals erklärt. Mit solch einer Gesprächsführung, ohne das kleinste »Guten Tag« oder »Hallo, hier ist Patrick Drohsten junior«, dem Gegenüber direkt eine unangenehme Tatsache ins Gesicht zu schleudern – mit einer solchen Grobheit würde kaum jemand rechnen. Tja, damals hatte er, Ronald Willem, das Ganze noch amüsant gefunden. Die Angeberei eines Mannes, der sich für ein Alpha-Tier hielt. Jetzt sah die Sache anders aus, jetzt musste er feststellen, dass ihm Drohstens Grobheit Angst machte.

Überdeutlich nahm Ronald wahr, wie sich Patrick Drohsten am Schreibtisch in seinem Ledersessel zurücklehnte. Das leise Knarren von echtem Leder war ein Geräusch, das er inzwischen öfter gehört hatte, als ihm lieb war. Dann kam das nächste verhasste Geräusch, das unregelmäßige Klicken eines Kugelschreibers.

»Nun, Herr Willem? Hat es Ihnen die Sprache verschlagen? Sie schweigen?«

Ronald räusperte sich. »Drei Tage«, platzte er heraus. »Ich brauche nur noch drei Tage. Dann bringe ich Ihnen die ersten Werke.«

»Ah, sehr gut. Drei Tage, so so. Wir wollen doch nicht an den Punkt kommen, wo die Vertragsstrafe greift, nicht wahr? Ich habe das Dokument gerade vor mir am Bildschirm. Sie kennen den Passus? Ich fasse das noch mal für Sie zusammen: Da fällt pro Arbeitstag des Verzugs ein Betrag an in Höhe von 0,2 Prozent der Auftragssumme – ladiladila – ich überspringe hier ein paar Paragrafen … zahlbar sofort … Und bei Nichtlieferung bis zum vertraglich vereinbarten Termin, Rückgabe unserer bereits geleisteten Anzahlung, plus natürlich die Vertragsstrafe für jeden Tag der Verzögerung. Mal sehen, was unserem Anwalt noch so alles einfällt: Vorspiegelung falscher Tatsachen, das riecht nach Betrug, Sie wissen schon, § 263 Strafgesetzbuch. Halten Sie mich nicht zum Narren, Herr Willem. Ich kenne unsere Rechte und Möglichkeiten. Vertragsstrafe und Geld-zurück sind nur zwei Pfeile, die wir im Köcher haben. Den Rest wollen Sie bestimmt nicht kennenlernen.«

Ronald schluckte. Nicht nur die gesamte Anzahlung zurückgeben zu müssen, sondern darüber hinaus noch die festgelegte Vertragsstrafe zu zahlen – das war unmöglich. Von irgendwelchen Klagen ganz zu schweigen. Es war nicht nötig, Patrick Drohsten zu antworten, der hatte das Gespräch nach seinem letzten Satz sofort beendet. Zum ersten Mal war Ronald froh darüber. Was hatte er Drohsten gerade gesagt? Drei Tage? Er vergrub den Kopf in den Händen.

Er war am Ende.

Ein Fan

Bettina Sauer verstand sich darauf, die kleinen Atempausen zu nutzen. Während Patrick Drohsten am Nachmittag einen Besprechungsmarathon absolvierte – Videokonferenzen im Zwanzig-Minuten-Takt –, erholte sie sich am Schreibtisch von einem anstrengenden Vormittag, indem sie sich auf ihrem privaten Handy in ihren Social-Media-Kanälen auf den neuesten Stand brachte. Sie fand, das hatte sie verdient, schließlich hatte sich auch niemand daran gestört, dass ihre einstündige Mittagspause heute sang- und klanglos ausgefallen war, weil sie für die Geschäftsleitung noch Unterlagen zusammengestellt hatte. Okay, man sah das private Surfen am Arbeitsplatz überhaupt nicht gerne. Aber wer konnte schon Anstoß daran nehmen, sie war allein in ihrem Büro, und Patrick Drohsten hatte wichtigere Dinge zu erledigen.

Sie wischte auf ihrem Smartphone einen Beitrag nach dem anderen nach oben. Vieles schaute sie nur flüchtig an. Wenn ihr gefiel, was sie sah, markierte sie den Beitrag mit einem Herzchen. So viel Anerkennung musste sein. Ein hübsches Foto von einem sonnigen Strand. Herzchen. Niedliche Hundewelpen. Herzchen. Die Besprechung eines neuen Liebesromans – der Titel klang vielversprechend, diesen Beitrag speicherte sie sofort. Herzchen. Ein Landschaftsaquarell, das eine Mosellandschaft zeigte. Von … Sie stutzte und blätterte zurück. Ein Landschaftsaquarell? Von Ronald Willem? Von demjenigen, der normalerweise ausschließlich teure, abstrakte Corporate-Art-Gemälde verkaufte? Mit zwei Fingern vergrößerte sie den Bildausschnitt, um das Aquarell genauer zu betrachten. Es war zauberhaft. Die zarten Blau- und Grüntöne, die angedeuteten Weinberge, die helle Morgenstimmung … stundenlang hätte sie sich das anschauen können.

Eine Hand erschien vor ihrem Gesicht. Jemand schnipste mit den Fingern, direkt vor ihrer Nase. Patrick Drohsten. Bettina hätte vor Schreck fast ihr Handy fallen gelassen. »Frau Sauer? Dürfte ich um einen Moment Ihrer geschätzten Aufmerksamkeit bitten?«

Ach du Schreck. Sie war so vertieft gewesen, dass sie nicht bemerkt hatte, dass Drohstens letzter Videocall des Tages bereits zu Ende war. Nun stand er direkt neben ihrem Schreibtisch. Bettina Sauer ließ ihr Smartphone sinken. Wie sollte sie bloß aus dieser Nummer rauskommen?

»Was machen Sie denn da? Darf ich mal sehen?« Widerwillig reichte sie ihrem Chef das Handy. »Ich …«

»Ah ja, sehr hübsch. Sie interessieren sich für Kunst, wie ich sehe.«

Uff, er schien gute Laune zu haben. Vielleicht gelang es ihr, ihn davon abzulenken, dass sie während ihrer Arbeitszeit eine ausgiebige Pause gemacht hatte. »Ja«, sagte sie eifrig, »das tue ich. Ich folge dem Konto von Ronald Willem schon seit langem. Natürlich nicht unter meinem echten Namen.« Sie beugte sich zu Drohsten hinüber und wies auf das Profilbild in der linken oberen Ecke. Man sah ein comicartig gezeichnetes Frauenportrait, das eine entfernte Ähnlichkeit mit ihr aufwies, darunter ihr Online-Name: Ein.Fan.1989.

»So, Frau Ein.Fan.1989. Dann zeigen Sie mir doch mal dieses ›Konto‹ von Herrn Willem.« Das Wort »Konto« betonte er so ironisch, dass man die gedachten Anführungszeichen quasi hören konnte. »Sie wissen ja, dass ich nichts von diesem Social-Media-Kram halte. Reine Zeitverschwendung in meinen Augen. Aber nachdem Sie nun Ihre Arbeitszeit darauf verwendet haben …« Er musterte sie mit einem durchdringenden Blick.

Mist, also war er doch sauer. Jetzt half nur noch die Flucht nach vorn. »Ich halte es für wichtig, alle Facetten des Künstlers zu kennen, der die neuen Corporate-Bilder für Drohsten International malt«, behauptete sie.

»Nun, dann zeigen Sie mir doch endlich diese Facetten. Wo sind denn hier die Bilder von Ronald Willem?«

»Na, dort, direkt auf dem Bildschirm.«

»Nein, da sehe ich nur ein Aquarell, das die Weinberge an der Mosel zeigt.«

»Aber das ist doch von ihm. Sehen Sie, hier. Und dazu schreibt er: ›Energie tanken oberhalb des Moseltals. #Wümmerscheid-Sollensbach #GutshofMoselthal #Malendraußen‹.«

»Interessant. Höchst interessant. Unser guter Willem liefert seine Auftragsarbeiten nicht ab, sondern gönnt sich stattdessen eine Auszeit an der Mosel. Und dann dieses Bild hier – du meine Güte, wie soll man das nennen – Weinberg-Kitsch? Himmel noch eins, was kommt als Nächstes? Wahrscheinlich ein röhrender Hirsch vor einem Tannenwald. Was ist nur in diesen Mann gefahren? Energie tanken oberhalb des Moseltals – na, der macht mir Spaß. Ich werde Herrn Willem mal ein bisschen Feuer unterm Hintern machen. Der soll gefälligst seine Energie für unsere Kunstwerke einsetzen. Hält mich seit Wochen hin und findet dann Zeit, Weinberge zu malen. Ein Glück, dass mein Vater das hier nicht sehen kann. Ihn würde der Schlag treffen. Von unserem Aufsichtsrat will ich gar nicht reden.« Drohsten war zunehmend lauter geworden, während er sich in Rage geredet hatte. Jetzt richtete er sich auf, straffte die Schultern und reichte Bettina Sauer ihr Handy zurück. »Gut, dass Sie das gefunden haben, Frau Sauer. Willem wird uns nicht länger auf der Nase herumtanzen. Ich werde ihn am Wochenende besuchen. Wenn er dann nichts Vorzeigbares hat, kann er sich auf eine Klage einstellen, die sich gewaschen hat. Und mit vorzeigbar meine ich nicht diesen Moselkitsch. Sie fahren mit. Beschaffen Sie mir die Adresse von diesem Wümmerscheid-Sollensbach und die GPS-Daten, falls die da unten an der Mosel so etwas schon haben.«

Mit einem Aufatmen registrierte Bettina Sauer, wie sich die Bürotür hinter Patrick Drohsten schloss. Noch mal gutgegangen. Ronald Willem tat ihr leid. Ein Mann, der so malen konnte, hatte Drohstens Wut nicht verdient.

#Wümmerscheid-Sollensbach – die Welt war ein Dorf. Bettina schaute noch einmal auf das Aquarell. Ja, so hatte sie das Moseltal in Erinnerung. Mehr als einmal hatte sie auf dem Heimweg von der Schule in Brennerbach zum Haus ihrer Eltern ein solches Moselpanorama gesehen. Das Bild versetzte ihr einen kleinen Stich. War das Heimweh? Sie hatte bis zur zehnten Klasse auf einem Bauernhof außerhalb von Brennerbach gewohnt. Es gab immer noch Freundinnen, die in der Gegend geblieben waren. Dass ihre Eltern an den Niederrhein ziehen mussten, hatte der jungen Bettina eine Zeit lang den Boden unter den Füßen weggezogen. Am Niederrhein war sie nie wirklich heimisch geworden. Kein Wunder, dass sie sich unmittelbar nach ihrem Schulabschluss in die Ausbildung bei Drohsten gestürzt hatte.

Plötzlich waren alle alten Erinnerungen wieder da. Patrick Drohsten schien zu glauben, dass es für sie eine Strafe war, am Wochenende mit nach Wümmerscheid-Sollensbach zu fahren. Doch das Gegenteil war der Fall, tatsächlich war es eine Belohnung.

Licht und Schatten

Unten wurde die Haustür leise ins Schloss gezogen. Heidi legte ein Lesezeichen in das Buch, in dem sie eben noch gelesen hatte, und klappte es zu. Augenblicke später öffnete sich die Schlafzimmertür.

»Bonsoir, ma chère. Du bist noch wach? Das ist gut.«

Jean-Pierre trat an ihre Bettseite, beugte sich vor und küsste sie zärtlich.

Mhmm, dachte Heidi, er hat nichts getrunken, keinen Wein, keinen Schnaps. So war es auch schon in den letzten Tagen gewesen. Jean-Pierre kam spät abends nach Hause, zwar erschöpft, aber rundum zufrieden. Wie gut sie diesen Tagesablauf kannte. Es war, als wäre für sie beide die Zeit zurückgedreht worden. Sogar sein Haar hatte wieder diesen vertrauten, wohlbekannten Geruch. Auch den kannte sie nur zu gut. So roch ein Koch, wenn er eine Schicht in der Küche gearbeitet hatte.

»Du wirst noch duschen müssen, Liebling.«

»Ja, das werde isch wohl. Sophie lässt disch grüßen.«

»Du hilfst ihr in einer wirklich heiklen Lage. Als ich mich gestern kurz mit ihr unterhalten habe, war sie ganz gerührt.«

»'eidi, es ist herrlisch. Igor ist noch krank. Ich weiß, isch sollte das nischt sagen, aber isch bin froh darüber. Der Arzt 'at ihn bis zu die Anfang der nächsten Woche krankgeschrieben. Oh, und es gibt so viel zu tun. Sophie 'at eine Menge Reservierungen an die Wochenende, dazu eine Familienfest in die Café mit eine Wunsch nach einem spezielle Menü. Isch 'abe 'eute probiert Wildkräuter mit eine wundervolle Ziegenkäse auf die Salatplatte. Die Gäste waren begeistert.«

»Das ist schön. Was wirst du aber tun, wenn Igor in der kommenden Woche wieder seinen Platz in Sophies Küche einnimmt?«

»Ach, isch 'abe mir gesagt, Jean-Pierre, du kannst 'ier Gutes tun. Du kannst einer Freundin 'elfen. Voilà, isch 'elfe. Alles zu seiner Zeit. Und jetzt ist Zeit für die Dusche.«

Aus dem angrenzenden Badezimmer hörte man das Rauschen der Dusche. Heidi hatte ihr Buch immer noch nicht wieder aufgeschlagen. Sie lehnte den Kopf an das Betthaupt und schloss die Augen. Ein Teil von ihr freute sich darüber, dass Jean-Pierre so glücklich war, ein anderer Teil aber machte sich große Sorgen darüber, was passieren würde, wenn die Arbeit in der Bistroküche endete. Alles zu seiner Zeit … Jean-Pierre schien den Gedanken an Igors Rückkehr einfach zu verdrängen. Sie aber hatte lebhaft vor Augen, wie tief das Loch gewesen war, in dem er noch vor wenigen Tagen gesteckt hatte. Er hatte so gelitten, schrecklich. Was konnte sie nur tun, damit sich die ganze Geschichte nicht in der nächsten Woche wiederholte? Das war eine Frage, auf die sie keine Antwort fand.

Eine Verabredung

Auf dem niedrigen Mäuerchen, das den Schulhof vom Sportplatz trennte, saß man zwar hart, und besonders warm waren die Steine auch nicht, aber es war ein guter Platz, um jemanden zu finden, mit dem man die große Pause verbringen konnte. Das hatte Emma schnell entdeckt. Ausgerechnet Lennard Reusch war es, der nun auf sie zugeschlendert kam. Emma spürte ein erwartungsvolles Kribbeln im Bauch, als er vor ihr stand. Ganz kurz musste sie daran denken, was Marie ihr erzählt hatte. Lennard hatte offensichtlich einen gewissen Ruf in der Schule, und Emma hätte jede Wette darauf abgeschlossen, dass er das genau wusste und es genoss.

»Hallo, Emma O'Neill, heute mal keine Schuluniform?«

»Enttäuscht?«

Lennard ließ seinen Blick unverhohlen an ihr auf und ab wandern.

»Enttäuscht? Im Gegenteil – die beiden Zicken in deiner Klasse werden sich wahrscheinlich gerade schwarzärgern, dass du auch in normalen Klamotten so gut aussiehst.«

Die normalen Klamotten, wie Lennard sie gerade genannt

hatte, waren die teuersten Kleidungsstücke, die Emma zusammen mit Katie in Koblenz gekauft hatte. Eine Designerjeans, dazu die neuen Boots und der eng anliegende Rollkragenpulli, der bereits knapp über dem Nabel endete und einen Streifen nackter Haut sichtbar ließ.

»Du weißt jedenfalls, wie man Komplimente macht, Lennard Reusch.«

Er setzte sich neben sie auf die Mauer. »Ich bin sicher nicht der erste Junge in deinem Leben, der dir Komplimente macht.«

Emma schaute ihn herausfordernd an. »Nein, natürlich nicht, aber ich höre sie trotzdem gerne. Außerdem will ich ja nicht jeden Tag hier herumlaufen wie in meinem englischen Internat. Ich finde es ganz entspannend, dass man in Deutschland ohne Schuluniformen in die Schule gehen kann.«

»Auf der anderen Seite würde einem das eine Menge Stress bei den Klamotten ersparen. Es gibt bei uns ein paar Leute, denen ihre Kleidung superwichtig ist. Richtig markenhörig sind die.«

»Glaub mir, auch bei den Schuluniformen gibt es Unterschiede. Mein Dad beispielsweise kauft die Sachen immer bei unserem Schneider in London, andere aus meiner Klasse dagegen haben ihre Röcke von der Stange gekauft oder im Secondhand von älteren Schülerinnen. Die Unterschiede siehst du ganz genau. Und was die Markenhörigkeit betrifft – die Streetwear-Sachen, die du trägst, sind ja auch nicht gerade billig.«

Lennard hob lachend die Hände. »Erbarmen, urteile nicht zu streng über mich. Ich hatte eine harte Kindheit zwischen Luxusvilla und Urlaub in Monaco.«

Emma prustete los. »Du bist ja vielleicht eingebildet.«

»Nehme ich jetzt mal als Kompliment. Du kommst wohl gut an in deiner Klasse. War nämlich gar nicht so einfach, dich in der Pause alleine zu erwischen.«

Aha, er wollte alleine mit ihr sprechen, es ging anscheinend nicht nur um Smalltalk über Emmas Kleidung. Sie fühlte sich geschmeichelt.

»Jedenfalls hat mich niemand mehr blöd von der Seite angequatscht.«

»Ich denke, die Leute in deiner Klasse haben die Lektion gelernt. Du hast das sicher in den letzten Tagen gemerkt, die meisten sind gar nicht so übel.« Er strich sich die langen Haare aus der Stirn. »Gar nicht so übel ist übrigens das Stichwort. Hier in Brennerbach gibt es ein großes Fest, das ziemlich gut ist. Die Freiwillige Feuerwehr feiert jedes Jahr für drei Tage. Am Freitagabend geht es los, mit Fassanstechen und so. Aber richtig super wird der Samstagabend. Da wird gegrillt, es gibt Getränke, ein paar Spielstände, eine Tombola und vor allem Livemusik. Mein älterer Bruder tritt mit seiner Band auf.«

»Ja?«

»Hast du Lust, mit mir zusammen zu dem Fest zu gehen?«

Damit hatte Emma nicht gerechnet. Sie zögerte einen winzigen Moment.

»Oder sind abendliche Dates mit älteren Jungen bei dir zu Hause verboten?«

Das wollte Emma nicht auf sich sitzen lassen. »Es kommt darauf an, wie viele andere Mädchen du schon für den Abend eingeladen hast«, erwiderte sie spitz.

»Äh …« Dass Lennard kurz zusammenzuckte, bewies ihr, dass er so etwas Ähnliches wahrscheinlich vorgehabt hatte.

»Dachtest du etwa, ich hätte noch nicht davon gehört?«

Sein Moment der Unsicherheit verflog genauso schnell, wie er gekommen war. »Alles nur dummes Gerede. Nein, im Ernst, ich werde nur dich fragen und sonst niemanden.«

»Wenn das so ist, würde ich sagen, wir haben ein Date.«

»Sehr cool. Ich schlage vor, wir treffen uns gegen halb acht am Samstag drüben am Eingang zum Schulhof. Was meinst du? Der Auftritt von meinem Bruder wird gegen neun Uhr starten, da bleibt uns genug Zeit, um uns vorher ein bisschen umzuschauen. Hast du die Möglichkeit, um halb acht hier zu sein?«

»Ich denke, das kriege ich hin.«

»Dann sehen wir uns am Samstagabend.«

Als Emma vom Schulhof zurück in ihre Klasse ging, registrierte sie ein paar neugierige Seitenblicke von den anderen Mädchen. Kein Wunder, in dieser Pause hatte der Schulsprecher und Kapitän der Basketballmannschaft nur Augen für sie gehabt. Nichts in dieser Schule bleibt lange im Verborgenen, dachte Emma. Sollten die ruhig gucken, sie hatte nichts zu verbergen, sie hatte sich nur mit dem Jungen unterhalten, der an dieser Schule offensichtlich das Sagen hatte. Zufrieden mit sich und ihrer Entscheidung ging Emma zurück in den Unterricht. Heute Nachmittag würde sie Ruby alles haarklein erzählen. Sie war gespannt, was die zu ihrem Date sagen würde.

Der Württemberg-Zyklus

Egal, es war völlig egal, was genau er jetzt auf die Leinwand malte. Sollte sich Drohsten doch beschweren, immerhin konnte der Unternehmer dann nicht mehr mit einer Vertragsstrafe drohen. Denn den Umstand, dass ein Kunstwerk von Roland Willem dem Geschmack des Käufers nicht entsprechen könnte, hatte man glücklicherweise in den Verträgen nicht berücksichtigt. Für diesen Fall gab es keine Klausel. Patrick Drohsten junior konnte ein Bild ablehnen, wahrscheinlich sogar stattdessen ein neues Kunstwerk einfordern, aber erst einmal hätte Ronald seine Vertragsverpflichtung erfüllt. Dass er nicht schon früher auf diese Idee gekommen war … So hatte er noch nie gearbeitet, aber die unverhohlenen Drohungen seines Auftraggebers hatten die Karten neu gemischt und bei Ronald eine trotzige »Dann-eben-so«-Stimmung ausgelöst. So etwas hatte er bei keinem einzigen Auftrag in den letzten Jahren verspürt, aber er hatte auch noch nie einen Kunden wie Drohsten International gehabt.

Glücklicherweise war das Wetter an diesem Morgen windstill und sonnig, optimale Bedingungen, um im Garten der Pension das erste Bild zu erschaffen.

Ronald schleppte die große Leinwand die Treppe herunter und trug sie durch die Tür des Frühstücksraums über die Terrasse in den Garten. Auf seine speziellen Staffeleien verzichtete er. Sorgsam breitete er ein Stück Anstreichfolie aus, beschwerte die Ecken mit ein paar Steinen und legte dann die Leinwand flach darauf, sodass er im Sonnenlicht des Morgens eine optimale Ausleuchtung des Bildes erhielt. Ja, so könnte es klappen. Jetzt musste er noch Farben, Pinsel und das übrige Werkzeug holen, dann würde er in Rekordzeit das erste Bild fertigstellen.

***

»Emma, bis du schon wach?« Katie stand im Flur und lauschte auf eine mögliche Antwort.

»Ich bin in der Küche.«

Das hatte Katie nicht erwartet. Insgeheim hatte sie damit gerechnet, dass ihre Tochter noch tief und fest schlafen würde, schließlich musste Emma heute, am Samstag, nicht in die Schule.

»Hi, guten Morgen, my dear. Warum bist du nicht zum Frühstück runtergekommen?«

»Guten Morgen, Katie, ich hatte nicht so viel Hunger und hab mir nur eine Schüssel Cornflakes geholt.«

Katie bemerkte, dass Emma bereits geduscht und fertig angezogen war und jetzt mit ihren Cornflakes am Tisch saß. Wow, vielleicht gab es ja doch noch Hoffnung, und ihre Tochter war gar kein so schrecklicher Morgenmuffel.

»Hör mal, Sophie hat mich gerade angerufen, Peter ist in den nächsten zwei Tagen unterwegs, und sie hat gefragt, ob du vielleicht Lust hättest, heute mit Herrn Württemberg spazieren zu gehen. Sie findet einfach nicht die Zeit, um mit dem Hund länger draußen zu sein.«

»Ja klar, finde ich super. Nur heute Abend …« Emma verstummte.

»Was ist mit heute Abend?«

»Ich … ich bin mit einer Mitschülerin aus meiner neuen Klasse verabredet. Mit … äh … mit Maja. Ich wollte so gegen halb acht bei ihr sein. Wäre das okay?«

»Sicher, warum nicht? Den Abendspaziergang kann ich ja dann übernehmen. Ich gehe später einfach mit Herrn Württemberg zum Bistro und gebe ihn wieder bei Sophie ab.«

»Cool, und wann soll ich den Hund holen?«

»Musst du gar nicht, Sophie ist auf dem Weg hierher. Sie wollte sowieso zu Oliver, um noch Wein für eine Feier heute Abend abzuholen. Sie müsste jeden Moment da sein.«

Emma aß noch hastig zwei Löffel Cornflakes und schob dann die leere Schüssel zur Seite. »Okay, bin fertig.«

»Hallo, junge Frau, was machen wir mit unserem gebrauchten Geschirr?«, fragte Katie.

»Schon gut, ich hab's kapiert.« Emma nahm die Schüssel und stellte sie in die Spülmaschine. »Jetzt zufrieden?«

»Schöner hätte ich es auch nicht machen können.«

»Keine Ironie bitte. Nicht so früh am Morgen.«

»War eine Steilvorlage, meine Liebe. Ich gehe jetzt wieder runter. Wenn du hier fertig bist, komm an die Rezeption, vielleicht kannst du den Hund direkt von Sophie übernehmen.«

***

»Verdammter Mist!«

Ronald Willem starrte auf die weiße Leinwand, beziehungsweise, ganz weiß war sie jetzt nicht mehr. Mit Cyanblau hat er anfangen wollen. Doch beim Herauspressen der Farbe hatte er offenbar zu kräftig auf die große Tube gedrückt. Die eine Tubenseite war aufgeplatzt, und ein großer Klumpen Farbe war auf der Leinwand gelandet.

Ronald schnaubte genervt. Das fing ja gut an. Die blaue Farbe quoll ihm zwischen den Fingern hindurch. Erst einmal die Hände waschen, dann weitersehen. Was er mit dem riesigen unregelmäßigen Klecks auf der Leinwand tun sollte, würde er danach entscheiden. Noch während er nachdachte, tropfte weitere Farbe auf die Leinwand. Shit, das wurde ja immer schlimmer. Wie sollte er diese ganze Schweinerei nur beseitigen?

Ronald trat von der Leinwand weg und wickelte die offene Tube in einen alten Lappen. Gab es nicht neben dem Frühstückraum eine Toilette, oder musste er etwa in sein Zimmer zurück? Auf jeden Fall brauchte er jetzt ein Waschbecken.

Von der Terrasse erklang ein freudiges Bellen. Und gleich darauf eine Mädchenstimme: »Bleib stehen, Herr Württemberg. Nicht wegrennen, du blöder Hund.«

Schwanzwedelnd und voller Freude rannte der Labradoodle auf Ronald zu. Beide Hände voller Farbe, wich Ronald einen Schritt zurück. Herr Württemberg bremste vor ihm und schaute hechelnd zu ihm auf.

»Ach du meine Güte, nein, ich kann dich jetzt nicht streicheln, Hund. Ich meine … nein, nicht noch näher kommen.« Panisch wich Ronald zurück.

Herr Württemberg verstand das offenbar als Aufforderung, sich mehr anzustrengen. Mit zwei weiteren Sätzen war er nun direkt neben Ronald. Winselnd warf sich der Hund auf den Rücken, und …

»Nein! Nicht! Mist, Mist, Mist, komm da runter. Na los, nun komm doch schon!«

Hilflos musste Ronald mitansehen, wie sich Herr Württemberg freudig mit dem Schwanz wedelnd auf der Leinwand wälzte, und bevor er es noch verhindern konnte, lag der Hunderücken auch schon in der blauen Farbe.

»Hör sofort auf! Was fällt dir ein, na los, hier bei Fuß!« Ein Mädchen kam über die Wiese gerannt und brüllte Herrn Württemberg an. Der stand widerwillig auf, schüttelte sich und trottete gehorsam mit gesenktem Kopf zu ihr.

Fassungslos starrte Ronald auf das Desaster in Blau. Das Fell des Labradoodles hatte ein wirres Muster hinterlassen. Große, zusammenhängende Kleckse in Cyanblau, daneben haarfeine Spritzer und Tropfen.

»Fuck, das tut mir echt leid«, stammelte das Mädchen, »der Hund hat Sie hier im Garten gesehen und ist einfach losgerannt.«

Ronald achtete nur mit halbem Ohr auf ihre hastig vorgebrachten Entschuldigungen. Ein Albtraum, das Ganze hier war ein einziger, schrecklicher Albtraum. Das Herz schlug ihm bis zum Hals. Ruhig. Ganz ruhig, jetzt keine Panik, ermahnte er sich.

»Okay, du bist …?«

»Emma, ich bin die Tochter von Katie Sheridan. Und ja, ich sollte auf Herrn Württemberg aufpassen.«

»Ronald, Ronald Willem. Also gut, Emma, wir müssen jetzt zusehen, dass wir das Hundefell auswaschen, bevor die Farbe trocknet. Dabei kann ich mir auch gleich die Hände reinigen.«

Emma griff nach dem Hundehalsband und hielt Herrn Württemberg mit ausgestrecktem Arm auf Abstand. »Komm jetzt bloß nicht auf die Idee zu kuscheln«, ermahnte sie den Hund. »Komm Sie, Herr Willem, wir gehen drüben durch die Tür in den Keller, dort gibt es einen Schlauch und ein Waschbecken.«

***

Der nachtblaue Porsche Cayenne bremste so abrupt auf dem Vorplatz der Pension, dass Kies zur Seite spritzte.

»Da wären wir – Gott, das ist hier wirklich mitten in der Pampa. Meine Fresse, was treibt Menschen in so eine gottverlassene Gegend?«

Was treibt einen Menschen dazu, als Beifahrer neben Patrick Drohsten junior zu sitzen, dachte Bettina Sauer empört. Sie hätte ihrem Chef ein halbes Dutzend Gründe aufzählen können, die in ihren Augen für diese Gegend sprachen. Die Pampa, wie er sie nannte. Und wo sie schon mal dabei war, könnte sie auch gleich noch ein paar Sätze zu seiner schrecklichen Fahrweise, seinem arroganten Auftreten und dieser aufgeblasenen Überheblichkeit sagen, die er in den letzten zwei Stunden Fahrt an den Tag gelegt hatte. Aber damit würde sie sich definitiv in die Nähe einer Abmahnung bringen, also hielt sie einfach den Mund. Drohsten erwartete sowieso selten Antworten auf seine Ausführungen.

Wenn ihr Chef nicht den Ehrgeiz gehabt hätte, mit seinem Porsche dem Straßenrennen von Le Mans nachzueifern, sie hätte die letzten Kilometer der Fahrt wirklich genossen. Erinnerungen waren auf sie eingestürmt, es war wie eine Reise in ihre Vergangenheit gewesen. So vieles hatte sie wiedererkannt. Den Panoramablick ins Moseltal, den Dorfplatz von Wümmerscheid-Sollensbach, ihren Schulweg nach Brennerbach.

»Frau Sauer, sagen Sie mal, träumen Sie? Ich sagte eben, wir steigen jetzt aus und suchen unseren Künstler, der hier auf meine Kosten chillt.«

Bettina Sauer zuckte zusammen. In den letzten Tagen war Drohstens Tonfall ihr gegenüber deutlich schärfer und aggressiver geworden. Vielleicht war das nicht persönlich gemeint. Vielleicht hatte er nur Angst davor, was der Aufsichtsrat zu dem Kunstprojekt sagen würde, das völlig aus dem Ruder gelaufen war. Drohsten hatte schließlich auf Ronald Willem bestanden. Wie immer gab es zwei Seiten: Willem, der nicht malte, und einen Unternehmenschef, der eine Menge Geld in eben diesen Künstler versenkt hatte.

»Ich werde an der Rezeption nachfragen, wo Willem zurzeit ist«, bot sie an.

»Machen Sie das, aber nicht herumtrödeln. Vielleicht klären Sie auch gleich, ob die in dieser Einöde so etwas wie Kaffee kennen. Ich werde mal ums Haus herumgehen und mir die Beine vertreten.« Drohsten wartete nicht auf Zustimmung, sondern ließ sie einfach stehen und schlenderte über den Kiesplatz davon.

»Gott, vielleicht wird es wirklich Zeit für einen Arbeitsplatzwechsel«, murmelte sie. Sie legte den Kopf in den Nacken. Genoss für einen Atemzug die warme Frühlingssonne in ihrem Gesicht und den Anblick des wundervollen Hauses mit seinem leuchtend roten Fachwerk, dem Schieferdach und einem Storchennest. Herrlich!

Die große Doppeltür am Ende der Steintreppe war offen. Sehr einladend. Bettina stand Augenblicke später in einer großen Halle mit einer breiten Freitreppe. An einer Seite der Halle befand sich die Rezeptionstheke.

»Guten Morgen, was kann ich für Sie tun?« Aus dem Flur kam ein blonder Mann auf sie zu.

Bettina stutzte kurz. Das markante Gesicht, die verstrubbelten Haare, das kannte sie doch, das musste doch …

»Bettina? Bist du das?«

»Theo!«

»Ey, das glaub ich jetzt nicht. Bettina Sauer, was für ein Zufall. Wir haben uns ja eine kleine Ewigkeit nicht gesehen. Ich hab vor ein paar Tagen noch mit Berni beim Sport darüber gesprochen, dass man wirklich mal ein Klassentreffen organisieren oder wenigstens mal die alte Clique zusammentrommeln müsste. Und jetzt stehst du hier bei uns in der Pension.«

Theo umarmte Bettina mit einer gewissen Unbeholfenheit, so wie man alte Freunde umarmte, von denen man nicht wusste, ob man an eine frühe Vertrautheit anknüpfen durfte.

Zum ersten Mal an diesem Morgen lächelte Bettina entspannt. Theo Engels. Der Zufall geht Wege, da kommt die Absicht gar nicht hin – warum fiel ihr ausgerechnet jetzt dieser Lieblingsspruch ihrer Mutter ein?

»Ähm … ja … ähm, ich dachte, die Pension gehört einer Katie Sheridan.«

»Ja, das ist so, ich bin hier nur angestellt.«

»Aber ich habe gehört, du bist auf Weltreise …«

»War ich auch, vor Jahren, dann habe ich hier wieder Wurzeln geschlagen, geheiratet, bin betrogen worden, wieder Single … ach je, ich quassele dich hier mit meinem Leben voll. Was ist mit dir?«

»Mit mir? Ich bin Single …«

»Nee, sorry, ich wollte wissen, was ich für dich tun kann, Bettina.«

Sie spürte, wie die Röte ihr ins Gesicht stieg. Gott, wie peinlich. Ich bin Single, klar, das sollte immer der erste Satz sein, wenn man sich nach vielen Jahren wiedertraf. Wobei Theo ja noch mehr verraten hatte. Das war doch ganz interessant, schoss es ihr durch den Kopf. Sie hob sich den Gedanken für später auf. »Ich bin mit meinem Chef hier, er sucht einen Gast von euch, Ronald Willem.«

»Willem? Der ist im Garten. Komm, ich zeig dir den Weg.«

***

Ronald fluchte immer noch leise, als er aus dem Keller zurück ans Tageslicht trat. Immerhin hatten sie die Farbe aus dem Hundefell waschen können. Seine Hände waren auch wieder sauber, jetzt musste er sich nur noch etwas für die Leinwand einfallen lassen, schließlich gab es keine Ersatzleinwand, und wahrscheinlich würde er vor Ort auch keine Leinwand in dieser Größe kaufen können. Er blinzelte in die Sonne und blieb wie angewurzelt am Ende der Treppe stehen. Da vorne, direkt vor seiner Leinwand, stand Patrick Drohsten junior. Ronald schloss kurz die Augen, schüttelte benommen den Kopf. Augen auf, das Bild blieb. Das war keine Einbildung seines überreizten Hirns, das war Realität. Sein Auftraggeber stand mit dem Rücken zu ihm und betrachtete das Desaster in Cyanblau. Ronald brach der Schweiß aus. In seiner Brust schnürte sich etwas zusammen, das ihm den Atem nahm. Für einen Moment war er versucht, einfach umzukehren, im Keller zu verschwinden, seine Sachen zu packen und zu flüchten. Der Moment verging genauso schnell, wie er gekommen war. Als ob er eine Möglichkeit zur Flucht hätte. Nein, hier half nur eines: die schonungslose Wahrheit mit allen finanziellen Folgen, die sich daran anschließen würden. Lieber ein Ende mit Schrecken, als diesen Albtraum weiterleben.

»Herr Drohsten, das ist aber eine Überraschung.«

Auf seine Begrüßung hin drehte sich Patrick Drohsten junior zu ihm um und … strahlte ihn an.

»Herr Willem, ich war so frei und habe mir das Bild schon mal angesehen.«

»Ja, ich … war … ähm … kurz verhindert. Dieses Bild ist …«

»Einfach unglaublich, Sie müssen gar nicht so bescheiden sein. Es ist ein Meisterwerk. Ein ganz neuer Willem. Diese Textur, die Gesamtkomposition, diese bedingungslose Konzentration auf eine Farbe. Das hat mir den Atem verschlagen.«

Ronald suchte in der Miene des Firmenchefs nach Anzeichen dafür, dass Drohsten ihn auf dem Arm nahm. Aber er fand nur nackte Begeisterung.

»Nun verstehen Sie sicher, warum ich so zurückhaltend war. Der … äh … neue Zyklus ist auch für mich eine Herausforderung.«

»Die Sie mit Bravour gemeistert haben, mein lieber Willem. Innovativ, provokant, ein stummer Schrei nach Aufmerksamkeit und gleichzeitig dieses Zurücknehmen, weg vom Schrillen, vom Farbigen.«

»Ja … so in etwa könnte man das sagen. Mir waren natürlich die Corporate-Farben des Unternehmens wichtig.«

»Nichts anderes habe ich erwartet, Willem. Der Aufsichtsrat wird aus dem Häuschen sein. Verraten Sie mir eines: Wie lautet Ihr Arbeitstitel?«

»Mein … was? Mein … äh … Arbeitstitel?«

»Sie wollen ihn noch für sich behalten? Verstehe.«

»Nein, nein.« Ronald schluckte und dachte fieberhaft nach. »Ich … nun, wenn Sie darauf bestehen: Es ist der … Württemberg-Zyklus.«

Patrick Drohsten junior holte tief Luft. »Wahnsinn! Ja, absoluter Wahnsinn.« Drohsten hob die Hände, als würde er gerade eine große Schlagzeile in die Luft malen. »Der Württemberg-Zyklus – exklusiv bei Drohsten International. Damit sorgen wir für Aufsehen, das ist garantiert. Bin ich froh, hierhergekommen zu sein.«

»Aufsehen. Sicher«, bestätigte Ronald. *Bin ich froh, dass du nicht zehn Minuten früher hierhergekommen bist.*

»Was die übrigen Bilder betrifft, Herr Drohsten …«

»Kein weiteres Wort, ich will mir die Vorfreude nicht nehmen.«

»Ich komme am Dienstag zu Ihnen.«

»Mein lieber Willem, das ist nicht nötig. Ich werde stattdessen am nächsten Freitag wiederkommen, und meine Mitarbeiter begleiten mich mit dem Transporter und holen die Bilder ab.« Drohsten griff Ronalds Hand und schüttelte sie euphorisch. »Ich habe immer an Sie geglaubt, Willem, aber Sie haben meine Erwartungen weit übertroffen. Ich lass Sie jetzt allein, arbeiten Sie. Erschaffen Sie Meisterwerke.«

Nicht leicht ohne einen Hund, dachte Ronald, aber da wird mir schon was einfallen.

»Ah, da kommt ja meine Assistentin. Frau Sauer, wir können wieder zurückfahren. Das heißt, einen Kaffee würde ich noch trinken.«

***

Bettina Sauer erspähte Theo auf der Terrasse und ging zu ihm hinüber. Leise fragte sie: »Hast du für mich und meinen Ekel-Chef einen Cappuccino?«

»Natürlich, sogar einen richtig guten«, erwiderte Theo ebenso leise. Laut rief er: »Nehmen Sie doch bitte hier Platz, Sie werden gleich bedient. Ich sage sofort drinnen Bescheid.«

***

Eine halbe Stunde später tippte Theo gerade am Rezeptionscomputer eine Mail, als Bettina zu ihm kam. »Mein Chef ist schon zum Auto gegangen. Was bin ich für die beiden Cappuccini schuldig?«

»Die gehen aufs Haus, Bettina. Es war schön, dich wiederzusehen.«

»Ja, das fand ich auch.« Bettina lächelte ihn noch ein letztes Mal an, dann ging sie zur Eingangstür.

»Ach, Bettina!«

»Ja, Theo?«

»Ich weiß, das kommt jetzt ein bisschen plötzlich, aber … aber hättest du Lust, in zwei Wochen mit mir zum Tanz in den Mai unten im Moseltal zu gehen? Du könntest hier in der Pension übernachten.«

Bettina strahlte ihn an. »Das klingt wunderbar. In zwei Wochen sagst du? Ja, das würde ich wirklich gerne. Ich war viel zu lange nicht an der Mosel.«

»Ja dann«, Theo fuhr sich verlegen durchs Haar, »dann sehen wir uns. Hier warte, ich schreibe dir meine Handynummer auf.« Hastig kritzelte er die Nummer auf einen Notizzettel. Bettina kam noch einmal zu ihm, nahm den Zettel entgegen und schaute ihm tief in die Augen. »Ich melde mich bei dir, Theo Engels.«

Süß wie Sahneeis

»Weißt du schon, was ihr machen werdet, Maja und du?«, fragte Katie, als Emma aus ihrem Zimmer kam.

»Nö, noch nicht so wirklich. Chillen, Musik hören. Vielleicht treffen wir auch noch ein paar von Majas Freundinnen.«

»Wann wirst du wieder zu Hause sein?«

»Katie, ich bitte dich. Ich bin sechzehn. Keine Ahnung, es wird schon nicht so spät werden.«

War sie zu ängstlich? Katie fand es immer noch schwer, richtig zu reagieren. Wenn sie darauf bestand, dass Emma zu einer festgelegten Uhrzeit zurückkommen musste, würde das nur im Streit enden. Außerdem war Emma gewohnt, mit Freundinnen in London unterwegs zu sein, und Brennerbach konnte man nun weiß Gott nicht mit London vergleichen.

»Ist gut, Emma, aber denk bitte daran, dass der letzte Bus von Brennerbach um kurz nach Mitternacht fährt.«

»Ich werde schon nach Hause kommen. Bye!«

Emma ließ Katie in ihrer Küche zurück, und kurz darauf wurde die Wohnungstür zugezogen.

Katie setzte sich an den Tisch und scrollte durch ihre Nachrichten. Keine weiteren Mails von Brian. Er schien zu glauben, dass sie mit Emma schon klarkommen würde. Die alleinige Verantwortung für einen pubertierenden Teenager zu haben, zerrte ganz schön an den Nerven. Wenn ich nur wüsste, was richtig oder falsch ist, dachte sie resigniert, ich war ja an Emmas Erziehung in den letzten Jahren nicht beteiligt. Katie fühlte sich hin- und hergerissen zwischen »Ich will sie doch nur beschützen« und »Sie ist alt genug«.

Meine Güte, war das alles kompliziert. Ob Brian sich auch so viele Gedanken machte?

»Was denkst du, Herr Württemberg?« Der Labradoodle, der in einer Ecke der Küche auf einer Decke döste, hob nur kurz den Kopf und legte sich dann noch bequemer hin. Katie seufzte, stand auf und machte da weiter, wo sie aufgehört hatte: Babyspinat putzen und Zwiebeln schneiden. Passend zum Abendessen – Penne mit Spinat-Käse-Sauce – hatte sie einen Riesling von Oliver kalt gestellt. Kurzentschlossen nahm sie die Flasche aus dem Kühlschrank und schenkte sich vorab ein Glas ein, schließlich war Samstag. Sie hatte keine Verpflichtungen mehr außer einem längeren Abendspaziergang, um Herrn Württemberg zurück zu Sophie zu bringen. Es war jetzt Viertel vor sieben. Oliver würde in einer halben Stunde zum Essen kommen. Später musste er noch ein paar Mitarbeiter ablösen, aber erst wollte er bei ihr vorbeikommen. Gut so, sie hatten sich in den zurückliegenden Tagen immer nur kurz gesehen oder sogar nur miteinander telefoniert. Gerne hätte sie mit Oliver auch den ganzen Abend verbracht, den ganzen Abend und die Nacht, um ehrlich zu sein, aber daran war heute nicht zu denken. Ein Abendessen zu zweit – das war das Äußerste, was derzeit möglich war. Katie freute sich darauf.

***

Zum Glück hatte Katie nicht so genau hingesehen. Noch in der Eingangshalle der Pension zog Emma ihre Jogginghose und den Hoodie aus. Darunter kam ihr neues pfirsichfarbenes Kleid zum Vorschein. Mit beiden Händen strich Emma den dünnen, an manchen Stellen fast transparenten Stoff glatt. Wahrscheinlich hätte sich Katie gewundert, wenn sie in diesem Kleid zu einer Freundin ging, um ein bisschen zu chillen.

Ihr war selber nicht ganz klar, warum sie Katie nicht die Wahrheit gesagt hatte. Aber allein die Frage, wann sie zurückkommen wollte, zeigte doch, dass Katie übervorsichtig war. Wenn sie ihr gesagt hätte, dass sie sich mit einem älteren Jungen treffen und mit ihm auf das Feuerwehrfest gehen wollte, hätte sie bestimmt was dagegen gehabt. Nein, so war es besser. Sie stopfte Hose und Hoodie in den Rucksack, die Sachen würde sie wieder brauchen, wenn sie zurückkam. Wer weiß, ob Katie dann nicht noch wach sein würde. Besser sie zog sich später wieder um, bevor sie hoch in die Wohnung ging. Aus dem Rucksack nahm sie noch eine kleine Umhängetasche mit Handy, Lipgloss, Portemonnaie und Haustürschlüssel. Emma schaute sich kurz um. Niemand zu sehen. Rasch öffnete sie die Kellertür und deponierte den Rucksack in einer Ecke des breiten Treppenabsatzes, auf dem Elke Putzeimer und Schrubber aufbewahrte. Nur wer auf seinem Weg zur Kellertreppe sehr genau hinschaute, würde den Rucksack entdecken.

Emma sah auf ihr Handy. Gleich Viertel vor sieben. Sie musste sich beeilen, damit sie den Bus nicht verpasste. Sie lief durch die Halle nach draußen und rannte die Landstraße entlang zur Bushaltestelle.

***

Der Marktplatz und der Vorplatz der angrenzenden Feuerwache waren so voller Menschen, dass Emma den Überblick verlor.

»Und, gefällt es dir?«, fragte Lennard, der neben ihr herging.

»Wahnsinn, und die ganzen Menschen feiern hier, weil die Feuerwehr eingeladen hat?«

»Warum nicht? Die Feuerwehr hat nun einmal viele Freunde, und die Feste sind legendär.«

Emma hatte mit einer Art kleinem Pfarrfest gerechnet, wie es die Kirchengemeinde in der Nähe ihres Internats einmal im Jahr organsierte. Aber hier waren sicherlich drei Mal so viele Besucher unterwegs, um zu feiern.

»He, da vorne ist Marcel. Komm, den muss ich dir vorstellen.«

Marcel war schätzungsweise zwischen achtzehn und zwanzig Jahre alt, und er war Emma schon auf den ersten Blick unsympathisch. Vielleicht lag es daran, wie Marcel sie taxierte und mit Blicken praktisch auszog? Die Aknenarben und die fettigen Haare verschafften ihm in Emma Augen auch keine Pluspunkte. Aber am schlimmsten fand sie sein Grinsen, geradezu schleimig war das.

»Du bist also das englische Date von Len. Hab schon einiges von dir gehört. Hier, Lust auf 'ne Mische?«

Emma schaute Lennard fragend an. Der nickte nur begeistert. »Klar, warum nicht.«

Marcel holte aus einem Rucksack eine Anderthalb-Liter-Flasche Eistee heraus.

»Dann Prost.«

Er reichte Lennard die Flasche, der einen großen Schluck trank.

»Hier, probier auch mal, ist gut.«

Emma wollte nicht fragen, was »Mische« bedeutete, das war ihr zu peinlich. Jeder außer ihr schien das Wort zu kennen. Ihr war auch klar, dass da mehr als nur Eistee in der Flasche sein musste. Ach, was soll's, dachte sie, setzte die Flasche an und nahm einen Schluck. Das Getränk schmeckte künstlich-süß und gleichzeitig irgendwie bitter. Am liebsten hätte sie alles wieder ausgespuckt, aber die Blöße wollte sie sich nicht geben.

»Und?«, fragte Lennard.

»Ist nicht so mein Ding«, antwortete sie.

»Hah, dein Date verlangt nach Feinerem. Ey, das ist erstklassiger Billig-Wodka, Kräuterschnaps und Pfirsich. Die beste Kombo zum Vorglühen.«

Emma sparte sich eine bissige Bemerkung zu Formulierungen wie ›erstklassiger Billig-Wodka‹ und zu Marcels Barkeeper-Fähigkeiten. Sie ahnte allerdings, was er mit ›Vorglühen‹ meinte, und nahm sich vor, keine weiteren hausgemachten Getränke aus fremden Rucksäcken mehr anzunehmen. Möglichst lässig fragte sie: »Gibt es denn hier auch ordentlichen Wein?«

Marcel prustete los. »Da hast du dir aber eine klargemacht, die einen besonders edlen Geschmack hat, Len.«

»Lass gut sein, Marcel.« Lennard waren Marcels Kommentare augenscheinlich unangenehm. »Wir sehen uns dann später an der Bühne. Komm, Emma, wir schauen uns noch um.«

Lennard ergriff ihre Hand und zog sie mit sich. Auch als sie nicht mehr in der Nähe von Marcel und seinem hochprozentigen Cocktail waren, ließ Lennard ihre Hand nicht los. Emma gefiel das.

Zusammen steuerten sie einen Weinstand an. »Was willst du denn trinken?«, fragte Lennard. »Ich bezahle natürlich.«

»Gerne Weißwein. Und du musst nichts bezahlen. Ich hab Geld dabei. Eher gebe ich dir ein Glas aus. Aber du musst bestellen, ich darf ja noch nicht.«

»Quatsch, du bist doch schon über sechzehn, oder?«

»Ja, klar, bin ich, wieso?«

»Dann ist das kein Problem. Jugendliche dürfen in

Deutschland ab sechzehn Bier oder Wein kaufen und auch trinken.«

»Echt? Das wusste ich nicht. Bei uns in England darfst du in dem Alter nur in einem Privathaushalt mal was trinken, aber auf keinen Fall in der Öffentlichkeit.«

»Okay, dann ist das ja geklärt. Was hältst du davon, wenn wir uns jeder gleich zwei Gläser holen? Hier ist es gerade einigermaßen leer, das ist später wahrscheinlich anders.«

»Warum nicht. Hier hast du zwanzig Euro.« Emma hatte keine Ahnung, was Lennard bezahlen musste, aber sie ging davon aus, dass das Geld für ein oder zwei Gläser Wein reichen sollte.

»Ich geh dann mal.

Lennard drängte sich durch eine Reihe von durstigen Weintrinkern und brachte schließlich ein kleines Tablett mit vier Gläsern zurück. »Bitte schön, Spätlese, ist nicht zu trocken.«

Allein schon, um den ekligen Geschmack von künstlichem Pfirsich herunterzuspülen, griff Emma entschlossen nach einem Glas und trank es fast auf ex aus.

»Wow, du hast wohl Durst«, staunte Lennard.

»Was dagegen?«

»Nee, mach ruhig. Ich wollte übrigens schon die ganze Zeit sagen, dass mir dein Kleid echt gut gefällt.«

»Okay, und warum sagst du es dann nicht?«, fragte Emma keck. Sie fühlte sich herrlich leicht, fast schon ein bisschen schwindelig. War das der Wein? Vielleicht hätte sie vor dem Fest zu Hause etwas essen sollen. Sie konzentrierte sich wieder auf Lennard. »Na, wie sieht es aus: Was wolltest du zu meinem Kleid sagen?« Sie schaute ihn herausfordernd an.

»Ein Kleid wie Sahneeis – genau so süß wie du.« Lennard grinste schief. »War das gut so?«

Emma lachte. »Das war sehr gut. Der Spruch gefällt mir.« Sie trank ihr Glas leer, nahm sofort das nächste und hakte sich bei ihm unter. Sie kicherte. Das Kichern war ihr ein bisschen peinlich. Normalerweise kicherte sie nie einfach so. Um ihre Verlegenheit zu überspielen, trank sie, während sie mit Lennard in Richtung Bühne steuerte, das zweite Glas aus.

»Hammer, dir scheint der Wein zu schmecken.«

»Yep, so ist es. Du kannst gern noch zwei Gläser holen«, erwiderte Emma, wobei das Wort zwei in ihren eigenen Ohren schon ein kleines bisschen nuschelig klang.

»Warum nicht, aber ich hab ja nicht mal mein erstes Glas leer.«

»Macht nix. Ich trinke schon mal dieses hier.« Mit einem spitzbübischen Grinsen nahm Emma Lennards zweites Glas an sich.

»Okay, ich hol drüben Nachschub.«

Lennard ließ Emma stehen. Die schaute sich um. Irre Atmosphäre hier. Vor ihr stand eine Gruppe von Frauen, die alle Gläser in einer Art Hülle aus Kork um den Hals trugen. Auf dem Kork standen unterschiedliche Sprüche. *Lieber im Wein baden als im Wasser schwimmen. Was du heute kannst entkorken, das verschiebe nicht auf morgen* und *Wein! Denn nur Bier ist auch öde.*

Emma kicherte wieder. Die sahen mit ihren Umhänge-Gläsern echt lustig aus. Eine der Frauen bemerkte Emma und prostete ihr zu. Die hob ihr eigenes Glas, prostete zurück und trank das Glas leer.

Holy moly, diese Spätlese ist echt mega, dachte Emma.

»Hier kommt der Nachschub.« Lennard nahm ihr das leere Glas ab und überreichte ihr ein neues.

»Hast du Lust zu tanzen?«, fragte er.

Emma nickte.

»Cool, komm mit.«

Sie ließ sich von Lennard an der Hand zur Bühne ziehen, wo ein DJ, sozusagen die Vorgruppe zur Band von Lennards Bruder, gerade für Stimmung sorgte. Dumpfe Beats dröhnten aus den großen Lautsprechern. Den Sound glaubte Emma sprichwörtlich im Magen zu spüren. Die beiden stellten ihre Gläser auf einen leeren Stehtisch und gingen auf die Tanzfläche.

***

»Schade, dass du schon gehen musst«, sagte Katie, als Oliver aufbrach.

»Ich weiß, Katie, wir haben uns in den letzten Tagen kaum gesehen. Aber ich verspreche dir, das wird sich auch wieder ändern.«

»Das ist schon okay, Oliver. Ich werde gleich den Hund zum Bistro bringen und …«

»Und ich werde meine beiden Mitarbeiter am Weinstand auf dem Feuerwehrfest in Brennerbach unterstützen.«

»Schön, dass wir uns trotzdem sehen konnten.«

Die beiden küssten sich, und Oliver verließ ihre Wohnung.

***

Die Beats waren längst sanftem Kuschelrock gewichen, und etliche Paare bewegten sich eng umschlungen auf der Tanzfläche. Auch Emma hatte ihre Arme um Lennards Nacken gelegt. Sie spürte seine Hände auf ihrem Rücken. Doch da blieben sie nicht lange, sondern wanderten weiter nach unten.

»Nein, Lennard, nicht!«

Jetzt war seine Hand schon unter dem Saum ihres Kleides und im Begriff, sich unter ihren Slip zu schieben. Und das alles mitten auf der Tanzfläche.

»Lennard, nein. Lass das.«

Der Tanz endete abrupt. Lennard schaute sie erstaunt an. »Was ist los? Willst du nicht tanzen?«

»Tanzen schon, aber nicht in aller Öffentlichkeit befummelt werden.«

Lennard schüttelte den Kopf. »Was hast du denn für ein Problem? Okay, dann eben so.« Er zog sie an sich und versuchte, sie zu küssen. Noch vor wenigen Minuten hätte Emma ihn gerne geküsst, aber jetzt sah die Sache anders aus. Sie presste die Lippen aufeinander und drehte den Kopf zur Seite.

»Sag mal, was ist denn bei dir falsch? Du lässt mich hier Wein bezahlen, aber willst nicht mal küssen und fummeln.«

»Hör auf. Sofort!« Emma stieß Lennard mit der flachen Hand vor die Brust. Lennard schubste sie von sich. »Ey, Bitch, so nicht.«

Sein Stoß ließ Emma nach hinten taumeln. Sie konnte sich nur mit Mühe auf den Beinen halten. Hastig drehte sie sich um und stolperte von der Tanzfläche.

»Emma!«

***

Katie betrat mit dem Hund das Bistro, und Herr Württemberg lief direkt zum Flur, wo sein Fressnapf und der Hundekorb standen.

»Katie, das ist aber furchtbar nett, dass du Herrn Württemberg vorbeigebracht hast.« Sophie umarmte ihre Freundin.

»Das ist doch selbstverständlich, dafür sind Freunde schließlich da. Emma hat sich heute um den Hund gekümmert, aber jetzt ist sie bei einer Freundin.«

»Das klingt ganz so, als hätte sie sich gut eingelebt.«

»Ich denke, sie kommt zurecht.«

»Möchtest du noch etwas trinken, Katie?«

Katie dachte kurz nach. Zu Hause wartete lediglich ein neuer Roman auf sie. Zum Lesen würde sie später noch genug Zeit finden. »Warum nicht.«

»Was darf ich dir anbieten? Setz dich doch hierher an den Tisch. Ein Glas Wein?«

»Lieben Dank, Sophie, ich habe gerade schon mit Oliver Wein getrunken. Aber zu einem Espresso würde ich nicht Nein sagen.«

»Den sollst du haben. Kommt sofort.«

Sophie verschwand in Richtung Küche, und Katie setzte sich an den kleinen Zweiertisch. Das Bistro war gut besucht, sie sah nur zwei, drei Tische, die noch unbesetzt waren, und auf denen standen bereits kleine Reserviert-Schilder. Kein Wunder, dass Sophie die Hilfe von Jean-Pierre in der Küche benötigte.

Am Tisch neben ihr saß eine vierköpfige Familie. Die Frau lächelte ihr freundlich zu. Katie kam ihr Gesicht irgendwie bekannt vor, also lächelte sie zurück.

»Guten Abend, Frau Sheridan, geht es Ihnen gut?«, fragte die Frau über den Tisch hinweg.

»Ähm … ja … guten Abend.« Katie war es ein wenig peinlich, dass sie nicht wusste, mit wem sie es zu tun hatte. »Ich weiß leider nicht mehr Ihren Namen«, gestand sie.

»Claudia Baumann, ich bin die Schwägerin von Ute Baumann, Sie kennen bestimmt ihren Mann Rainer, den Elektriker. Mein Mann und er sind Brüder. Ich war vor ein paar Wochen mit Ute bei Ihnen in der Pension und habe den Yogakurs im Weinberg besucht. Sie haben uns danach noch Kaffee serviert.«

»Natürlich, jetzt erinnere ich mich. Am Ende der Kursstunde hatte es geregnet, und sie alle waren furchtbar nass geworden.«

»Ganz genau. Ich bin heute noch fest davon überzeugt, dass Ihr großer Kaffee mit Rum mich vor einem Schnupfen bewahrt hat.«

»Schaden tut es jedenfalls nicht«, bestätigte Katie schmunzelnd.

»Wir haben übrigens eben noch von Ihnen gesprochen. Hier, unsere Tochter Maja geht mit Ihrer Tochter in die gleiche Klasse.«

Katie gefror das Lächeln im Gesicht. »Guten Abend, Maja. Eine Frage: Gibt es mehrere Mädchen bei euch in der Klasse, die Maja heißen?«

»Guten Abend, Frau Sheridan, nein. Es gibt noch eine Maja in der Sechsten, der habe ich mal Nachhilfe gegeben. Aber sonst heißt niemand so.«

Katie atmete einmal tief durch. Angst und Sorge legten sich wie ein Strick um ihren Hals und schnürten ihr die Kehle zu. Emma hatte gelogen. Wenn Maja mit ihren Eltern im Bistro saß, bei wem war Emma dann an diesem Abend?

***

Sollte er doch rufen, sie würden nicht zurückgehen. Es war ein Riesenfehler gewesen, die Einladung von Lennard anzunehmen. Aber sie konnte sich nicht einmal beschweren, sie war schließlich gewarnt worden.

»Emma! He, warte doch mal.« Lennard drängte sich zwischen einer Gruppe von Besuchern hindurch.

»Lass mich in Ruhe, okay? Ich will nicht mehr. Ich will nicht begrapscht werden. Auch nicht …«, Emma stockte, »auch nicht, wenn du Wein kaufst.«

»Fuck, wie redest du denn mit mir? Du wolltest das doch auch.«

Statt einer Antwort drehte sich Emma um und lief los – einfach nur weg von Lennard. Vor ihr tauchte die Frauengruppe mit den Umhänge-Gläsern wieder auf. Die Frauen standen immer noch um die Stehtische herum.

»Na Kind, biste auf der Flucht?«, fragte die blonde Frau, die ihr zugeprostet hatte, mit einer tiefen Raucherstimme.

»Na ja, so ungefähr.«

»Da, trink was, das beruhigt die Nerven.«

Die Frau schob ihr ein Schnapsglas herüber, das bis zum Rand gefüllt war. Emma trank das Glas in einem Zug aus, der hochprozentige Schnaps brannte ihr in der Kehle, sie verschluckte sich und musste husten.

»Na, na, auf einem Bein kann man nicht stehen. Willst du noch einen?«

Emma versuchte, den Kopf zu schütteln, mit dem Ergebnis, dass der Tisch vor ihr ins Schwanken geriet. Nicht nur der Tisch, auch die Blondine mit dem Umhänge-Glas verschwamm vor ihren Augen.

»Ach herrje, die Kleine hat's umgehauen. Die verträgt ja gar nichts.« Die tiefe Altstimme drang wie durch Watte zu ihr durch. Emma wollte zeigen, dass bei ihr alles in Ordnung war. Sie drückte den Rücken durch, ging zwei Schritte, blieb mit dem Fuß an der schwarz-gelben Kabelbrücke auf dem Pflaster hängen und konnte sich nur noch mit Mühe auf den Beinen halten.

Zum Glück griffen zwei andere Frauen beherzt zu und verhinderten so, dass Emma der Länge nach auf den Boden stürzte.

»Liebelein, du solltest besser nach Hause gehen.«

Emma versuchte im Kopf gerade eine Antwort auf diesen Ratschlag zu formulieren, da spürte sie eine kräftige Hand an ihrem Arm, die sie stützte.

»Emma? Was machst du denn hier?« Emma drehte den Kopf und blinzelte, um wieder klar sehen zu können.

»Oliver! Das is' gut, das is' richtich guuut«, nuschelte sie.

»Du bist ja total betrunken. Komm, ich fahre dich nach Hause. Klaus, ich muss noch mal weg. In einer halben Stunde bin ich zurück.«

Oliver legte seinen Arm um Emma und führte sie vorsichtig zu seinem Lieferwagen, der hinter dem Weinstand parkte. Er bugsierte Emma auf den Beifahrersitz und schnallte sie an.

Noch während er um das Auto herumging, zog er sein Handy aus der Tasche und wählte Katies Telefonnummer.

»Katie, ich bin's.«

»Oliver. Gott sei Dank. Ich stehe gerade draußen vor Sophies Bistro und weiß nicht, was ich tun soll. Emma geht nicht an ihr Handy. Sie hatte gesagt, dass sie sich mit einer Freundin treffen würde, aber das war gelogen.«

»Mach dir keine Sorgen, Katie. Emma ist bei mir, ich habe sie gerade in mein Auto gesetzt. Sie war auf dem Feuerwehrfest in Brennerbach. Es geht ihr gut, sie ist nur betrunken. Ich bring sie jetzt nach Hause. Soll ich dich im Bistro abholen?«

»Ach bitte, das wäre nett.«

»Ich bin in ein paar Minuten bei dir.«

Wie es wirklich war

Die Sonne war heute unnötig hell, fand Emma. Die Vorhänge in ihrem Zimmer waren nur halb zugezogen. Sie konnte nicht mehr schlafen, wahrscheinlich war es schon kurz vor Mittag, sie musste unbedingt die Uhrzeit herausfinden. Wieso hatte sie keiner geweckt? Sie fühlte sich gar nicht gut. Emma drehte sich zur Seite, um nach ihrem Handy zu tasten, das sie für gewöhnlich auf dem Boden neben ihrem Bett liegen ließ. Ganz großer Fehler. Eine Welle von Übelkeit stieg in ihr hoch. Vorsichtig drehte sie sich wieder auf den Rücken und versuchte, ganz flach zu atmen. Wenn sie die Augen schloss, drehte sich alles. Sie blinzelte im hellen Sonnenlicht und wartete. Augen öffnen. Gott, war ihr übel. O nein, jetzt nur nicht … ob sie es noch bis zum Badezimmer schaffen würde? Sie schlug die Hand vor den Mund und setzte sich auf, so schnell sie konnte. Alles drehte sich. Sie musste würgen. Im letzten Moment sah sie, dass jemand einen blauen Eimer aus Plastik vor ihrem Bett abgestellt hatte.

Zitternd wischte sich Emma die verschwitzten Haare aus der Stirn und lehnte sich halb sitzend in ihre Kopfkissen. In ihrem ganzen Leben hatte sie noch nie solche Kopfschmerzen gehabt. Langsam kehrte die Erinnerung an den Abend auf dem Feuerwehrfest zurück. Am Ende war es Oliver gewesen, der sie nach Hause gebracht hatte. Katie hatte nicht viel gesagt. Sie hatte Emma nur sehr ruhig angeschaut, ihr die Treppe hoch geholfen, Schuhe und Kleid abgestreift und dafür gesorgt, dass sie ins Bett kam. Nicht geschimpft, keine Vorwürfe, nur dieser enttäuschte Blick. Emma stöhnte.

Was sie jetzt brauchte, war … Genau. Ihr Handy. Vor dem Bett fand sie es nicht. Natürlich, dort hatte sie es gestern ja auch nicht hingelegt. Sie war zu betrunken gewesen. Nach zwei Versuchen gelang es ihr endlich aufzustehen und die kleine Umhängetasche zu finden, die sie gestern dabeigehabt hatte. Sie tappte zurück ins Bett und tippte eine Nachricht an ihre Freundin Ruby. Ruby, die Zuverlässige. Ruby, mit der sie im Internat ein Zimmer teilte. Ruby würde wissen, was zu tun war.

Hey, Ruby. Hast du mal kurz Zeit?

Hey, Emma ☺ Klar. Es ist Sonntag im St. George's. Natürlich hab ich Zeit. Wir sind gerade aus der Morgenversammlung zurück.

Ruby, ich hab Mist gebaut.

Ach komm, so schlimm kann's doch nicht sein. Was ist denn los?

Schlimmer. Ich war gestern Abend so betrunken, dass mich ein Freund von Katie nach Hause bringen musste. Katie musste mir helfen, ins Bett zu gehen.

Cringe.

Ja, es ist mir so peinlich. Und ...

Emma fühlte sich elend. Ihr war immer noch übel. Die Kopfschmerzen hämmerten hinter ihren Schläfen. Sie war an allem selber schuld. Was würde Katie jetzt von ihr denken? Tränen des Selbstmitleids tropften auf die Bettdecke.

Sie schniefte und tippte die angefangene Nachricht weiter.

Ja, es ist mir voll peinlich. Und das Schlimmste ist, dass ich Katie auch noch angelogen habe. Ich hatte behauptet, ich treffe mich mit einer Freundin aus meiner Klasse. In Wirklichkeit ...

Das Display blinkte kurz und wurde dunkler. Mist, nur noch vier Prozent Akku. Und Schluss. Das Gerät zeigte nur noch einen leeren schwarzen Bildschirm an. Natürlich hatte sie gestern Abend nicht mehr daran gedacht, das Ladekabel anzuschließen. Okay, sich mit Ruby zu beraten, konnte sie vergessen.

Emma saß auf ihrem Bett und überlegte. Ihr Blick fiel auf den Nachttisch. Das hatte sie ja noch gar nicht bemerkt, dort standen Katies Thermoskanne und ein bunter Keramikbecher. Vielleicht war Tee in der Kanne? Möglicherweise war der sogar noch warm?

Mit zitternden Händen goss sich Emma einen halben Becher Tee ein und trank. Langsam erwachten ihre Lebensgeister. Sie könnte duschen gehen, etwas anziehen und dann ein bisschen rausgehen.

***

Ziellos schlenderte Emma über das Grundstück. Die Sonnenbrille half ein bisschen gegen das grelle Licht. Die Kopfschmerzen blieben.

»Hallo, Emma!« Sie zuckte zusammen. Auf der Bank vor ihrem Haus saß Heidi. »Komm doch rüber und setz dich ein bisschen zu mir in die Sonne.« Einladend klopfte Heidi mit einer Hand neben sich auf die Bank.

Emma nickte und ließ sich vorsichtig auf die Bank sinken.

»Oje, du siehst ja furchtbar aus. Diese Feuerwehrfeste können einen ganz schön fertig machen, oder?« Heidi lachte leise.

Emma rieb sich verlegen über die Wange. Sie saß neben Heidi und vermied es, deren Blick zu begegnen. »Wissen das jetzt etwa alle?«, murmelte sie.

»Natürlich«, erwiderte Heidi.

»Ich komme mir so dumm vor. Ich trinke sonst fast nie Alkohol, darf ich zu Hause ja noch gar nicht. Mein Dad hat mir zu Silvester ein Glas Champagner erlaubt. Aber gestern gab es einen Stand, die hatten, warte mal, wie hieß das noch … genau, Spätlese.«

»Schön süß. Schmeckt fast wie Traubensaft, nicht wahr?«

»Ja, so war das. Richtig lecker. Mein Glas war ganz schnell leer. Und dann hatte ich wieder ein volles.«

»Ich wundere mich nur, dass man dir Wein verkauft hat, obwohl bestimmt schon deutlich zu erkennen war, dass du betrunken warst«, sagte Heidi.

»Ich war …« Emma schluckte. »Ich war mit einer Gruppe unterwegs. Mit einem Jungen aus der Oberstufe. Lennard heißt er. Der hat die Getränke geholt. Und ich wollte doch cool sein und nicht Nein sagen.« Da tropften schon wieder die Tränen.

»Na, na«, meinte Heidi und tätschelte ihr beruhigend den Arm. »Was sagt denn Katie dazu?«

»Weiß nicht«, schniefte Emma. »Dass ich mit Lennard verabredet war, habe ich ihr nicht gesagt. Ich hab erzählt, ich treffe mich mit Maja aus meiner Klasse.«

Heidi konnte gut zuhören. Es dauerte nicht lange, da hatte Emma ihr alles gebeichtet. Emma zupfte an ihrem Pulloverärmel, schniefte noch einmal und schloss: »Aber weißt du, Katie ist das alles doch sowieso gleichgültig. Die hat sich nie was aus mir gemacht.«

»Emma! Wie kommst du denn auf die Idee?«

»Okay, in letzter Zeit ist es besser geworden. Deswegen bin ich jetzt ja auch hier in Deutschland. Aber früher war ihr doch völlig egal, was aus mir wird.«

»Wie kannst du so etwas nur sagen?«

»Weil es wahr ist«, stieß Emma hervor. »Sie hat mich allein gelassen, als ich noch ganz klein war. Zuerst hat sie mich zu ihrer Mutter abgeschoben, damit sie weiter in diesem schicken Londoner Restaurant kochen konnte. Glaub bloß nicht, dass ich das nicht mitgekriegt hab. Und als ich alt genug war, um in die Schule zu gehen, hat sie mich zu Dad und seiner neuen Frau gegeben und ist selber ab ins Ausland.«

»So siehst du das also.«

»Anders kann man das nicht sehen. Ich bin erwachsen. Ich hab's überlebt. Ist schon okay.«

»Stopp.« Heidi hob abwehrend eine Hand. »Bevor du jetzt noch etwas sagst, das dir nachher leidtut. Für dich bin ich nur eine Fremde, aber ich kenne deine Mutter besser, als dir vielleicht klar ist. Wir haben sehr viel Zeit zusammen verbracht. Katie hat bei mir Kochen gelernt. Und später hat sie mich nach Frankreich begleitet, wo sie jahrelang gelebt und gearbeitet hat.«

»Siehst du? Jahrelang Spaß in Frankreich. Da stört ein Kleinkind eben nur.«

»Jetzt hörst du mir besser genau zu. Kann sein, dass ich mich in Familienangelegenheiten einmische, aber das muss jetzt mal gesagt werden. Und ich mache das nur ein Mal.« Richtig grimmig sah Heidi jetzt aus.

»Was machst du nur ein Mal?«, fragte Emma eingeschüchtert.

»Ich erzähle dir, wie es wirklich war. Du hast das Gefühl, dass du als Kleinkind verlassen wurdest?«

Emma nickte stumm.

»Nun, die Wahrheit ist, dass Katie keine andere Wahl hatte. Sie hat damals lange mit sich gerungen, was die richtige Entscheidung wäre. Warum hat sie ein kleines Kind, fast noch ein Baby, zu ihren Eltern gegeben? Hast du schon einmal darüber nachgedacht, was es bedeutet, Köchin zu sein?«

Kopfschütteln.

»Die Arbeitszeiten einer Köchin, ganz besonders in der Spitzengastronomie, sind denkbar ungeeignet, um ein Kleinkind zu betreuen. So ist das nun mal in dem Beruf. Katie hätte niemals am Nachmittag oder Abend für dich da sein können, da wäre sie bei der Arbeit gewesen.«

»Es hat sie doch keiner gezwungen, Köchin zu werden.«

»Richtig. Aber als sie schwanger wurde, hatte sie sich schon für diesen Beruf entschieden.«

»Sie hätte mit der Ausbildung aufhören können.« So leicht wollte Emma nicht nachgeben. Wie oft hatte sie diesen Gedanken schon gedacht. »Sie hätte aufhören und sich für ein Leben mit mir entscheiden können.«

»Du meinst, es wäre besser gewesen, sie hätte die Ausbildung abgebrochen? Du wärst lieber mit einer Mutter aufgewachsen, die ohne Ausbildung und ohne Einkommen dasteht? Sie hat sich die Entscheidung weiß Gott nicht leicht gemacht.«

»Dann hätte sie mich wenigstens sofort zu Dad bringen können.«

»Du willst nicht lockerlassen, oder? Brian, so viel habe ich damals mitbekommen, hat zu dem Zeitpunkt siebzig bis achtzig Stunden in der Woche gearbeitet.«

»Macht er immer noch«, warf Emma ein.

»Außerdem war er dabei, seine Karriere aufzubauen. Er pendelte ständig zwischen London, New York und Singapur. Wie hätte er sich dabei um dich kümmern sollen? Ich habe verstanden, dass du ein ziemlich luxuriöses Leben führst und eine sehr gute Schule besuchst. Was denkst du denn, wo das viele Geld herkommt?«

»So krass habe ich das noch nie gesehen.«

»Ich denke, Katie und Brian haben ein paar schwierige Entscheidungen getroffen, und sie haben das getan, was sie für das Richtige hielten. Das Beste für ihre gemeinsame Tochter. Vielleicht magst du darüber mal nachdenken.« Heidi erhob sich von der Bank. »Genug davon. Bleib gerne noch ein bisschen hier draußen sitzen.«

»Äh … Heidi? Du weißt wohl nicht zufällig, wo Katie ist?«

Lächelnd sagte Heidi: »Um die Zeit findest du sie wahrscheinlich in ihrem Garten.«

Mama

Es war nicht schwer, Katie im Garten zu finden. Schon von weitem leuchtete ihre Jacke durch die Büsche. Ein kräftiges Orange, kombiniert mit einem pinkfarbenen Kragen und ebensolchen Manschetten. Wo fand sie nur immer Kleidungsstücke in diesen seltsamen Farbkombinationen? Vorsichtig näherte sich Emma dem Garten. Katie war dabei, ein Stück Wiese umzugraben. Sie rammte den Spaten mit dem rechten Fuß in den Boden, hob das herausgestochene Stück Erde auf und warf es mit einer schwungvollen Bewegung in die Schubkarre. Hinter der Ecke des Gartenschuppens blieb Emma stehen und zögerte. Bis jetzt hatte Katie sie anscheinend noch nicht gesehen, obwohl sie jetzt nur noch wenige Meter voneinander entfernt waren. Verbissen arbeitete sie an ihrem Beet, geradezu wütend wirkten ihre Bewegungen. Vielleicht war es besser, wenn sie sich nicht zeigte und unbemerkt wieder wegging? Aber was war das? Emma spitzte die Ohren. Katie redete beim Umgraben – nur, mit wem? Ab und zu konnte Emma ein paar Satzfetzen verstehen, immer wieder unterbrochen von Katies Schnaufen und dem Geräusch des Spatens, der die steinige Erde durchschnitt.

»Wenn schon sonst nichts … pfff … dann werde ich wenigstens …« Jetzt richtete sich Katie auf, streckte den Rücken und wischte sich mit dem Unterarm den Schweiß von der Stirn. Und weiter ging es mit dem Umgraben. Emma hatte inzwischen begriffen, dass Katie Selbstgespräche führte. »Wenn schon alles schiefgeht mit Emma … pfff … mache ich mir wenigstens … pfff … einen Rosengarten.«

Emma stand in ihrem Versteck und erstarrte. Ihr Gesicht wurde feuerrot. Alles ging schief? Mit ihr, Emma? Das hatte sie nicht gewollt. Ein bisschen Spaß auf dem Feuerwehrfest haben und mit einem gut aussehenden Jungen flirten, war eine Sache. Aber Katie so aufgebracht zu sehen, eine ganz andere. Sich leise wieder wegzuschleichen, war keine Option mehr. Vorsichtig ging Emma näher, Schritt für Schritt. Noch war sie hinter Katies Rücken. Sie konnte immer noch weglaufen.

»Katie …« Keine Reaktion. Das war zu leise gewesen. Noch einen Schritt näher heran. Emmas Schatten fiel auf das Stück Wiese, das Katie so verbissen bearbeitete.

»Katie?«

Katie schaute kurz hoch. »Oh, du bist es«, sagte sie. Weiter nichts. Ihre Stimme klang ganz ausdruckslos. Schon setzte sie wieder zu einem neuen Spatenstich an.

»Warte doch mal«, sagte Emma leise und ging noch einen Schritt näher. »Ich möchte dir was sagen.« Sie schaute auf den Boden, stieß mit der Fußspitze ins Gras und holte tief Luft. »Es … es tut mir leid.«

»Ah.« Katie grub weiter, wenn auch nicht mehr so energisch wie vorher. Nach einer gefühlten Ewigkeit schaute sie seitwärts zu Emma und hob fragend die Augenbrauen.

»Das war dumm von mir. Es tut mir leid, dass ich dich angelogen habe. Das hast du nicht verdient. Es tut mir leid, dass ich mich betrunken habe. Du hast mir vertraut, und ich habe mich benommen wie eine blöde Gans.« Die Sätze purzelten nur so aus ihr heraus. Tränen strömten über Emmas Gesicht. »Am allermeisten tut mir leid, dass ich so fies zu dir war, die ganzen letzten Jahre.«

Katie hielt mitten in der Bewegung inne, wie erstarrt. Dann ließ sie ihren Spaten auf den Boden fallen, drehte sich zu Emma um und breitete die Arme aus.

»Ach, Kind. Komm her.«

Emma stürzte sich weinend in Katies Arme. So standen die beiden da, fast gleich groß. Eng umschlungen hielten sie einander fest, bis sich Emma ein wenig beruhigt hatte.

»Katie, ich hatte ja keine Ahnung, wie das alles für dich gewesen sein muss. Ich musste erst herkommen, um es zu verstehen. Kannst du mir verzeihen? Katie? Bitte.«

Halb lachend, halb schluchzend sagte Katie: »Ja. Ja, es ist alles gut. Du bist zwar fast erwachsen, aber du bleibst immer mein Kind. Wie könnte das jemals nicht mehr so sein?« Sie strich Emma immer wieder über den Rücken und drückte sie noch fester an sich.

»Mama.« Emma vergrub ihr Gesicht an Katies Hals. »Meine deutsche Mama.«

Ein Schuss vor den Bug

»Ich brauche einen Flammkuchen mit Lachs, einen Flammkuchen mit Ziegenkäse, die Tagessuppe mit Baguette und einen großen Bistro-Salat, allerdings ohne Tomaten.« Sophie heftete den Zettel, auf dem sie die Bestellungen notiert hatte, an die Magnetleiste.

»Sera fait – wird gemacht. Melanie, kümmere disch bitte um die Salat und Suppe. Isch 'abe 'ier noch zwei Flammkuchen in die Ofen, danach übernehme isch die beiden anderen. Wie weit bist du mit die Desserts für Tisch drei?«

»Stehen in der Kühlung, Jean-Pierre.«

»Perfekt!« Jean-Pierre klatschte vergnügt die Hände. »Es ist doch immer wieder eine große Freude, mit Profis zu arbeiten. Du ›ast unglaublisch viel gelernt.«

Melanie, die Jungköchin, lächelte geschmeichelt, ein solches Lob von Jean-Pierre Garbon machte sie augenscheinlich stolz.

»Sophie, wir sollten mehr von die Brot backen. In einer Viertelstunde wird die Geburtstagsrunde eintreffen. Wir brauchen ein wenig Zeit für die ›auptgerischte. Du könntest die

Brot und Kräuterbutter als kleine Gruß aus die Küche anbieten, dazu Selleriesalat, den Melanie bereits vorbereitet 'at.«

»Eine gute Idee, Jean-Pierre.«

»Oui, manchmal 'at auch eine alte Schlachtross noch gute Ideen.« Jean-Pierre lachte vergnügt. »Isch werde gleisch schon einmal …« Der kleine Franzose brach mitten im Satz ab, er hielt sich an der Edelstahlarbeitsplatte fest und schüttelte benommen den Kopf.

»Jean-Pierre, ist alles in Ordnung?«, fragte Sophie beunruhigt.

»Natürlisch, es ist nichts, nur eine kleine Problem mit die Kreislauf. Isch …« Jean-Pierre schnappte plötzlich nach Luft, mit der Hand wischte er sich über die Stirn. »Maudit, was ist das?«

Sophie nahm ihn am Arm und schaute ihm prüfend in die Augen. »Was ist los mit dir? Du siehst nicht gut aus, mein Lieber. Melanie, ruf bitte den Notarzt.«

»Nein, es geht schon. Wir 'aben zu tun. Wir müssen …« Jean-Pierre holte erneut tief Luft. Angst spiegelte sich plötzlich in seinem Gesicht.

»Keine Widerrede«, erklärte Sophie energisch, »wir rufen den Arzt, und ich informiere Heidi.«

Dass Jean-Pierre nicht weiter protestierte, war für Sophie Hinweis genug, dass er mehr als nur ein kleines Kreislaufproblem hatte. Sie bugsierte ihren Freund auf einen Stuhl in der Küchenecke und lief zum Telefon im Flur, um Heidi anzurufen, während Melanie mit ihrem Handy den Notruf wählte.

***

Der Wartebereich in der Notaufnahme des Krankenhauses verströmte eine trostlose Atmosphäre. Eine einzelne Yuccapalme verkümmerte in einer Ecke, auf einem kleinen Tisch lagen zwei abgegriffene Zeitschriften und ein paar Broschüren, die für die Darmkrebsvorsorge warben. All das wurde angestrahlt von einer flackernden Neonröhre.

Heidi saß unruhig auf einem der zerkratzten Holzstühle und hoffte darauf, endlich mehr über Jean-Pierres Zustand zu erfahren. Draußen war es längst Nacht geworden.

»Frau Schwarzbeck?«

Ein junger Mann, Mitte dreißig, kam über den Flur auf sie zu. Er schaute auf ein Klemmbrett. »Sie sind …?«

»Die Verlobte von Herrn Garbon«, ergänzte Heidi rasch. Sie befürchtete, keine Auskunft zu erhalten, weil sie keine direkte Angehörige von Jean-Pierre war.

»Richtig. Eigentlich wollte ich aber fragen, ob Sie *die* Heidi Schwarzbeck sind? Ich koche nämlich leidenschaftlich gern und habe alle ihre Bücher.«

Heidi atmete erleichtert auf. Ein Fan – Gott sei Dank.

»Ja, die bin ich.«

»Wow, ein französischer Spitzenkoch auf meiner Station und eine Sterneköchin im Wartezimmer – was für ein Abend.«

Was für ein Abend, dachte Heidi, da hat er recht. »Sie verstehen sicher, dass ich im Moment andere Dinge im Kopf habe, als über Kochbücher zu plaudern, Herr Doktor …«

»Keiler, Dr. Magnus Keiler. Ich muss mich entschuldigen, mich hat meine Begeisterung mitgerissen. Natürlich machen Sie sich Sorgen um Ihren Verlobten, aber ich kann Sie beruhigen, er hat noch einmal Glück gehabt.«

»Glück gehabt, heißt was genau?«, fragte Heidi und spürte gleichzeitig, wie eine tonnenschwere Last von ihr abfiel.

»Herr Garbon hatte das, was wir Kardiologen einen stummen Herzinfarkt nennen. Dabei gibt es eben nicht die klassischen schweren Schmerzen im Brustkorb, das massive Engegefühl. Manchmal erfolgt ein stummer Herzinfarkt sogar völlig unbemerkt. Aber auch ohne Symptome kommt es durch die Verstopfung einer oder mehrerer Herzkranzarterien zu einer Sauerstoffunterversorgung des Herzens.«

»Und das nennen Sie Glück gehabt?«

»Ich weiß, das klingt alles dramatisch, aber so ein stummer Herzinfarkt wird von vielen Betroffenen überhaupt nicht bemerkt. Herr Garbon dagegen hat jetzt die Chance, dass wir mit den richtigen Behandlungen mögliche Engstellen in den Herzkranzgefäßen und damit einen schweren Herzinfarkt verhindern können.«

»Ich verstehe, Herr Dr. Keiler. Und wie geht es jetzt weiter?«

»Ich möchte ihn noch zwei Tage zur Beobachtung hier behalten, wir werden auch weitere Untersuchungen durchführen. Am Mittwoch kann er dann wieder nach Hause. Wir sollten für die nächsten Wochen aber einen Termin für eine Herzkatheter-Untersuchung vereinbaren. Damit können wir Engstellen in den Herzkranzgefäßen sichtbar machen und gleichzeitig diese Engstellen weiten. Das Ganze ist ein minimalinvasiver Eingriff.«

Erleichterung durchströmte Heidi. Jean-Pierre war noch einmal davongekommen. »Mittwoch also«, murmelte sie.

»Genau, am späten Vormittag werde ich mich noch einmal mit ihm unterhalten, dann kann er entlassen werden. Ich …« Der Arzt zögerte einen kurzen Moment.

Heidi schaute ihn fragend an. »Was wollten Sie noch sagen, Herr Dr. Keiler?«

»Ich habe in den letzten Jahren etliche Männer im Alter von Herrn Garbon auf meiner Station gehabt. Viele von ihnen musste ich dann leider ein zweites Mal behandeln, weil sie meine Ratschläge nicht ernstgenommen haben. Dieser stumme Herzinfarkt war ein Schuss vor den Bug. Herr Garbon sollte dringend seine Aktivitäten überdenken und kürzertreten. Sie beide sind Profiköche, Sie werden wissen, was zu tun ist, wenn ich Ihnen sage, dass Sie sich gesund und ausgewogen ernähren sollen. Moderater Sport, wenig Stress – das, was wir landläufig eine gesunde Lebensweise nennen, gilt jetzt für Herrn Garbon ganz besonders.«

»Ich habe verstanden, Herr Dr. Keiler.«

Der Arzt nickte Heidi noch einmal zu. »Schön, dann entschuldigen Sie mich jetzt bitte, ich muss mich noch um ein paar Patienten kümmern.«

Als Heidi vor dem Krankenhaus zu ihrem Auto ging, schluchzte sie erleichtert auf und wischte sich mit der Hand eine Träne aus den Augen. »Ach du meine Güte. Aktivitäten überdenken und kürzertreten – das wird nicht leicht.«

Sommercamp-Fightclub

Emma hatte sich vorgenommen, Lennard in der Schule aus dem Weg zu gehen. Als der Gong die große Pause ankündigte und alle in der Klasse aufstanden, war sie versucht, einfach im Gebäude zu bleiben, statt auf den Schulhof zu gehen. Aber Erstens war das den Schülern, außer bei Regen, verboten, Zweitens hatte sie nicht vor, sich in den nächsten Monaten zu verstecken. Sie nahm ihre Jacke und wollte sich auf den Weg nach draußen machen.

Eine Hand legte sich auf ihren Arm. »Ich habe am Samstag deine Mutter kennengelernt. Total nett. Sag mal, hast du nicht Lust, demnächst mal bei mir vorbeizukommen?«

Emma ließ sich zurück auf ihren Stuhl sinken und schaute ihre Tischnachbarin überrascht an. Bis jetzt hatten sie nur wenig miteinander geredet. »Maja, weißt du was, das finde ich eine super Idee. Du bist aber auch herzlich eingeladen, zu mir zum Gutshof zu kommen, wir könnten bei uns im Garten chillen.«

»Echt? Krass! Meine Mutter hat schon total viel von dem

Gutshof erzählt, weil sie da mal Yogakurse gemacht hat. Würde ich wirklich gern mal sehen.«

Sie gingen zusammen die Treppe herunter.

»Kannst du heute?«

Maja verzog bedauernd das Gesicht. »Heute Nachmittag habe ich Klavierunterricht, und morgen muss ich für Englisch lernen. Du hast es gut, für dich ist das die Muttersprache.«

»Um genau zu sein, eher die Vatersprache«, Emma kicherte, »aber ich kann dir gerne helfen.«

»Das würdest du tun?«

»Klar. Wie wäre es, wenn du morgen Nachmittag bei mir vorbeikommst? Wir üben für die Englischarbeit und dann chillen wir im Garten.«

»Super! Wollen wir uns zusammen drüben auf die Mauer setzen?«

Emma hatte längst begriffen, dass die ungeschriebenen Gesetze, die sie aus England kannte, auch an der deutschen Schule galten. Wer miteinander befreundet war, verbrachte auch die Pausen zusammen. Maja bekräftigte also mit ihrem Vorschlag den Wunsch, mit ihr befreundet zu sein. Das fühlte sich gut an!

»Supergerne. Aber was ist mit deinen Freundinnen, Sarah und Michi?«

Maja lachte auf. »Die finden dich auch nett, aber die haben sich nicht getraut, dich anzusprechen.«

»Ernsthaft jetzt? Was ist falsch mit mir?«

»Nix ist falsch mit dir. Aber als wir gehört haben, dass du mit Miley Taylor abgehangen hast, haben wir gedacht, dass du von uns nichts wissen willst.«

»So ein Blödsinn. Ich finde euch alle drei nett. Ist ja nicht so leicht, wenn man ganz neu in eine Klasse kommt und niemanden kennt.«

»Schon klar. Weißt du was, ich sag den beiden Bescheid und dann kommen die zu uns. Oder hast du was dagegen?«

»Nee gar nicht, finde ich cool.«

Emma ging zu der kleinen Mauer herüber und stellte sich so hin, dass die Sonne ihr ins Gesicht schien. Sie hatte nicht gelogen. Maja, Sarah und Michi waren Mädchen, von denen sie in den letzten Tagen gedacht hatte, dass sie gerne mit ihnen befreundet wäre.

»Hey Emma, alles klar?«

Diese Stimme kannte sie. Emma drehte sich langsam um. Lennard und zwei weitere Jungen hatten sich nur wenige Schritte hinter ihr aufgebaut.

»Geh mir aus dem Leben, Lennard Reusch.«

»Digga, die Bitch ist ganz schön frech.« Einer der beiden Jungen schaute Lennard auffordernd an. Für den ging es offensichtlich jetzt darum, gegenüber seinen Freunden das Gesicht zu wahren.

Lennard stellte sich breitbeinig hin, verschränkte die Arme und stieß hervor: »So redet niemand mit mir, schon gar nicht eine prüde englische Schlampe.«

Emma holte aus und verpasste ihm eine Ohrfeige. Mit einem wütenden Grunzen griff Lennard zu und versuchte, sie an ihrem Pulli zu packen. Doch Emma wich blitzschnell zur Seite aus, ergriff den Arm, legte ihre andere Hand auf Lennards Seite und warf ihn über ihre Hüfte auf den Boden. Lennart schlug hart mit dem Rücken auf, Emma setzte ihm den Fuß auf die Brust und hielt seinen Arm immer noch ausgestreckt fest.

»Fass. Mich. Nie. Wieder. An. Und für die Schlampe entschuldigst du dich, sonst breche ich dir den Arm.« Emma drehte zur Bekräftigung Lennards Arm ein wenig zur Seite. Das reichte als Warnung aus.

»Sorry, das mit der Schlampe tut mir leid. Lass mich los, bitte.«

Emma kam seinem Wunsch nach und trat zwei Schritte zurück. Lennards Freunde starrten sie mit aufgerissenem

Mund an. Maja, Sarah und Michi stellten sich an Emmas Seite.

»Krass! Wo hast du denn das gelernt?«, fragte Sarah.

»St. George's Fightclub. Sommercamp, Selbstverteidigung für Mädchen. Kann ich euch auch beibringen.«

Lennard und seine beiden Freunde verdrückten sich in eine andere Ecke des Schulhofs.

»Wie abgefahren war das denn? Der hat es verdient, mal gekorbt zu werden«, erklärte Michi, »gut gemacht, Emma. Endlich hat ihm jemand seine Grenzen gezeigt, das war echt an der Zeit.«

»Gekorbt?« Emma runzelte die Stirn.

»Na, gekorbt – er hat einen Korb bekommen.« Michi lachte. »Vielleicht können wir dir ja noch ein paar neue Wörter beibringen.«

»Maja hat übrigens gesagt, dass du ihr morgen beim Englischlernen helfen würdest. Meinst du, du könntest mit uns …«

»Unbedingt. Ihr seid alle drei herzlich eingeladen.«

Die Rose ist eine Zicke

»Nein, nein, nicht mein Baby, nein!«

Jemand schüttelte sie vorsichtig an der Schulter und flüsterte: »Katie, wach auf. Wach doch auf. Du träumst nur.«

Katie schreckte hoch, die Haare nassgeschwitzt, ihr Herz klopfte wie verrückt. Oliver, Gott sei Dank.

»Was ist denn los?«, fragte er leise. »Du hast im Schlaf geschrien und ganz laut gejammert. Hast du was Böses geträumt?«

»Ja«, schluchzte Katie, »ja. Man wollte mir Emma wegnehmen. Im Traum war sie noch ein winziges kleines Baby. Die Leute haben versucht, sie aus meinen Armen zu nehmen. Oh, Oliver, ich hatte solche Angst.« Sie ließ sich in die Kissen zurücksinken, tastete nach Oliver und schmiegte sich ganz eng an ihn. Langsam beruhigte sich ihr Herzschlag. Sie rutschte noch näher, sein Körper fühlte sich fest und warm an. Sie schluchzte noch einmal auf.

»Schschsch«, murmelte Oliver schläfrig. »Alles ist gut. Deine Emma ist doch bei dir. Sie ist hier, in diesem Haus. Niemand nimmt sie dir weg.«

»Versprochen?«

»Versprochen.«

»Ich darf mir gar nicht vorstellen, was hätte passieren können, wenn du nicht auf dem Fest gewesen wärst.«

»Denk nicht mehr darüber nach. Sie hat Glück gehabt.«

»Ich bin so froh, dass du sie nach Hause gebracht hast. Ich mache mir solche Vorwürfe.«

»Katie, Emma wollte mit dem Bus zu einer Schulfreundin fahren. Welchen Grund hättest du gehabt, daran zu zweifeln?«

»Ich weiß. Ich kann nicht alles kontrollieren, was sie tut, sie ist schließlich kein kleines Kind mehr. Trotzdem, ich möchte auf sie aufpassen.«

»Das tust du doch. Du machst alles, was möglich ist. Und ich passe auf dich auf. Siehst du, ich halte dich ganz fest. Schlaf jetzt, mein Schatz. Und wenn irgendwas ist, weck mich. Du bist nicht alleine.«

Dankbar überließ sich Katie seiner warmen Umarmung. Hörte zu, wie seine Atemzüge tiefer und gleichmäßiger wurden. Spürte, wie er ein-, zweimal beim Einschlafen leicht zusammenzuckte. Sie schloss die Augen, die vor Müdigkeit brannten. Sie nahm sich vor, zum Einschlafen an etwas Angenehmes zu denken. Genau! Der Einkaufsbummel mit Emma in Koblenz. Sie ließ noch einmal die Bilder Revue passieren. Emma, die ein paar Schuhe nach dem anderen anprobierte. Emma, die lachend den Kopf schüttelte oder begeistert nickte, während Katie den Kleiderständer drehte und ein Kleid nach dem anderen hochhielt. Emma, die das hübsche pfirsichfarbene Kleid vorführte und sich vor dem großen Spiegel bei den Umkleidekabinen drehte und den Rock hochwirbeln ließ.

Emma, die von Oliver gestützt betrunken nach Hause kam, das neue Kleid schmuddelig und verknittert. Stopp! Doch es war zu spät. Katie war wieder hellwach. Wie hatte sie nicht bemerken können, was Emma vorgehabt hatte? Dann wäre das alles nicht passiert. Sie hatte versagt, hatte nicht genug aufgepasst auf ihre Tochter. Warum, ach, warum hatte sie Emma nicht mit dem Auto zu ihrer angeblichen Verabredung gefahren? Sie war eine schlechte Mutter, deswegen. Die Gedanken drehten sich in Katies Kopf.

Sie stöhnte leise und riss die Augen wieder auf. »Oliver? Ich kann nicht schlafen.«

Oliver grunzte, er hatte dieses Problem offenbar nicht.

»Oliver! Halt mich.«

Er bewegte sich ein bisschen. So viel zu seinem Angebot, dass sie ihn nur zu wecken brauche. Es war erstaunlich hell im Zimmer. Die Vorhänge waren offen und Katie stand auf, um sie zuzuziehen. So konnte man doch nicht schlafen.

Hinter ihr tappten Schritte. Oliver war endlich doch aufgewacht und legte seine Arme von hinten um sie. Sie spürte seine Wärme an ihrem Rücken. Das tat gut. Eine Weile blieben sie zusammen so stehen und schwiegen.

»Weißt du was? Ich kann auch nicht schlafen«, sagte Oliver schließlich. »Komm, wir gehen spazieren.«

»Bist du verrückt? Um diese Zeit?«

»Es ist so eine schöne Nacht. Wir machen das jetzt einfach. Es ist Vollmond, man kann alles gut sehen. Meinetwegen steck noch eine Taschenlampe ein, aber ich bin sicher, die wirst du nicht brauchen.«

***

Oliver hatte nicht zu viel versprochen. Draußen im Weinberg war es taghell. Anfangs gingen sie nebeneinander, bis der Weg schmaler wurde und schließlich an einer unebenen uralten Steintreppe endete. Oliver stieg als Erster ein paar Stufen hinunter und reichte dann Katie die Hand.

»Vorsicht, die Stufen sind sehr schmal, pass auf, dass du nicht strauchelst.«

Nachts über der Mosel war es sehr still. Katie blieb stehen

und lauschte. Überdeutlich nahm sie das Geräusch ihres eigenen Atems wahr. Sie hörte, wie ein loses Steinchen vom Weg nach unten wegrollte. Oliver war stehen geblieben und wartete auf sie. Ab und zu donnerte ein Güterzug durchs Tal, danach war die Stille umso tiefer.

Der nächste größere Weg führte am Fuß des Weinbergs entlang.

»Danach wollte ich schon lange fragen«, sagte Katie und wies auf eine buschige Pflanze. »Mir ist aufgefallen, dass bei einigen Rebenreihen am unteren Ende ein Rosenstrauch wächst. Das ist so eine schöne Idee, ihr Winzer habt eben auch Sinn für Gartengestaltung. Du und ich, wir haben so viel gemeinsam.«

Keine Antwort, nur ein leises Prusten.

»Was ist?«

»Ich liebe … deinen … Humor«, keuchte Oliver. Er konnte vor Lachen kaum sprechen. »Du bist so … witzig.«

Was war denn mit Oliver los? Katie schaute ihn von der Seite an. Sie gab ihm einen leichten Klaps auf den Arm. »Jetzt sag schon, warum lachst du? Kannst du mir das vielleicht mal erklären?«

Er hatte sich ein wenig beruhigt. »Warum wir Rosen pflanzen im Weinberg?« Seine Schultern bebten immer noch vor unterdrücktem Lachen. »Die Rose ist eine Zicke. Deswegen pflanzen wir sie.«

Katie schwieg, jetzt schon ein bisschen gekränkt. »Kannst du mir bitte mal sagen, was du damit meinst? Und hörst du endlich auf zu lachen? Lachst du mich gerade aus?«

Schweigen. »Entschuldige, Katie.« Oliver schluckte. »Es ist nur … die Rosen im Weinberg haben vor allem einen praktischen Zweck: Sie gedeihen unter ähnlichen Bedingungen wie der Wein, also kühle Nächte, warme Tage, das mögen beide. Nur die Rose ist viel empfindlicher.«

»Ja, und?«

»Wenn es ein Problem gibt, etwa eine Pilzerkrankung wie Mehltau, dann ist die Rose die Erste, die es erwischt. Sie ist also sozusagen ein Frühwarnsystem. Ist die Rose krank, haben die Winzer noch Zeit zu reagieren und die Weinstöcke zu schützen.«

»Ah, du meinst, sie sieht nicht nur gut aus, sie macht sich auch noch nützlich?«

»Ja, so kann man das wohl sagen.«

Schweigend gingen sie ein Weilchen nebeneinander her.

»Oliver, ich muss einen Rosengarten haben.«

»Na, das ist ja ein Satz wie in Stein gemeißelt.«

»Ja, genau das.« Ihre Stimme nahm einen träumerischen Tonfall an. »Allein schon die Namen der Rosen. Orpheline, Louise, Rosalinde … nur eine Katie habe ich noch nicht gefunden. Wenn es die gäbe, hätte ich sie schon gepflanzt. Ja, ich sehne mich nach einem Rosengarten. Ich möchte Rosen in allen Farben haben. Und duften sollen sie.«

Oliver legte ihr den Arm um die Schultern. Katie zitterte ein wenig, es war kühl hier draußen.

»Wollen wir zurückgehen?«

»Mm, ja. Nur schläfrig bin ich immer noch nicht.«

Draußen vor der Haustür fragte Oliver: »Du kannst immer noch nicht schlafen?« Im Schein der Außenlampe war sein anzügliches Lächeln genau zu sehen. »Da hätte ich noch so eine Idee, was wir jetzt machen.«

»Oh. Oh, ja.«

Kichernd wie Teenager schlichen die beiden auf Socken die Treppe hoch. Kaum hatten sie noch Zeit, die Wohnungstür hinter sich zu schließen. Ungeduldig zerrte sich Katie den warmen Fleecepulli über den Kopf und ließ ihn achtlos auf den Boden fallen. Eine Spur von Kleidungsstücken zog sich hinter ihnen her, halb nackt erreichten sie endlich das Schlafzimmer.

Katie drückte die Schlafzimmertür leise hinter sich ins

Schloss. Sie blieb einen Moment stehen, bewunderte im Mondlicht Olivers schlanken, muskulösen Oberkörper und ging dann auf ihn zu.

»Komm her, du.« Seine raue Stimme in ihrem Ohr. Er half ihr, die Jeans abzustreifen.

Als sie endlich erschöpft einschliefen, sangen draußen schon die Vögel in der Morgendämmerung.

Ist das Kunst?

Am Sonntag hatte Ronald erst einmal gefeiert. Es war ein berauschendes Gefühl, der Druck war verschwunden, die Angst vor Patrick Drohsten junior hatte sich in Luft aufgelöst. Am Montag hatte er dann akribisch jedes einzelne der insgesamt siebzehn verbleibenden Kunstwerke geplant. Jedes Bild sollte in nur einer Farbe entstehen, also hatte er eine ausreichende Menge der verschiedenen Farben angemischt. Kurz hatte Ronald noch überlegt, ob er möglicherweise den Hund für alle Bilder einsetzen könnte, die Farben waren schließlich nicht giftig und ließen sich leicht auswaschen, aber diesen Gedanken hatte er ebenso schnell wieder verworfen. Wenn Drohsten junior die Abdrücke eines Hundefells auf einer Leinwand als Meisterwerk bezeichnete, sollte es doch wohl ein Leichtes sein, so etwas zu imitieren. Ronald hatte auch schon eine Idee, an wen er sich wenden konnte. Nach dem Frühstück suchte er Theo Engels und fand ihn an der alten Kelterhalle, wo er den Motor eines Aufsitzrasenmähers überprüfte.

»Guten Morgen, Herr Engels, hätten Sie eine Minute Zeit für mich?«

Theo schaute auf, nahm einen alten Lappen und wischte sich damit die öligen Finger sauber.

»Guten Morgen, Herr Willem, was kann ich denn für Sie tun?«

»Ich habe da eine ungewöhnliche Bitte an Sie. Sehen Sie, es geht um die großen Leinwände und die Bilder, die auf diesen Leinwänden entstehen sollen.«

»Wenn Sie möchten, dass ich Ihnen beim Malen helfe, muss ich Sie leider enttäuschen, ich bin, was das Zeichnen betrifft, total untalentiert.«

Ronald hob abwehrend die Hände. »Nein, nein, darum geht es gar nicht. Ich bin durch Zufall auf eine … äh … Technik gestoßen, die meinen Auftraggeber ganz außerordentlich begeistert hat.«

»Eine neue Technik, sagen Sie?« Theo hatte offenbar Mühe, ernst zu bleiben. »Die Technik mag nicht zufällig Hundefutter?«

Ronald senkte verlegen den Kopf. »Hat sich das also herumgesprochen?«

»Nehmen Sie es nicht zu schwer. Was haben Sie erwartet? Ein Hund, der sich auf einer Leinwand herumwälzt – natürlich war das bei uns im Team das Gesprächsthema Nummer eins.«

»Was soll ich machen?« Ronald breitete beide Hände in einer hilflosen Geste aus. »Mein Auftraggeber war von dem Ergebnis hingerissen, und offen gestanden bin ich darüber sehr froh. Ich hatte mich vorher wochenlang herumgequält, um diesen Auftrag noch irgendwie zu erfüllen.«

»Herr Willem, ich kenne Ihre Landschaftsaquarelle, und ich bewundere Ihre Fähigkeiten als Maler. Sie müssen sich nicht dafür genieren, dass nun jemand einen Farbunfall begeistert feiert. Schließlich haben Sie das alles ja nicht mit Absicht gemacht.«

»Aber jetzt würde ich es gerne mit Absicht machen«, stieß

Ronald hervor, »ich muss es sogar tun. Patrick Drohsten junior wird nichts anderes akzeptieren.«

»Baltasar Gracián soll einmal gesagt haben: Es ist eine große Kunst zu wissen, wie man Wind verkauft. Letztlich werden Sie auch Wind verkaufen, und dafür müssen Sie sich nicht schämen. Was brauchen Sie genau?«

»Tierfelle, vielleicht von einem Schaf.«

»Das ist leicht. In Wümmerscheid-Sollensbach gibt es eine Boutique, direkt neben dem Supermarkt gegenüber der Bushaltestelle. Die Boutique heißt *Rita hat Stil.* Ich war in der letzten Woche noch dort. Die Inhaberin, übrigens eine waschechte Gräfin, ist eine Bekannte von Katie Sheridan. Sie hat momentan Schaffelle, die man als Sitzunterlage verwenden kann. Ich könnte mir allerdings auch vorstellen, dass man mit ihnen Farbe verteilen könnte.«

Ronald lächelte vergnügt. »Ich wusste gleich, dass Sie mir weiterhelfen können, Herr Engels. Am Supermarkt gegenüber der Bushaltestelle, sagten Sie?«

»Richtig, und vergessen Sie nicht, Grüße zu bestellen.«

***

Schon von außen war die Boutique *Rita hat Stil* eine Augenweide. Es gab ein Schaufenster, nicht etwa ein modernes, das nur aus einer einzelnen großen Glasscheibe bestand, sondern ein Sprossenfenster mit weiß lackiertem Rahmen. Dazu passte die hölzerne Eingangstür, deren obere und untere Hälfte ebenfalls von Sprossenfenstern ausgefüllt war.

Entschlossen betrat Ronald das Geschäft und schaute sich suchend um. Manches von dem, was hier verkauft wurde, entsprach zwar nicht seinem Geschmack, aber er musste zugeben, dass der Boutique-Name Programm war. Hier gab es keine billigen Nachahmungen aus Fernost, keinen Pseudo-Vintage-Kram. Alte Stücke, das sah Ronald mit geübtem Blick sofort, waren auch tatsächlich alt. Und die neuere Ware, wie zum Beispiel gestickte Decken oder Porzellan und Gläser, waren von ausgesuchter Qualität. Nur Tierfelle sah er noch nicht, was ihn etwas beunruhigte.

»Guten Tag, kann ich Ihnen helfen?«

Die Frau war klein, eher mollig, mit tiefschwarz gefärbten Haaren und einer Menge Goldschmuck an den Armen.

»Sind Sie Rita? Sie müssen entschuldigen, man hat mir leider nur Ihren Vornamen verraten«, begann Ronald. »Ich wohne zurzeit im *Gutshof Moselthal*, und Herr Engels hat mir empfohlen, bei Ihnen vorbeizuschauen. Ich soll übrigens Grüße ausrichten.«

Die kleine Frau strahlte ihn an, als würden sie sich schon eine kleine Ewigkeit kennen. »Rita, ich bin die Rita. Eigentlich Gräfin von Fahrensbeck, aber das lassen wir jetzt mal beiseite. Theo hat Sie also zu mir geschickt, Herr …?«

»Willem, Ronald Willem.«

»Doch nicht etwa der Willem, der Maler?«

»Jetzt bin ich aber doch etwas überrascht.«

Rita lachte hell auf. »Ich bitte Sie, Herr Willem, das ist doch nicht Ihr Ernst. Ich habe mir Ihre Ausstellung vor zehn Jahren in Düsseldorf angesehen. Mein Mann besitzt eines Ihrer Bilder, es hängt in seinem Büro.«

»Ach, die Bilder.« Ronald konnte nicht anders, er stieß einen Seufzer aus. Seit er hier im Moseltal die Landschaften gemalt hatte, waren ihm seine Corporate-Art-Werke vollkommen gleichgültig. Die haltlose Begeisterung von Drohsten für dieses Hundefell-Desaster hatte ihm vor Augen geführt, wie substanzlos alles gewesen war, was er in den letzten Jahren geschaffen hatte. Wenn ein Hundefellabdruck genauso viel wert war wie ein Bild von ihm, an dem er Stunden, ja, Tage gearbeitet hatte, dann lief da doch etwas grundlegend falsch.

»Sie scheinen mir von Ihrer eigenen Arbeit nicht sehr überzeugt zu sein, Herr Willem.«

»Sagen wir es mal so, ich habe in den zurückliegenden Tagen erkannt, woran mein Herz wirklich hängt.«

Rita legte den Kopf schief und musterte Willem. »Ja, diesen Effekt hat unsere Gegend hier. Manchmal reicht schon eine kleine Auszeit, um sich über Dinge klar zu werden.«

»Genauso ist es«, platzte Ronald heraus. »Ich habe Landschaften festgehalten, Stimmungen, die meine Seele berührt haben.« Er wischte sich mit der Hand übers Gesicht. »Es tut mir leid. Welchen Eindruck muss ich auf Sie machen? Ich komme als Kunde in Ihre Boutique und …« Ronald verstummte.

»Das muss Ihnen nicht peinlich sein. Glauben Sie mir, in diesem Geschäft haben mir schon ganz andere Menschen ihr Leid geklagt. Sie haben also Landschaften gemalt? Mich würde interessieren, wie diese Bilder aussehen, wo ich doch Ihre anderen Werke kenne.«

Ronald zog sein Handy heraus und öffnete seine Galerie. Er überreichte Rita das Handy, und die wischte sich durch verschiedene Aufnahmen. »Großartig. Wirklich ganz großartig. Vor allem die Morgenstimmung auf diesem Bild. Sagen Sie, Herr Willem, das ist jetzt nur ein spontaner Gedanke, aber ich habe hier schon Bilder von verschiedenen Künstlern verkauft. Und mein Mann hat gute Kontakte nach Japan. Mir liegen mehrere Anfragen vor, die ich bisher nicht erfüllen konnte. Offenbar gibt es in Fernost ein großes Interesse an Landschaftsbildern. Was meinen Sie – könnten wir da ins Geschäft kommen?«

»Sie wollen meine Bilder im Auftrag verkaufen?«

»Wenn das für Sie eine Möglichkeit wäre, herzlich gerne. Was halten Sie davon, wenn wir uns in den nächsten Tagen einmal abends zusammensetzen, dann könnten Sie auch meinen Mann kennenlernen, und wir könnten gemeinsam über Details sprechen.«

»Warum nicht. Nur bis Freitag bin ich noch sehr eingespannt.«

»Dann wäre doch der Samstag optimal. Eine Freundin von mir betreibt hier im Ort ein Bistro, dort könnten wir uns zum Abendessen treffen, vielleicht gegen acht Uhr?«

»Das Bistro kenne ich bereits. Ja, ich freue mich auf den Abend.«

»Wie schön, aber jetzt noch einmal die Frage an Sie, Herr Willem, wie kann ich Ihnen helfen?«

Himmel, über all die neuen Möglichkeiten, die sich ihm in diesem kurzen Gespräch geboten hatten, hatte er sein eigentliches Anliegen völlig aus dem Blick verloren.

»Herr Engels sagte mir, dass Sie Schaffelle verkaufen. Ich benötige mindestens drei Stück.«

»Ja, Theo hat recht, ich habe Felle drüben im zweiten Raum. Kommen Sie mit, ich zeige sie Ihnen.«

***

»So, fertig. Ihr habt alle Vokabeln richtig geschrieben. Und die Grammatik ist jetzt auch klar – oder, Michi?«

Emma schaute in die Runde. Die drei anderen Mädchen, die bei ihr im Wohnzimmer saßen, nickten begeistert.

»Das war total lieb von dir, dass du mit uns geübt hast«, erwiderte Michi. »Ich hatte immer Probleme, mir die Regeln zu merken, aber jetzt hab ich es begriffen.«

»Gut, wie wäre es dann mit Kuchen und Cola? Meine Mama hat mir versprochen, dass wir unten in der Pensionsküche frischen Apfelkuchen bekommen.«

»Boah, das ist so abgefahren, dass du jeden Tag von richtigen Köchen bekocht wirst«, sagte Sarah.

»Nee, an normalen Tagen kocht meine Mama hier oben.«

»Ja, aber die hat doch auch in einem Sternerestaurant gekocht. Hat meine Mutter mir zumindest erzählt«, warf Maja ein. »Ich finde das übrigens echt krass, was deine Mutter in so kurzer Zeit hier auf die Beine gestellt hat.«

Die Bewunderung ihrer neuen Freundinnen für die Pension und die Arbeit ihre Mutter überraschte Emma. Aber die drei schienen es wirklich ernst zu meinen.

»Naja, sie hat dafür aber auch echt hart gearbeitet«, antwortete Emma. »Kommt mit, ich zeig euch den Garten.«

***

Ronald ließ erbsengrüne Farbe aus ungefähr einem Meter Höhe auf eine Leinwand klatschen. Die Farbe verlief auf dem Weiß. Zufrieden verfolgte er, wie sie dabei unregelmäßige Rinnsale bildete. Als Nächstes griff er zu einem Schaffell. Gut, dass ihn Drohsten junior jetzt nicht sehen konnte. Allein der Gedanke, dass das, was er hier tat, in den Augen des Unternehmenschefs ein Meisterwerk sein würde, versetzte Ronald in Hochstimmung. Im Grunde war die Arbeit an den siebzehn Bildern Genugtuung pur. Die Schaffelle hatten viel zu lange Haare gehabt, aber auch dieses Problem hatte Ronald gelöst. Er war mit seinen drei Fellen einfach zum örtlichen Friseur gegangen und hatte die Inhaberin gebeten, mit einem Langhaarschneider seine Einkäufe zu bearbeiten. Zugegeben, ein ungewöhnlicher Wunsch, aber für den Preis eines Herrenhaarschnitts war die Besitzerin durchaus bereit gewesen, dem exzentrischen Wunsch zu folgen. Bei diesem Bild entschied sich Ronald für die mittlere Haarlänge. Er nahm das Fell, hielt es mit beiden Händen an einer Seite fest, holte aus und schlug es auf die Farbe. Das Ergebnis kam dem Abdruck eines Herrn Württemberg, der sich freudig auf die Leinwand geworfen hatte, erstaunlich nah.

Fast fertig. Jetzt nur noch ein paar kleine Details.

»Guten Tag, Herr Willem. Dürfen wir zuschauen?«

Ronald drehte sich um. »Hallo, Emma, natürlich, aber seid vorsichtig. Die Farbe könnte spritzen.«

Emma und drei weitere Mädchen traten neugierig näher.

»Ist das Kunst?«, fragte Emma.

»Erinnerst du dich an Herrn Württemberg? Und was der mit dem blauen Bild angestellt hat? Ich versuche das Ganze jetzt mal ohne die Hilfe eines Hundes, aber das bleibt bitte unser Geheimnis.« Ronald zwinkerte Emma verschwörerisch zu. Die vier Mädchen wechselten amüsierte Seitenblicke.

»Ach, Emma, wo du gerade da bist, ich suche noch längere Zweige oder Ranken. Kannst du mir verraten, wo ich die hier finden würde?«

»Drüben am Schuppen wächst Efeu, und hinter der Kelterhalle stehen Haselnussbüsche. Brauchen Sie Hilfe, Herr Willem? Ich meine, ich hatte ja schließlich nicht richtig auf den Hund aufgepasst, und ich möchte das wiedergutmachen.«

»Wenn du mir die Ranken und ein paar Zweige besorgen könntest, würde ich inzwischen mit dem nächsten Bild anfangen.«

Emma schaute zu den anderen drei Mädchen. »Wäre das für euch okay, wenn wir vor dem Chillen das Grünzeug holen?«

»Ja klar, ist doch lustig.«

Die Mädchen liefen davon, und Ronald nahm sonnengelbe Farbe und das kurzhaarige Schaffell. Mit den Zweigen würde er später noch ein paar Details einarbeiten. Jetzt ging es erst mal an Bild Nummer acht.

Ein väterlicher Ratschlag

Die Arbeit im Weinkeller war für Oliver nicht Beruf, sondern Berufung. Er liebte diese Arbeit. Aus Trauben, die er über das Jahr hinweg gepflegt und schließlich geerntet hatte, einen Wein zu schaffen, der Menschen begeisterte – das war eine großartige Aufgabe. Zumindest an den meisten Tagen im Jahr.

Heute aber war er nicht bei der Sache. Ihm fiel es schwer, sich zu konzentrieren. Da war diese leise Stimme in seinem Kopf, die gehässig immer wieder das Gleiche erzählte: Bist du dir sicher, dass Katie das Gleiche empfindet wie du? Warum hat sie noch nie angesprochen, dass man zusammenziehen könnte? Ist es nur die Arbeit in der Pension, die sie davon abhält?

Oliver hasste diese Stimme. Aber davon wurde seine Unsicherheit auch nicht weniger. Und da war noch etwas, das ihm zu schaffen machte: Theo Engels. Mit einem wütenden Schnaufen nahm Oliver eine Kiste mit Weinflaschen und wuchtete sie in ein Regal. Normalerweise half ihm anstrengende Arbeit dabei, aus dem Grübeln herauszukommen, aber in diesem Fall war das nutzlos. Theo war ein netter Kerl – gar keine Frage. Aber womöglich ein bisschen zu nett. Theo war mittlerweile seit Monaten Single, und er war ständig mit Katie zusammen. Oliver hatte doch genau gesehen, wie Theo Katie immer anschaute, wenn sie mal nicht darauf achtete. Und jetzt fuhr Theo wie selbstverständlich auch noch jeden Morgen Emma zur Schule. Von den Blumen auf Katies Schreibtisch ganz zu schweigen. Ja, davon hatte ihm Elke brühwarm erzählt.

Ob Katie das gar nicht merkte? Oliver nahm die nächsten Flaschen und legte sie in einen Versandkarton. Dabei wäre ihm fast eine Flasche auf den Boden gefallen, weil er sie nur auf der Tischkante abgestellt hatte. Zum Glück konnte er das Unheil gerade noch verhindern. Mist! Wenn er so weitermachte, würde er wirklich Probleme mit den Lieferungen bekommen. Er musste mit irgendjemandem darüber sprechen. Im Grunde war dieses Gespräch schon lange überfällig, schließlich hatte er es verbockt.

***

»Junge, reden wir nicht lange um den heißen Brei herum: Du hast es verbockt. Nicht nur ein bisschen. Nein, Himmelarsch, du hast es gründlich verbockt.«

»Danke, Papa, das hilft mir jetzt unglaublich weiter.«

Erwin Körten-Buschmeier ließ die Heckenschere sinken, mit der er gerade noch resolut ein paar Zweige für den Kompost klein geschnitten hatte, und schob seinen Cordhut aus der Stirn.

»Was erwartest du, Oliver? Dass ich vor Freude um den Komposthaufen tanze, nachdem du mir erklärt hast, dass deine bevorstehende Hochzeit mit Katie nur eine vage Idee von dir ist? Hast du mal darüber nachgedacht, dass ich mich Ostern zum Affen gemacht habe, weil ich stolz erklärt habe, dass mein neuer Tweedanzug für eure kirchliche Trauung gedacht ist? Und jetzt erfahre ich, dass ich diesen Tweedanzug womöglich für die nächsten Jahre gar nicht benötige, und vielleicht nie?«

»Ich weiß, das war ein Fehler, Papa. Ich konnte ja nicht ahnen, dass du direkt nach Koblenz fährst, um groß einzukaufen. Darum geht es aber doch jetzt auch gar nicht. Ich habe dir alles erzählt, weil ich deinen Ratschlag brauche.«

»Mann, Mann, Mann, du bist doch erwachsen. Wie kann ein erwachsener Mann den Karren so dermaßen gegen die Wand fahren?«

Das wollte Oliver natürlich nicht auf sich sitzen lassen. »Moment mal, ich bin immer noch mit Katie zusammen, wir lieben uns, daran gibt es keinen Zweifel, aber …«

»Aber was?«

»Aber ich frage mich, warum sie ein Problem mit dem nächsten Schritt hat. Und dann ist da noch Theo Engels.«

»Oha, daher weht also der Wind. Junge, weißt du, was deine Mutter immer gesagt hat? Eifersucht ist eine Leidenschaft, die mit Eifer sucht, was Leiden schafft. Und deine Mutter war eine kluge Frau, klüger als wir beide zusammen. Gott, wie ich sie vermisse.«

Oliver nahm die Schubkarre, in die sein Vater die Zweige geschnitten hatte, und leerte sie auf dem Komposthaufen aus. Er stellte die Schubkarre zurück, bevor er nachdenklich erwiderte: »Du hältst es für einen Fehler, dass ich mir um Theo Gedanken mache, nicht wahr?«

»Absolut. Katie ist eine bemerkenswerte Frau, und ich bin überzeugt davon, dass sie dir reinen Wein einschenken würde, wenn sie Zweifel an ihren Gefühlen hätte. Katie würde dich nie hintergehen, also sind solche eifersüchtigen Gedankenspiele reine Zeitverschwendung.«

»Gut, und hast du auch eine Idee, was ich tun soll?«

»Mach ihr einen Heiratsantrag, Herrgott noch mal. Aber

richtig, nicht halbherzig und praktisch nebenbei. Beeindrucke Sie, überrasche sie meinethalben mit etwas Besonderem. Und mach es möglichst schnell.«

»Warum schnell?«

Erwin klopfte seinem Sohn auf die Schulter. »Ich bin ein alter Mann, und ich möchte gerne noch Enkel sehen. Außerdem möchte ich mir den teuren Tweedanzug nicht umsonst gekauft haben.«

»Boah, Papa!«

»Ja, was denn, wenn es doch wahr ist. Gibt es irgendetwas, das Katie sich besonders wünscht?«

»Nein, sie hat ja auch alles … das heißt, warte mal …«

»Ist dir gerade etwas eingefallen? Solltest du womöglich doch den Verstand deiner Mutter geerbt haben?«

Oliver lächelte seinen Vater breit an und umarmte ihn. »Rosen, Papa. Ich brauche richtig viele Rosen.«

Und wie sieht die Zukunft aus?

Mit gemischten Gefühlen betrat Heidi das Krankenhaus und folgte den Hinweisschildern zur Kardiologie. Sie freute sich darüber, dass Jean-Pierre heute entlassen wurde. Was aber blieb, war die Unsicherheit, wie es weitergehen sollte. Ihr war klar, dass er nie wieder in einem normalen Küchenbetrieb arbeiten konnte. Aber wusste er das auch? Und sie würde alles daransetzen, dass er nicht wieder in dieses tiefe Loch aus Selbstmitleid fiel. Eine schwierige Zeit lag vor ihnen, so viel war klar.

Nach dem Frühstück hatte sie mit Jean-Pierre telefoniert, munter und zufrieden hatte er da geklungen und ihr versichert, dass es ihm blendend gehe. Er habe seine Sachen bereits gepackt, würde nur noch das Abschlussgespräch mit Dr. Keiler führen und sei dann bereit, abgeholt zu werden.

Sie meldete sich bei der Mitarbeiterin am Empfang an und nahm dann im Wartezimmer Platz. Der Unterschied zwischen diesem Zimmer und dem Wartebereich der Notaufnahme hätte kaum größer sein können. Hier gab es gedämpftes Licht, bequeme Stühle, eine ansprechende Anzahl von Zeitschriften und sogar einen Kaffeeautomaten. Heidi überlegte, ob sie noch einen Milchkaffee trinken sollte, da betrat schon Jean-Pierre das Wartezimmer, eine Reisetasche in der Hand und ein breites Lächeln im Gesicht.

»Bonjour, ma chérie. Da bin isch. Bereit für die neue 'eldentaten.«

Heidi küsste ihn zärtlich. »Du dummer, kleiner Franzose. Ich habe dir doch gleich gesagt, dass du auf dich aufpassen sollst, schließlich brauche ich dich noch.«

»Isch weiß, isch weiß, und es tut mir leid. Lass uns gehen, isch 'asse Kranken'äuser.«

Der Himmel draußen war bedeckt, aber die Luft war angenehm mild.

»Lass uns ein Stück spazieren gehen«, schlug Heidi vor. Sie stellte die Reisetasche ins Auto.

Arm in Arm schlenderten die beiden danach zur Mosel hinunter. Jetzt, am späten Vormittag mitten in der Woche, waren hier nur wenige Touristen unterwegs.

»Wie fühlst du dich, Jean-Pierre?«

»Körperlisch? Wirklich gut, nur meine Ego 'at gelitten, schrecklisch gelitten.«

»So?«

»Komm, 'eidi, setzen wir uns dort auf die Bank.«

Als sie saßen, legte Jean-Pierre seinen Arm um ihre Schultern.

»Isch 'abe eine Fehler gemacht. Dr. Keiler 'at keine Blatt vor die Mund genommen. Isch weiß jetzt, was mir blüht, wenn isch nicht etwas ändere. Es war eine Schuss vor die Bug, und isch 'abe nicht vor, wie Napoleon unterzugehen.«

»Ach, Jean-Pierre, das alles tut mir schrecklich leid. Während du bei Sophie im Bistro geholfen hast, warst du so glücklich. Glücklicher als in den ganzen Wochen vorher.«

»Eine Idiot, das bin isch gewesen. 'abe misch selbst bedauert und disch unglückisch gemacht. Isch 'abe eine Entscheidung getroffen. Es gibt zwei Dinge, die isch tun werde.«

»Tatsächlich? Und die wären?«

»Nummer eins: Keine Alkohol, außer zu die Abendessen. Gesund leben, keine Selbstmitleid. Isch werde schon finden, was misch auf die Trab hält, ohne das meine 'erz aus die Trab kommt.«

Heidi stiegen Freudentränen in die Augen, das war mehr, als sie zu hoffen gewagt hatte. Sie schniefte einmal leise. »Und was ist die Nummer zwei?«, fragte sie mit belegter Stimme.

»Die Nummer zwei ist noch einfacher.« Jean-Pierre nahm seinen Arm von ihrer Schulter, drehte sich zu ihr und ergriff ihre Hände. »Isch will disch endlich 'eiraten, 'eidi Schwarzbeck. Wir gehen jetzt los und kaufen uns Ringe.«

»Aber, Jean-Pierre …«

»Du kannst nichts dagegen sagen, isch 'abe eine schwache 'erz, das ist jetzt offiziell. Wenn wir nischt kaufen die Ringe sofort und auf die Stelle, isch rege misch vielleischt unnötig auf.«

Anstelle einer Antwort zog Heidi ihn an sich und küsste ihn. Als sie sich wieder voneinander trennten, sagte Jean-Pierre leise: »Mon dieu, das bringt die krankeste 'erz in Schwung.«

***

»Emma? Emma, wo bist du?«

»In der Küche, Mama!«

Emma stand am Herd und rührte in einem Topf.

»Was machst du da?«, fragte Katie und trat näher.

»Du hast doch für heute Abend Heidi und Jean-Pierre zum Essen eingeladen.«

»Stimmt, und Oliver wird auch dazukommen. Heidi hat Jean-Pierre heute aus dem Krankenhaus abgeholt, und ich dachte mir, dass es nett wäre, für die beiden zu kochen.«

»Das dachte ich auch, und deshalb habe ich mir ein Suppenrezept aus dem Netz geholt und nach der Schule die Zutaten eingekauft.«

»Oh, wie lieb von dir.« Katie schnupperte in Richtung Topf. »Es riecht köstlich.«

»Eine französische Gemüsesuppe mit Krabben. Sie ist fast fertig. Ich habe mir gedacht, wir könnten Baguette dazu essen. Was wird es denn sonst noch geben?«

»Ich habe unten im Backofen zwei Putenbraten, dazu Ofengemüse und kleine Kartoffeln mit Rosmarin. Deine Suppe als Vorspeise passt also ideal.« Katie küsste ihre Tochter sanft auf die Wange. »Ich finde es wirklich nett, dass du an Heidi und Jean-Pierre gedacht hast.«

»Die beiden sind immer so furchtbar lieb zu mir, vor allem Heidi.«

»Selbstverständlich ist das trotzdem nicht. Achte du auf deine Suppe, ich decke schon mal den Tisch.«

***

Es war eine fröhliche Runde an diesem Abend. Alle lobten Emmas Suppe. Und als Jean-Pierre verkündete, dass er dieses Rezept unbedingt in sein Repertoire aufnehmen müsse, glühte Emmas Gesicht vor Stolz.

Nach dem Abendessen saßen alle mit einem Glas Wein im Wohnzimmer zusammen. Wein für die Erwachsenen, Traubensaft für Emma. »Und wie geht es jetzt weiter mit deiner Herzerkrankung, Jean-Pierre? Was sagen die Ärzte?«, fragte Oliver.

»Es wird geben eine weitere Untersuchung mit Eingriff an die 'erz. Minimalinvasiv, vermutlisch in zwei, drei Wochen. Der Termin steht noch nischt fest.«

»Und danach?«

Auf Olivers Frage hin wiegte Jean-Pierre ein wenig ratlos den Kopf. »Eine gute Frage. Isch weiß nischt.«

»Sicher ist, dass Jean-Pierre nicht wieder in einem Restaurantbetrieb arbeiten kann«, warf Heidi ein.

»Und das ist schade, weil die Arbeit in die Küsche ist eine Teil von mir.«

»Muss es denn ein Restaurantbetrieb sein?« Bei Emmas Frage richteten sich alle Blicke auf sie.

»Was meinst du genau?«, fragte Katie.

»Also eigentlich ist es doch einfach: Jean-Pierre möchte gerne kochen, aber in einem Restaurant wie bei Sophie ist das zu stressig. Für sich alleine zu kochen, zählt aber nicht.«

»Wenn du das so sagst, klingt es furchtbar simpel«, sagte Jean-Pierre.

»Ist es im Grunde auch«, Emma lächelte triumphierend. »Du musst mit anderen kochen, aber ohne den Stress. In Cambridge gibt es zum Beispiel ein Restaurant, wo Gäste unter Anleitung ihr Abendessen selbst zubereiten. So eine Art Kochkurs mit anschließendem Dinner. Warum organisierst du nicht auch so einen Dinnerclub? Du könntest dir die Rezepte ausdenken, den Leuten Kochen beibringen und hättest deinen Spaß.«

»Eine Dinnerclub … Aber wo soll isch das tun?«

»Na, das ist doch ganz einfach. Natürlich bei mir in der Pensionsküche«, antwortete Katie. »Die Küche ist groß genug, und sie ist perfekt ausgestattet. Ich könnte auf die Art sogar meinen Pensionsgästen ein weiteres Highlight anbieten.«

»Mon dieu, was für eine formidable Idee.«

Jean-Pierre warf Emma einen Luftkuss zu. »Du bist eine kluge junge Frau, Emma O'Neill.«

Oliver hob sein Glas. »Auf den neuen Dinnerclub.«

Die ganze Runde stieß lachend mit ihm an.

Zwei E-Mails an Brian

Lieber Brian,

die zurückliegenden Tage waren ganz schön hektisch – entschuldige, dass ich mich jetzt erst bei dir melde. Ich bin ja so froh, dass ihr beide ähnliche Erfahrungen mit Emma gemacht habt. Ehrlich, ich war besorgt. Schließlich hatte ich in den letzten Jahren keinen Anteil an der Erziehung unserer Tochter, und ich wollte doch nichts falsch machen.
Ja, es ist nicht immer alles leicht mit Emma, aber ich muss auch sagen, dass wir beide ein ganz wundervolles Mädchen haben.
Ich bin so dankbar, dass ihr, du und Sheila, euch in den letzten Jahren so um sie gekümmert habt.
Zwischen Emma und mir hat es während ihres Aufenthalts nur einmal richtig geknallt, aber vielleicht war das auch nötig. Jedenfalls habe ich den Eindruck, dass sie einige Entscheidungen, die wir in der Vergangenheit getroffen haben, jetzt besser versteht. Gestern Abend ha-

ben wir mit Freunden zusammen gegessen. Erinnerst du dich noch an Heidi Schwarzbeck, meine ehemalige Chefin? Die war auch mit dabei. Und Emma, unsere geliebte Emma, war es, die den zündenden Gedanken hatte, um ein Problem von Heidi zu lösen. Wie du siehst, es besteht durchaus noch Hoffnung, dass aus unserem pubertierenden Teenager eine großartige junge Frau wird. ☺

Als am Ende alle gegangen waren, eröffnete mir Emma, dass sie gerne in den Herbstferien noch einmal nach Deutschland kommen möchte. Wäre das für dich okay? Mir würde es sehr viel bedeuten.

Lass von dir hören!

Bis bald

deine Katie

Hi Dad,

Leute in meinem Alter schreiben ja nicht so oft E-Mails, das ist viel zu förmlich, so oldschool irgendwie. Aber heute mache ich mal eine Ausnahme, ich möchte nämlich eine besondere Frage stellen.

Ich habe eine Idee: Möchtest du nicht mit Mum dieses Jahr Weihnachten in Deutschland an der Mosel feiern? Ich habe gehört, Weihnachten in Wümmerscheid-Sollensbach soll etwas ganz Besonderes sein. Meinst du, Mum würde das auch gefallen? Fragst du sie bitte?

Das wäre bestimmt toll: In der Pension ist genug Platz, und es ist wirklich ein superschönes Haus. Meine Mama – ja, ich sage jetzt Mama zu Katie – würde sich auch freuen, ich habe schon mit ihr gesprochen.

Du ahnst nicht, wie froh ich bin, dass alles so gekommen ist. Dass ich jetzt hier bei meiner Mama sein darf, und dass ich gleichzeitig dich und Mum habe. Meine englische Mum und meine deutsche Mama. Wer hat das schon? Was war ich nur für ein dummes Huhn, dass ich das nicht viel früher verstanden habe. Na ja, zum Glück ist das jetzt vorbei.

Ach bitte bitte bitte lass uns das so machen, ja?

Liebe Grüße

deine Emma

Achtzehn Meisterwerke

Der große schwarze Transporter bremste vor der Pension, dicht gefolgt von dem Porsche Cayenne, der rücksichtslos einfach quer vor dem Haupteingang der Pension hielt.

»Da wären wir. Wer hätte gedacht, dass ich diese trostlose Gegend noch ein zweites Mal aufsuchen würde? Zum Glück wird unser Aufenthalt nicht lange dauern.«

Bettina Sauer sprach ein stummes Dankgebet. Endlich war die Fahrt mit ihrem Chef zu Ende.

»Also los. Zeit ist Geld, ich habe heute Abend noch ein Essen mit Investoren, denen würde ich gerne einen Vorgeschmack auf den Württemberg-Zyklus geben. Ich bin gespannt auf deren Gesichter.«

Einmal mehr erwartete Patrick Drohsten junior keine wirkliche Antwort, deshalb beschränkte sich Bettina auf ein zustimmendes »Mhhm«. Sie stieg aus, öffnete den Kofferraum und nahm eine Reisetasche heraus.

»Sagen Sie mal, Frau Sauer. Ich wollte Sie das schon bei der Abfahrt fragen: Was soll die Tasche?«

»Sehen Sie, Herr Drohsten, diese trostlose Gegend hier,

wie Sie sie nennen, ist mein Heimatort. Ich bin hier groß geworden. Und tatsächlich habe ich Urlaub eingereicht und werde ein paar Tage in dieser Pension wohnen. Sie haben den Antrag doch selbst genehmigt.«

»Sie machen Witze!«

»Meinen Sie den Punkt mit dem Heimatort oder meinen Urlaub?«

Drohsten schnaufte empört, sparte sich aber eine Antwort. »Sie wollen also nicht mit zurückfahren?«

»Exakt. Wir werden uns tatsächlich erst Ende der nächsten Woche wiedersehen.«

»Aber die Investorenkonferenz …?«

»Ist bis ins kleinste Detail vorbereitet, meine Urlaubsvertretung weiß Bescheid.«

»Na gut, wenn es Ihnen Spaß macht, hier …«

»Oh, da machen Sie sich nur keine Sorgen. Spaß werde ich ganz sicher haben.«

Statt einer Antwort brummte Patrick Drohsten junior ungehalten und bellte dann in Richtung Transporter: »Bisschen Tempo, die Herren, wir wollen ja nicht ewig hierbleiben. Bringen Sie die Luftpolsterfolie und die Packdecken mit.«

Der Fahrer und sein Beifahrer stiegen aus und beeilten sich, Drohsten mit den Verpackungsmaterialien ins Haus zu folgen.

Dass es ihr gelungen war, ihren Chef wenigstens ein Mal sprachlos zu machen, erfüllte Bettina mit einer gewissen Genugtuung. Sie nahm ihre Reisetasche und betrat hinter den Männern die Pension.

In der Halle wartete bereits Ronald Willem. An einer Wand lehnten achtzehn große Leinwände.

»Mein lieber Willem, da bin ich, und wie ich sehe, haben Sie Ihren Auftrag erfüllt. Meine Männer werden jetzt die Leinwände verladen.« Drohsten baute sich vor den Bildern auf und betrachtete sie mit schief gelegtem Kopf, während sie von seinen Angestellten eins nach dem anderen eingehüllt und zum Transporter getragen wurden.

»Sensationell! Einfach sensationell. Der Württemberg-Zyklus wird in die Kunstgeschichte eingehen, so viel steht fest.«

In Bettinas Augen sahen die Leinwände aus, als hätte der Künstler lediglich wild herumgekleckst, aber sie hütete sich, ihre Meinung zu sagen.

»Ich bin froh, dass Sie mit meiner Arbeit zufrieden sind, Herr Drohsten«, antwortete Roland Willem und deutete eine Verbeugung an.

»Zufrieden? Ich bin mehr als zufrieden, ich bin überwältigt. Ich habe bereits zwei Unternehmenstöchtern von Ihrer Arbeit vorgeschwärmt, und beide haben großes Interesse daran, mit Ihnen zusammenzuarbeiten.«

»Da muss ich Sie leider enttäuschen, Herr Drohsten. Ich werde mir eine kleine kreative Auszeit gönnen, zumindest was meine Arbeit im Bereich der Corporate Art betrifft.«

»Aber Herr Willem, das können Sie mir nicht antun.«

»Sehen Sie es doch einmal so, Herr Drohsten: Der Württemberg-Zyklus wird vorerst das letzte Werk von mir in diesem Bereich sein. Es dürfte damit doch deutlich an Wert gewinnen.«

Patrick Drohsten junior rieb sich schmunzelnd das Kinn. »An Wert gewinnen, sagen Sie. Sicher, da ist was dran. Natürlich, wenn man das so sieht. Also gut, ich hoffe, Sie überlegen es sich noch einmal. Wenn Sie so weit sind, melden Sie sich bei mir.«

Drohsten schüttelte Ronald Willem die Hand und folgte dann seinen Mitarbeitern, die in der Zwischenzeit die letzte Leinwand verladen hatten. In der großen Eingangstür drehte er sich noch einmal um. »Ach, Frau Sauer, richtig, Sie bleiben ja noch. Wir sehen uns dann in einer Woche.«

Als er aus der Halle verschwunden war, atmete Bettina einmal tief durch. Sie wandte sich an Roland Willem. »Ich muss mich bei Ihnen für das Verhalten meines Chefs entschuldigen. Wie er Sie behandelt hat, war nicht richtig.«

»Wissen Sie, Frau Sauer, er hat jetzt seine achtzehn Meisterwerke, und ich habe meinen Seelenfrieden. Ich werde wohl hier noch weiterarbeiten, aber nicht für Drohsten.«

»Und ich bleibe ebenfalls. Ich bin in dieser Gegend groß geworden. Theo Engels ist ein alter Freund von mir.«

»Gute Güte, das habe ich ja ganz vergessen«, Ronald Willem schlug sich mit der flachen Hand gegen die Stirn, »ich soll Ihnen von Herrn Engels ausrichten, dass er spätestens am Mittag wieder zurück ist. Sie haben das Zimmer zwölf, der Schlüssel liegt dort auf der Rezeptionstheke, und er würde sich freuen, wenn Sie es sich auf der Terrasse bequem machen.«

»Oh, danke. Ist denn Frau Sheridan nicht im Haus?«

»Nein, die ist ebenfalls kurz unterwegs. Deswegen hat mir Herr Engels ja auch die Nachricht an Sie aufgetragen.«

Bettina fand den Schlüssel auf der Theke, stellte ihre Reisetasche in ihrem Zimmer ab und schlenderte dann nach draußen auf die Terrasse. Das Bild, das sich ihr bot, hatte viel Ähnlichkeit mit einem der Landschaftsaquarelle, die Ronald Willem in der letzten Zeit gepostet hatte. Sie fühlte eine Ruhe, wie sie sie seit Wochen nicht gespürt hatte. Ja, das war die richtige Entscheidung gewesen, dachte sie zufrieden.

***

»Wie ich sehe, hat Herr Willem dir alles ausgerichtet.« Theo trat auf die Terrasse.

Bettina, die sich einen Liegestuhl genommen hatte, stand auf, um ihn zu begrüßen. Die beiden umarmten sich.

»Schön, dass du gekommen bist, Bettina.«

»Glaub mir, Theo, ich bin sehr froh, hier zu sein.«

»Hat alles mit der Übergabe der Meisterwerke geklappt?«

»Mein Chef ist sinnlos begeistert. Aber du hättest sein Gesicht sehen sollen, als ihm klar wurde, dass er alleine zurückfahren muss.«

»Du bleibst also wirklich eine ganze Woche?«

Bettina bemerkte die Freude in Theos Augen. »Ja, ich wurde schließlich zum Tanz in den Mai eingeladen.«

»Ja, das wurdest du. Was hältst du davon, wenn wir heute Abend zusammen essen gehen? Oder hast du andere Pläne?«

»Nein, habe ich nicht. Überhaupt gibt es nur ganz wenige Pläne. Du darfst gerne Vorschläge machen.«

»Also gut, dann beginnen wir mal damit, dass ich dich um halb sieben in der Halle abhole.«

***

Der Waldweg oberhalb von Wümmerscheid-Sollensbach bot einen wunderbaren Blick über das Dorf und die Felder. Es war eine sternenklare Nacht, irgendwo aus dem Dunkel tönte der Ruf eines Käuzchens. Bettina und Theo gingen schweigend eng nebeneinander über den Weg. In den letzten Stunden hatten sie geredet. Über ihre unterschiedlichen Lebenswege, darüber, was alles passiert war, seit sie sich aus den Augen verloren hatten. Man kann sich mit Theo wundervoll unterhalten, dachte Bettina, und man kann herrlich mit ihm schweigen.

»Das hier ist meine Lieblingsstelle.« Theo blieb stehen. Er hatte recht, das nächtliche Panorama war wundervoll. Die Laternen unten im Dorf schimmerten wie kleine Edelsteine, und über allem spannte sich ein unendlich weiter Sternenhimmel. Bettina seufzte, lehnte ihren Kopf an Theos Schulter und griff nach seiner Hand. »Ich habe das alles hier sehr vermisst«, murmelte sie, »ich glaube, ich werde mir eine neue Arbeitsstelle suchen müssen. Wenn diese Woche vorbei ist, werde ich unmöglich bei Drohsten weiterarbeiten können.«

»Wer weiß, was passiert, wenn diese Woche vorbei ist«, flüsterte Theo in ihr Haar.

»Ja, wer weiß das schon.«

Auf zu neuen Ufern

Ronald Willem war beeindruckt. Und das passierte ihm weiß Gott nicht so oft. Das Haus, oder besser gesagt das Anwesen des Ehepaars von Fahrensbeck hätte auch als gräfliches Anwesen irgendwo in England durchgehen können. Offenbar war hier nicht nur alter Adel zu Hause, sondern alter Adel, der über reichlich Geld verfügte. Roland stellte den Motor aus und blinzelte durch die Seitenscheibe seines Transporters. Das Gebäude, das sich rechts von ihm erhob, wurde offenbar sorgfältig instandgehalten. Jenseits des Parkplatzes erstreckte sich ein ausgedehnter Park, sein Blick schweifte über Blumenrabatten, makellos gepflegte Rasenflächen und einige anmutig gestaltete Baumgruppen.

Weiter hinten bewegte sich etwas zwischen den Bäumen. Eine dunkelgrün gekleidete Männergestalt wurde sichtbar und schritt über den Rasen, gefolgt von einem zweiten Mann, der eine mit Pflanzenresten beladene Schubkarre vor sich her schob. Roland stutzte einen Moment und lachte dann leise. Na klar. Nicht nur das Haus wurde professionell gepflegt, hier wurden auch Gärtner beschäftigt.

Und so jemand führte eine kleine Boutique in Wümmerscheid-Sollensbach? Dass Rita von Fahrensbeck Geschmack besaß, war ihm schon bei seinem Besuch in ihrem Laden aufgefallen, aber hier konnte er bestaunen, was dabei herauskam, wenn Geschmack und genügend Geld Hand in Hand gingen.

Mit klopfendem Herzen stieg Ronald aus, erklomm die steinerne Freitreppe und drückte den Klingelknopf aus Messing. Irgendwo tief im Inneren des Hauses ertönte ein Gong.

Ronald hätte sich nicht gewundert, wenn ihm ein Butler in Livree die Tür geöffnet hätte. Stattdessen stand vor ihm ein Mann Mitte sechzig, braun gebrannt, sportlich-schlank und leger mit Polohemd, Jeanshose und Bootsschuhen bekleidet. Das volle weiße Haar trug er seitlich gescheitelt.

»Herr Willem, pünktlich auf die Minute, wie erfreulich.« Sein Lächeln hätte jedem Hollywood-Star Ehre gemacht. »Treten Sie doch bitte ein.«

»Ja, guten Abend, ich … ähm …« Ronald war normalerweise nicht jemand, der nach Worten suchte, aber dieses Anwesen und das respekteinflößende Äußere seines Gegenübers ließen ihn stammeln. So fragte er schließlich anstelle einer Begrüßung: »Kennen wir uns denn schon?«

»Aber nein. Rita hat mir allerdings bereits alles über das Treffen mit Ihnen berichtet, und im Übrigen steht Ihr Name unübersehbar auf Ihrem Transporter. Es war also nicht allzu schwierig herauszufinden, mit wem ich das Vergnügen habe. Bitte, kommen Sie doch herein.«

»Ach so, natürlich. Entschuldigen Sie bitte, Ihre Begrüßung hat mich gerade doch ein wenig überrumpelt. Herr Graf …«

»Ich bitte Sie, den Grafen können wir uns sparen.« Der Hausherr drückte die Tür hinter ihnen ins Schloss. »Ich zucke schon immer zusammen, wenn meine Jagdpächter damit anfangen. Konstantin Ferdinand von Fahrensbeck. Sagen Sie gerne Konstantin. Ich wette, Rita hat Ihnen längst das Du angeboten. Macht sie immer, und ich habe dann das Nachsehen und muss erst umständlich klarstellen, dass ich mich dem anschließen möchte. Ich will schließlich nicht als der Stocksteife in unserer Ehe dastehen.« Konstantin lachte, und sein Lachen hallte als vielfaches Echo in der mit Marmor und Eichenholz ausgekleideten Eingangshalle wider.

»Ronald, mein Name ist Ronald. Herzlichen Dank für die Einladung.«

»Wir haben zu danken, Ronald. Komm mit, Rita und ich haben es uns gerade mit einem Glas Riesling auf der Terrasse gemütlich gemacht. Ein kleines Gläschen trinkst du doch sicher mit, trotz des Transporters – oder?« Konstantin zwinkerte Ronald zu. »Ich weiß aus verlässlicher Quelle, dass unsere Polizei auf den Feldwegen zwischen unserem Anwesen und dem *Gutshof Moselthal* keine Kontrollen durchführt. Außerdem hat mich Rita genötigt, den Grill anzuwerfen, weil sie gleich zu ihrem herrlichen Sommersalat noch ein paar Steaks zaubern möchte. Du bleibst doch sicher zum Essen?«

Ronald schwirrte der Kopf. »Ja, aber ... also, ich möchte Ihnen ... äh ... euch keine Umstände machen.«

»Umstände? Ach was, ein Steak mehr macht keine Umstände. Rita würde mir den Kopf abreißen, wenn ich dich nicht zum Essen überreden würde. Da lässt sie nicht mit sich spaßen. Also, schon um meiner Gesundheit willen, sag bitte ja.«

»In diesem Fall werde ich wohl nichts anderes tun können, als zuzustimmen. Ja, ich bleibe sehr gerne zum Essen.«

»Perfekt, und jetzt auf zu unserem Riesling.«

***

Ronald lehnte sich zurück. Ein alter Spruch seines Großvaters schoss ihm durch den Kopf: »Müde und satt, schön is dat«. Ja, so fühlte er sich gerade: als willkommener Gast, der fürstlich bewirtet worden war. Denn es war natürlich nicht nur bei einem Steak und einem Sommersalat geblieben, Rita hatte dazu auch noch verschiedene Beilagen, Dips und Brot serviert.

»Nun aber doch mal zum Geschäftlichen, lieber Ronald«, begann Konstantin, während er sich gemächlich eine Pfeife stopfte. Er hob sie fragend hoch. »Was dagegen, wenn ich die anzünde? Nein? Prima, Rita erlaubt nämlich nicht, dass ich im Haus Pfeife rauche.«

»Das wäre ja noch schöner, den ganzen Rauchgestank im Zimmer braucht doch kein Mensch«, bestätigte Rita von ihrem Platz aus. Sie lächelte ihren Gatten dabei aber so liebevoll an, dass ihren Worten jede Schärfe genommen wurde. Ronald hatte das Gefühl, dass die beiden diesen Dialog nicht zum ersten Mal führten.

Genießerisch zündete Konstantin die Pfeife an und stieß ein paar dichte Rauchwölkchen aus. »Ich muss gestehen, dass mir deine abstrakten Werke schon recht gut gefallen haben, aber die neuen Landschaftsaquarelle – Hut ab. Die Bilder haben Stimmung und Tiefe, wenn ich das mal sagen darf.«

»Herzlichen Dank. Diese Landschaft hier hat in mir eine ganz neue Saite zum Schwingen gebracht«, gestand Ronald.

»Eine Saite, die ich so nie erwartet hätte. Könntest du dir vorstellen, noch mehr solcher Bilder zu malen?«

»Warum nicht? Solange ich das Ganze nicht unter Druck tun muss. Ich habe sogar schon mit dem Gedanken gespielt, für längere Zeit hier an der Mosel zu arbeiten. Die Jahreszeiten machen mich neugierig, ich stelle mir stürmische Herbsttage vor, Weinberge im Winter – herrlich. Allerdings wird es mit der Unterkunft wohl nicht so leicht werden, ich würde ungern meine Wohnung und mein Atelier in der Stadt aufgeben. Andererseits müsste ich mich immer mal wieder für mehrere Wochen hier in der Gegend aufhalten.«

»Also, da kann dir geholfen werden«, mischte sich Rita ein, die gerade zwei Windlichter aus dem Haus geholt hatte und sie jetzt mit angezündeten Kerzen auf dem Tisch platzierte. »Konstantin, der Grundlach hat doch erst neulich erwähnt, dass er seine Ferienwohnung am Sollensbacher Bruch am liebsten dauerhaft vermieten möchte.« Erklärend wandte sich Rita an Ronald. »Herr Grundlach ist unser Jagdpächter, und seine Ferienwohnung ist nicht übel. Ein großer Wohnraum, ein einfaches Schlafzimmer, Bad und Kochnische. Ihm sei die Arbeit rund um das Vermieten an Feriengäste zu lästig, hat er mir gesagt.«

»Stimmt, das hat er erwähnt, daran habe ich gar nicht mehr gedacht«, sagte Konstantin. »Also, Ronald, gehen wir doch mal davon aus, dass wir eine Bleibe für dich finden, in der du unterkommst, während du hier arbeitest.«

»Das wäre natürlich großartig. Bleibt aber die Frage nach dem Verkauf meiner Bilder. Wisst ihr, es geht mir um die Kunst, aber man muss ja auch von etwas leben. Es wäre mir schon sehr recht, wenn ich mit der Landschaftsmalerei ein gewisses Einkommen hätte.«

»Das kann ich gut verstehen. Darüber habe ich auch schon nachgedacht. Ich habe zwei ausgezeichnete Kontakte in Japan und einen Ansprechpartner in China, mit denen ich seit vielen Jahren vertrauensvoll zusammenarbeite. Ich weiß verlässlich, dass alle drei Kontakte wiederum mehrere Kunsthändler an der Hand haben. Deine Bilder wären dort sehr gefragt.«

Ronald überschlug im Kopf, wie lange er an einem Bild arbeitete und wie viele er davon verkaufen müsste, um seinen bisherigen Lebensstil beizubehalten.

»Um es deutlich zu sagen«, fuhr Konstantin fort, »ich gehe davon aus, dass die Bilder jeweils für einen fünfstelligen Betrag nach Asien gehen, du hast schließlich einen Namen als Künstler.«

Jetzt musste sich Ronald doch stark zurückhalten, um nicht aufzuspringen und einen Freudentanz auf der gräflichen Terrasse aufzuführen. Er war es gewohnt, dass seine Arbeit fürstlich bezahlt wurde, aber dass das in diesem neuen Genre so bleiben würde, war nicht selbstverständlich. Mit möglichst unbewegtem Gesichtsausdruck erwiderte er: »Nun, das erscheint mir angemessen. Und wie sieht euer Anteil aus?«

Rita lachte leise, und Konstantin zog schmunzelnd an seiner Pfeife.

»Ich weiß, dass es Galerien gibt, die sich ein Drittel und mehr sichern«, begann Rita, »aber ich würde das Ganze selbst abwickeln, natürlich über Konstantins Kontakte, und dafür nur fünfzehn Prozent als Provision berechnen.«

»Fünfzehn Prozent und mindestens zwei Landschaftsbilder für unser Wohnzimmer«, ergänzte Konstantin.

Bei diesem Angebot musste Ronald nicht lange nachdenken. »Einverstanden, ich freue mich auf die Zusammenarbeit.«

»Und wir erst, lieber Ronald«, erwiderte Rita, »ich wollte schon immer richtig ins Kunstgeschäft einsteigen, herrlich. Deine Arbeiten werden ein Gewinn für Wümmerscheid-Sollensbach sein.«

Probelauf für den Dinner-Club

»Es ist doch nur ein Testlauf, Jean-Pierre. Du hast dir jede Menge Gedanken gemacht, wir haben alles vorbereitet, die Küche steht dir zur Verfügung, und falls du wirklich Unterstützung benötigen solltest, hast du eine ehemalige Sterneköchin und ihre ehemalige Jungköchin an deiner Seite … nämlich uns.« Katie schaute zu Heidi, die zustimmend nickte.

»Liebling, es wird großartig.«

»Isch ›abe eusch beide lieb, für die guten Worte und für die Unterstützung, aber eine wenig Lampenfieber ›abe isch doch.«

»Warum? Es sind doch nur handverlesene Gäste da, die dein Konzept mit dir ausprobieren.« Heidi zählte auf: »Ein Ehepaar aus der Pension, Ronald Willem, Johannes Braubart und Hermann Weibold mit ihren Frauen.«

»Jo'annes mit die ›ermann zusammen in die Küche. Mon dieu, wenn das gut geht. Isch fange schon in die Küche an.«

»Aber Liebling, die Gäste kommen doch erst in einer halben Stunde.«

»Genug Zeit, um die scharfen Messer wegzuräumen, man

weiß nie, in welche Stimmung die beiden Chefs von die Dorfverein gerade sind.«

Jean-Pierre verließ den Aufenthaltsraum der Pension, wo er mit Katie und Heidi zusammengesessen hatte, um die letzten Details für den Probelauf des Dinner-Clubs zu besprechen.

»Man sollte nicht glauben, dass dieser Mann mehrere Fernsehshows hatte und für den französischen Staatspräsidenten gekocht hat. Seit dem Frühstück liegen bei ihm die Nerven blank.« Heidi schüttelte mit einem resignierten Schnauben den Kopf.

»Ich denke, es geht hier nicht ums Kochen, sondern um eine Idee, die für ihn so etwas wie die Zukunftsperspektive ist«, erwiderte Katie. »Wenn die Veranstaltung heute gut funktioniert, und davon bin ich überzeugt, dann kann Jean-Pierre das gerne regelmäßig in der Pensionsküche durchführen. Das wird ein Renner, vor allem, wenn die Presse davon erfährt, dass ein ehemaliger französischer Starkoch im fast privaten Kreis Kochtipps gibt.«

»Es hat sich jetzt schon gelohnt«, bestätigte Heidi. »Emmas Idee ist brillant. Jean-Pierre hat in den letzten beiden Tagen Konzepte erarbeitet, als wollte er mit der Dinner-Club-Idee eine ganze Investorengruppe überzeugen. Er hat alles bis ins kleinste Detail geplant. Und genau das ist es, was wichtig ist. Es macht ihm Spaß, aber er hat nicht die Hektik wie in einer Restaurantküche. Mir wäre es ja noch lieber gewesen, wenn er damit erst nach seiner Herzkatheter-Untersuchung begonnen hätte. Aber davon konnte ich ihn nicht abhalten.«

»Es wird schon alles klappen.«

»Und es macht dir auch ganz sicher keine Umstände? Du hast schließlich Gäste, und Jean-Pierre belegt deine Küche.«

»Nein, alles in Ordnung. Das Abendessen ist vorbereitet, die Küche steht Jean-Pierre zur Verfügung. Sobald er mit den

Teilnehmern nach draußen geht, um seine Wildkräuter zu suchen, werden Manni und ich das Abendessen servieren.«

»Wenn du möchtest, helfe ich dabei.«

»Gerne, dann sind wir noch schneller und müssen nicht im Hintergrund arbeiten, wenn Jean-Pierre mit dem Dinner-Club zurück ist.«

***

»Also, ich weiß ja nicht, ob man das alles wirklich essen kann. Sauerampfer, Löwenzahn, Brennnesselblätter ... wir sind doch keine Kaninchen.«

»Johannes Braubart, man sollte nicht glauben, dass du der Erfinder der feinen Leberwurst mit Kräutern bist«, tadelte Hetti Braubart ihren Gatten.

»Schon recht, Hettilein, aber es heißt eben feine Leberwurst mit Kräutern und nicht feine Kräuter mit Leberwurst, da liegt der Unterschied.«

»Nimm dir ein Beispiel an Hermann und Elke, die sind mit ihrem Möhrengrün-Pesto schon fast fertig, während du hier noch herumnörgelst.«

»Möhrengrün-Pesto, noch so ein Punkt in Sachen Karnickel«, brummelte der Metzgermeister. »War ja zu erwarten, dass der Hobelkasper wieder mal den Vorturner macht. Alter Angeber.«

»Johannes!«

»Schon gut, ich bin ja still.«

»Alle bitte mal kurz ›er›ören. Ihr ›abt ganz formidable die Wildkräuter gesucht, und jedes Kochteam kennt seine Aufgabe. Wie isch sehe, sind einige Teams sogar schon mit die Vorbereitungen fast an die Ende. Wenn alle so weit sind, werden wir mit die Kochen beginnen, und isch verspresche euch, es wird delikat. Und nun, weiter bitte. Ran an die Töpfe.«

»Hast du gehört, Johannes? Ran an die Töpfe.« Tischlermeister Hermann Weibold schaute seinen Freund herausfordernd an und grinste breit. »Also, Elke und ich müssen nur noch den Parmesan hobeln, dann beginnen wir mit dem Nudelteig.«

»Hobeln sollte bei dir keine Schwierigkeit sein«, verkündete der Metzgermeister und erntete dafür immerhin ein Kichern seiner Gattin.

»Touché, alter Freund. Pass nur gut auf, wenn du deine Wildkräuter hackst, so ein paar zarte Stängel verlangen mehr Feingefühl als ein Kotelettstrang.«

Jetzt konnte sich auch Johannes Braubart ein Lachen nicht verkneifen. »Irgendwie macht mir dieser Dinner-Club auch Spaß«, erklärte er seiner Frau. Hetti tauschte einen erleichterten Blick mit Elke Weibold aus und nickte Jean-Pierre aufmunternd zu. Unbemerkt von allen wischte sich der kleine Franzose ein paar Schweißtropfen von der Stirn.

***

»Also, meine Hetti und ich, wir haben kleine Quiches mit Wildkräutern zubereitet.« Johannes Braubart deutete auf eine große Servierplatte und strahlte in die Runde.

»Sehr gut, Jo'annes, sehr gut«, lobte Jean-Pierre.

»Als zweiten Gang werden Elke und ich dann selbst gemachte Nudeln mit Möhrengrün-Pesto servieren.« Auch der Tischlermeister glühte vor Stolz.

»Wir haben einen Hackbraten mit Sauerampfer-Pinienkern-Kruste im Ofen, dazu kleine Kartoffeln.« Ronald Willem schaute zufrieden zu Leni und Michael herüber, einem Ehepaar aus Aachen, das mit ihm zusammen gekocht hatte. Beide nickten begeistert.

»Dann bitte zu Tisch, lasst uns probieren von die einzelne Gerischte«, rief Jean-Pierre. »Isch sage nur, bon appétit.«

»Und, wie lief es?« fragte Katie, als sie kurz nach elf Uhr abends in ihre Küche trat. Jean-Pierre und Heidi lehnten an den Arbeitsplatten und hatten beide ein Glas Rotwein in der Hand.

»Hier, trink ein Glas«, sagte Heidi, schenkte Katie ebenfalls Wein ein und stieß mit ihr an.

»Wir haben uns gerade die Bewertungszettel der Teilnehmer angesehen. Alle haben durch die Bank fünf von fünf möglichen Löffeln vergeben. Nur auf diesem Zettel hier steht, dass die Portionen zu klein waren, obwohl alles köstlich geschmeckt hat.«

»Lass mal sehen«, Katie nahm den Zettel vom Tisch. »Ach so. Ich glaube, das ist Johannes' Handschrift. Aber das heißt doch …«

»Das ›eißt, es war eine Riesenerfolg, die Idee mit die Dinner-Club. Ach, es war ›errlisch, die strahlende Gesischter, die glücklischen, satten Menschen.« Jean-Pierre seufzte zufrieden.

Katie hob ihr Glas: »Dann trinke ich auf den weiteren Erfolg des Dinner-Clubs. Herzlichen Glückwunsch, Jean-Pierre!«

Zwei für Katie

Das Gras wuchs im April immer so schnell. Theo kam mit dem Mähen kaum hinterher. Zum Glück hatte er den Aufsitzrasenmäher wieder in Gang bekommen. Jetzt musste er nur noch die Obstwiese in Katies Garten mähen, dann wäre wieder für ein paar Tage Ruhe. Aber was war das? Schon von weitem konnte er sehen, dass sich jemand im Garten hinter den Büschen zu schaffen machte. Ein Mann. Das war ja interessant, das musste er sich gleich mal näher ansehen.

Im Garten angekommen, ließ Theo den Mäher ausrollen und stoppte den Motor. Er spähte hinter das Gebüsch. Ach so, Oliver. Er schlenderte hinüber.

Oliver hatte sein Auto samt Anhänger auf dem Weg abgestellt und eilte gerade wieder zum Wagen. Er kam zurück, dieses Mal schleppte er einen Armvoll Holzpfähle hinter das Gebüsch und wischte sich mit dem Ärmel den Schweiß von der Stirn. Dass er einen Beobachter hatte, war ihm noch nicht aufgefallen. Er ließ die Pfähle fallen, zerrte eine grüne Plane darüber und fing an, das Ganze mit abgeschnittenen Ästen zu bedecken.

»Hi, Oliver.«

Oliver schreckte hoch. Er wirkte wie auf frischer Tat ertappt, sagte dann aber erleichtert: »Oh, du bist es, Theo. Grüß dich.«

»Was machst du denn da?«, fragte Theo neugierig.

»Das wird eine Überraschung für Katie.«

»Ist doch gar nicht nötig, so heimlich zu tun. Katie kommt erst morgen Mittag aus Düsseldorf zurück.«

»Ich weiß, sie ist auf der Gastronomie-Messe, für Bio und Slow Food. Ich brauche aber noch mehr Zeit.«

Theo nickte und wartete.

»Katie wünscht sich einen Rosengarten, so sehr. Das hat sie mir letzte Woche verraten. Ich habe mir überlegt, dass sie am Vorabend des 1. Mai ihren Rosengarten bekommen soll. Das wird sozusagen unser privater Tanz in den Mai.«

»Super Idee.«

»Das Problem ist nur, dass ich noch nicht so weit gekommen bin, wie ich eigentlich wollte. Siehst du, hier hat Katie schon angefangen, die Fläche umzugraben. Das möchte ich noch fertig machen.«

»Und was fehlt noch?«

»Eigentlich nichts, ich habe alles hier.« Oliver schlug eine der Planen zurück. Darunter lagen Rosenstöcke, sorgsam in feuchtes Sackleinen eingehüllt. »Ich habe mir genau gemerkt, was Katie letzte Woche gesagt hat. Sie möchte Rosen mit den Namen Orpheline, Louise, Rosalinde. Duftende Sorten müssen es sein. Am liebsten hätte sie auch noch eine mit dem Namen Katie. Ich habe letzte Woche Stunden am PC verbracht und alles per Express bestellt. Ich habe sie alle hier. Die Orpheline, die Louise, die Rosalinde. Eine Katie habe ich leider nicht entdeckt, deswegen habe ich eine Katharina bestellt. Das ist immerhin Katies Taufname.« Er wies auf seinen Anhänger und sagte: »Ich habe auch alles andere schon besorgt« Er zählte an den Fingern auf: »Einen schmiedeeisernen Rosenbogen, mehrere Säcke mit spezieller Rosenerde, eine Packung Rosendünger, Pfähle und eine Rolle weichen Hanfstrick.«

»Du hast wirklich an alles gedacht«, sagte Theo voller Bewunderung. »Was ist denn dann das Problem?«

»Die Zeit«, sagte Oliver. »Ich schaffe das nicht, das wird nie im Leben bis morgen fertig. Außerdem darf Katie morgen Nachmittag auf keinen Fall in den Garten kommen, dann ist die Überraschung hin. Und ich hatte es mir so schön vorgestellt, zum 1. Mai …« Er ließ die Schultern hängen.

»Ich helfe dir«, sagte Theo kurzentschlossen.

»Das wäre toll, wenn du mitanpacken würdest. Bist du sicher?«

Theo nickte schweigend. Für Katie würde ich alles tun, dachte er. Zum ersten Mal konnte er diesen Gedanken ohne Wehmut denken. Das mit ihm und Katie war eine schöne Phantasie gewesen, mehr aber auch nicht. Es war nie Wirklichkeit gewesen, sie hatte ihre Wahl längst getroffen. Glücklicher Oliver. Und doch, dieser Gedanke schmerzte Theo kaum noch, schließlich war er für den nächsten Abend mit Bettina verabredet. Er freute sich darauf. Und wer weiß, was sich daraus noch entwickeln konnte …

Plötzlich fiel ihm auf, dass Oliver ihn erwartungsvoll anschaute. Natürlich, er wartete immer noch auf eine Antwort. Theo riss sich aus seinen Gedanken und sagte: »Wir fangen ganz früh an. Treffen um halb fünf, zuerst bereiten wir das Beet vor, dann dauert es nicht mehr lange, bis die Sonne aufgeht. Auch vorher ist es ja nicht mehr völlig dunkel.«

***

»Guck mal, was ich gestern Nachmittag in der Gärtnerei in Brennerbach entdeckt habe.« Theo war als Erster ausgestiegen. Kalt war es in der ersten Morgendämmerung, aber es versprach, ein schöner Tag zu werden, und der Himmel im

Osten begann schon hell zu werden. Er reichte Oliver einen einzelnen Blumentopf, aus dem mehrere fast kahle Zweige hervorragten.

Oliver nahm das Schild zwischen Daumen und Zeigefinger und versuchte, die Schrift zu entziffern. »Nee, es ist noch zu dunkel … kann ich nicht lesen.«

»Es ist die Rose Katie. Sie wird dunkel burgunderrot, fast violett blühen, und sie soll süß duften. Kannst du mit dazu pflanzen.«

»Danke, Mann. Das ist das letzte i-Tüpfelchen.« Oliver stellte die Pflanze vorsichtig auf dem Anhänger ab, zog den Reißverschluss seiner Jacke hoch und sagte: »Lass uns anfangen.«

Im Handumdrehen waren die groben Arbeiten erledigt. Das von Katie begonnene Beet war umgegraben, der schmiedeeiserne Rosenbogen zusammengeschraubt und aufgestellt. Sobald es ausreichend hell war, fingen sie an, Löcher zu graben, Pfähle einzuschlagen und die Rosen einzupflanzen.

Sie hielten kurz inne, um einen Becher Kaffee aus der mitgebrachten Thermoskanne zu trinken. Die ersten Sonnenstrahlen trafen auf das neu angelegte Beet und beleuchteten – ein Bild des Jammers.

»Da braucht man aber schon eine Menge Phantasie, um sich hier einen blühenden Rosengarten vorzustellen«, sagte Theo und rieb sich den Nacken.

»Das macht nichts her. Wir haben da gerade dreißig Rosenstöcke versenkt und man sieht …«

»Nichts«, ergänzte Theo.

»Im Gegenteil. Es ist schlimmer als vorher. Zerwühlte Erde, ein paar kahle Äste und ein leerer Rosenbogen, der dumm in der Gegend herumsteht.«

Die beiden brachen in hilfloses Gelächter aus.

»Und jetzt?«, fragte Oliver.

»Ich hab von Katie was gelernt, es ist einer von ihren englischen Sprüchen: Fake it till you make it. Eine beliebte Strategie in der Psychologie. Du kannst zum Beispiel so tun, als ob du total selbstbewusst wärst, dadurch trittst du ganz anders auf, und im Endeffekt wirst du dadurch wirklich mehr Selbstbewusstsein entwickeln. Das ist jetzt so meine persönliche Laien-Version von dem Konzept. Was ich damit sagen will: Wir schummeln einfach, wir machen einen Fake-Rosengarten.«

Olivers Gesicht war ein einziges Fragezeichen. »Und wie machen wir das, bitteschön? Wir können diese kahlen Dinger nicht in wenigen Stunden zum Blühen bringen.«

»Schnittblumen«, stieß Theo hervor. »Der Großmarkt hat schon längst geöffnet. Wir kaufen Rosen.«

Jetzt dämmerte es auch Oliver. Er hastete zu seinem Auto, das er auf dem Weg geparkt hatte. »Der Anhänger – sollen wir ihn abnehmen?«

»Keine Zeit«, keuchte Theo, rannte um das Auto herum und schwang sich auf den Beifahrersitz. »Wenn wir uns nicht beeilen, sind die Rosen ausverkauft.«

Operation »Ausgetrickst«

»Dann bist du also schon seit halb fünf heute früh auf den Beinen – krass«, sagte Emma.

Theo unterdrückte ein Gähnen, während er über die Landstraße nach Brennerbach fuhr. »Oliver hat sich wirklich unglaublich viel Mühe gegeben, um Katie zu überraschen. Ich musste ihm einfach helfen. Wir waren erst im Garten und dann auf dem Großmarkt. Gut, dass du heute die erste Stunde frei hast, sonst wäre das echt eng geworden.«

»Er mag Mama wirklich, nicht wahr?«

»Ja, das tut er. Und ich denke, Katie empfindet das Gleiche für ihn.«

»Ich hätte mir nie träumen lassen, dass ich einmal miterlebe, wie meine Mutter einen Mann datet. Das ist irgendwie schräg.«

Theo warf Emma einen kurzen Seitenblick zu, bevor er sich wieder auf die Straße konzentrierte. »Irgendwie schräg ist, dass ich mit Katies Tochter über die Beziehung ihrer Mutter spreche. Aber du bist alt genug, dass man mit dir über solche Dinge reden kann.«

»Mensch, Theo, du machst mich ganz verlegen.«

»Sorry, aber das musste mal gesagt werden.«

»Aber noch mal zu dem Gartenprojekt von Oliver. Mama kommt doch heute Mittag aus Düsseldorf zurück. Nach der Messe wird sie bestimmt als Erstes in den Garten gehen.«

»Verdammt, du hast recht, Emma.« Theo schlug mit der flachen Hand aufs Lenkrad. »An allen normalen Tagen ist Katie am Nachmittag im Garten. Wenn sie heute zurück zur Pension kommt, war sie anderthalb Tage lang in Messehallen unterwegs. Ein Grund mehr, in den Garten zu wollen. Das ist schlecht, ganz schlecht. Wenn sie erst einmal ihren Garten betreten hat, kann Oliver seine Überraschung vergessen. Die ganze schöne Arbeit – alles umsonst.«

»Quatsch! Sie darf eben nicht in den Garten gehen, ganz einfach.«

»Und wie willst du das anstellen?«

Emma überlegte einen Moment. »Ich hätte da eine Idee. Bei uns in der Schule findet heute Nachmittag eine Theateraufführung statt. Ich hab Mama davon nichts erzählt, weil ich ja nicht teilnehme. Aber gestern gab es einen Aufruf, dass für eine Szene noch Statisten gesucht werden. Ich melde mich gleich für die Statistengruppe an, erzähle Mama am Telefon die Neuigkeit, und ich wette mit dir, dass sie natürlich ihre Tochter bei der Theateraufführung sehen möchte.«

»Uhh, ich wusste ja nicht, dass du so durchtrieben bist, Emma.«

»Nur, wenn es um eine gute Sache geht. Wenn das mit Mama und Oliver keine gute Sache ist, was dann? Du hast schließlich schon im Morgengrauen mitgeholfen.«

»Auch wieder wahr. Also gut, die Idee ist besser als alles, was mir bisher durch den Kopf gegangen ist. Bist du dir auch sicher, dass du das hinkriegst?«

»Hundertprozentig. Sorg du nur dafür, dass Oliver mit seinem Rosengarten rechtzeitig fertig wird. Die Theateraufführrung ist um siebzehn Uhr vorbei, wir werden also gegen halb sechs am Gutshof sein.«

»Ich richte das Oliver aus. So, und jetzt raus mit dir, sonst kommst du noch zu spät.« Theo bremste, hielt in zweiter Reihe, und Emma stieg aus. Bevor sie die Tür schloss, schaute sie noch mal zurück ins Auto. »Und, tanzt du heute auch in den Mai?«

»Ja, zum ersten Mal seit Jahren. Und du? Gibt es einen neuen Verehrer?«

»Nein, ich werde heute Abend mit meinen Freundinnen *Notting Hill* anschauen, das reicht mir.«

»Klingt doch gut. Ich wünsche dir viel Spaß. Und Emma ...«

»Ja, Theo?«

»Danke, dass du Oliver hilfst.«

»Ich finde, Mama hat ein Recht, glücklich zu werden.« Emma schlug die Autotür zu und rannte zur Schule.

»Ja, Katie hat ein Recht darauf, glücklich zu werden.« Und das sagte Theo ohne jedes Bedauern.

***

»Es ist natürlich nur eine ganz, ganz kleine Statistenrolle, hat sich heute Vormittag erst ergeben. Wahrscheinlich sieht man mich in der Menge auf der Bühne gar nicht.«

»Aber das ist doch toll! Weiß du was, ich komme ja auf dem Rückweg an Brennerbach vorbei. Ich werde im Publikum sitzen.«

»Nee, Mama, das musst du nicht. Ich ...«

»Keine Widerrede, ich habe dich noch nie bei einer Schulaufführung gesehen, gönn mir den Spaß.«

»Das wäre natürlich klasse. Wir könnten hinterher zusammen nach Hause fahren. Ich bin heute Abend allerdings mit Maja, Michi und Sarah verabredet.«

»Schön. Oliver hat gefragt, ob wir essen gehen wollen. Aber erst sehen wir uns in der Aula.«

»Geht klar, Mama. Bis später dann.«

Emma beendete das Telefonat, ihre drei Freundinnen standen um sie herum. Natürlich hatte Emma ihnen von ihrem Plan erzählt.

»Und, wird sie kommen?«, fragte Maja.

»Jep. Und ihr seid sicher, dass das mit der Statistenrolle keinen Ärger gibt?«

»Ganz sicher«, erwiderte Sarah, »du hast doch selber gestern die Biedenmeier gehört. Die Magen-Darm-Grippe hat die halbe Statistencrew dahingerafft. Unsere Theatergruppe ist dankbar für jeden, der mit auf die Bühne kommt.«

»Okay, dann kann ›Operation Ausgetrickst‹ ja starten.« Emma hakte sich bei ihren neuen Freundinnen unter, und alle vier gingen beschwingt über den Schulhof zur Aula.

If you don’t know me by now

»Bist du soweit?« Oliver tigerte im Wohnzimmer auf und ab.

»Ja-haa«, antwortete Katie aus dem Badezimmer. »Gleich! Bin fast fertig! Du wirst staunen.«

Katie trat ins Wohnzimmer. Sie hatte nicht zu viel versprochen. In ihrem leuchtend grünen, knielangen Satinkleid sah sie einfach umwerfend aus. In jeder Hand hielt sie ein Paar Schuhe, links die Riemchensandalen aus Wildleder, rechts die hochhackigen grünen Stiefel.

»Welche soll ich anziehen? Du musst entscheiden. Das hast du jetzt davon, du willst mir ja einfach nicht verraten, wo wir essen gehen. Also? Sandaletten?«. Linke Hand. »Wird es warm genug sein? Ist das Restaurant geheizt?« Die rechte Hand mit den Stiefeln ging hoch. »Oder lieber die hier? Die passen gut zum Kleid. Damit kann ich notfalls auch auf Kopfsteinpflaster ein paar Schritte gehen. Und sie sind wärmer.«

»Definitiv die da.« Oliver zeigte auf die Stiefel. Während Katie in die Stiefel schlüpfte, ging er noch schnell zur Flurgarderobe und griff nach einem orangenen Pashminaschal. »Und jetzt lass uns gehen, sonst kommen wir zu spät.«

Sein Auto stand schon vor der Tür. Er öffnete die Beifahrertür und ließ Katie einsteigen. Beim Losfahren sagte er: »Machst du die Augen zu? Ich sag dir, wenn du wieder gucken kannst. Wie gesagt, es ist eine Überraschung.«

Gehorsam schloss Katie die Augen. Oliver lenkte den Wagen auf die Straße, drehte eine Runde durch den Ort, um dann wieder zur Pension zurückzufahren. Es wurde schon dämmerig. Dieses Mal hielt er nicht vor dem Haus, sondern fuhr so dicht wie möglich an Katies Garten heran.

»So, jetzt aussteigen, Augen nicht aufmachen. Ich helfe dir. Genau so. Jetzt musst du ein paar Schritte geradeaus gehen.« Ihre Schritte knirschten auf dem unbefestigten Weg.

»Oliver, was wird das? Wo sind wir?«

»Nur noch zehn Schritte. So. Gibst du mir deine Hand?« Sie standen genau vor dem weißen Gartentor.

Sie streckte ihm ihre rechte Hand hin. Er nahm sie und legte sie behutsam auf die raue Holzkante.

»Wir sind da. Du kannst jetzt die Augen aufmachen.«

Irgendwo sang eine Amsel ihr Abendlied. Oliver öffnete das Gartentor und ließ Katie den Vortritt.

»Oh«, hauchte sie voller Entzücken. Sie blieb stehen. Vor ihnen lag ein magisch schöner Garten, voll von blühenden Rosen. In der Nähe des Gartentors fing es mit weißen vielblütigen ungefüllten Rosen an. Eine ganze Reihe von Zinkeimern bildete eine Allee, die auf das neue Beet zuführte. Dahinter erstreckte sich das Rosenbeet. Auch hier hatte Oliver üppige Rosensträuße in grünen emaillierten Eimern überall zwischen den noch kahlen Pflanzen verteilt. Katie beugte sich hinunter, um eine der Pflanzen näher anzusehen. Ihre Fingerspitzen berührten das ovale Emailleschild, das Oliver daneben in den Boden gesteckt hatte. »Louise …«, murmelte sie. Dann richtete sie sich auf, wandte sich mit einem strahlenden Lächeln zu Oliver um und fiel ihm um den Hals. »Ich habe keine Ahnung, wie du das geschafft hast, aber es ist … so wunderschön. Danke.«

Den neuen Rosenbogen hatte Oliver mit einer Lichterkette umschlungen, deren winzige Lichter in der beginnenden Dämmerung gerade eben zu erahnen waren.

»Komm«, raunte er. »Da geht es noch weiter.« Auf der anderen Seite des Rosenbogens wartete ein kleiner runder Tisch mit einer weißen Tischdecke, die bis zum Boden herabreichte. Zwei kleine Bistrostühle mit rosenbedruckten Sitzkissen und weichen Wolldecken. Auf dem Tisch flackerten Kerzen in einem dreiarmigen Leuchter. Zwei Kristallgläser. Ein Sektkühler, in dem eine Flasche Rieslingsekt wartete. Mit geübten Handgriffen öffnete Oliver die Sektflasche und schenkte ein.

Er reichte Katie ein Glas und stieß mit ihr an.

»Auf uns, mein Schatz.«

Sie tranken.

»Ach Oliver, woran du alles gedacht hast.«

»Das war noch nicht alles. Wollen wir in den Mai tanzen, Katie?«

Er nahm ihr das Glas aus der Hand. Ein Knopfdruck, und aus einem versteckten Lautsprecher ertönte Musik. Auch daran hatte er gedacht.

Harold Melvin and the Blue Notes, eine von Katies Lieblingsgruppen, sangen *If you don't know me by now.* Ein wundervoller Walzer an einem lauen Frühlingsabend. Oliver nahm sie in den Arm, und sie begannen inmitten von blühenden Rosen zu tanzen.

***

Katie fühlte sich wie in einem Traum. In dem sanften Abendwind lag der Duft unzähliger Rosen. In der beginnenden Dunkelheit war hier nur noch ihr Garten – und Oliver.

Es blieb nicht bei dem einen Tanz. Als die letzten Takte verklungen waren, blieben sie eng umschlungen stehen.

»Katie Sheridan, willst du meine Frau werden?«

Katie schaute in das warme Blau seiner Augen und wusste in diesem Moment, dass es auf diese Frage für sie nur eine einzige Antwort geben konnte.

»Ja, Oliver, ich will.«

ENDE

Anhang: Katies Gartentipps für einen Rosengarten

Rosen – sind sie robust oder doch eher eine Diva im Beet? Die Antwort darauf ist ein klares »Es kommt darauf an«.

Wer mit dem Gedanken spielt, den Rosen einen eigenen Gartenbereich zu widmen, kann mit so einer Aussage leider nichts anfangen. Wir lassen daher wieder einmal Katie Sheridan zu Wort kommen.

Wie sucht man die perfekte Rosensorte aus?

Die eine perfekte Rosensorte gibt es nicht, dafür ist die Auswahl viel zu groß: Farben von Weiß über Gelb, Orange und Hellrot bis hin zu fast schwarzem Burgunderrot. Duftende Rosen. Rosen, die nur einmal im Jahr blühen oder solche, die den ganzen Sommer immer wieder neue Knospen bilden. Niedrige Bodendeckerrosen, große Büsche oder Kletterrosen, die mehrere Meter hoch wachsen können.

Wo kauft man Rosen?

Wer das Glück hat, vor Ort eine Gärtnerei zu haben, ist hier am besten beraten. Die Rosen, die dort großgezogen wurden, sind ideal an das örtliche Klima angepasst. Damit erspart man sich unliebsame Überraschungen.

Alle anderen finden im Versand wunderschöne Sorten in großer Auswahl. Die meisten Rosenzüchter haben sehr gute Online-Shops, wo alle Sorten und ihre Eigenschaften genauestens beschrieben werden. Bei Sonderangeboten aus dem Supermarkt oder aus dem Baumarkt ist dagegen Zurückhaltung angebracht. Man kann nicht sicher sein, ob die Pflanzen vor dem Kauf sachgemäß gepflegt wurden. Kann gut gehen, muss aber nicht.

Wann kann man Rosen pflanzen?
Hier gibt es zwei Möglichkeiten: Containerrosen, also solche, die mit Wurzelballen in einem Topf angeboten werden, können praktisch das ganze Jahr über gepflanzt werden. Der Vorteil ist, dass hier sofort etwas zu sehen ist. Eine blühende Rose ins Beet gesetzt, Wasser dran, fertig! Instant gardening.

Die andere Möglichkeit sind wurzelnackte Rosen, also solche ohne Erde, diese setzt man im Frühjahr oder im Herbst in den Boden. Oft ist hier die Auswahl größer und der Preis niedriger als bei den eingetopften Rosen. Allerdings kauft man sozusagen die Katze im Sack, zu sehen ist nämlich erst mal nicht viel. Die Wurzeln sind im Boden, und alles, was dann noch herausschaut, sind ein paar blattlose Triebe. Diese Erfahrung müssen auch Oliver und Theo machen und sind von dem Effekt wenig begeistert.

Was kann man tun, um prächtige, gesunde Rosen zu haben?
»Die Rose ist eine Zicke.« Stimmt es, was Oliver in diesem Roman sagt? Nur bedingt. Wenn man Rosen gut behandelt, sind sie robuste und dankbare Gartenbewohner. Phasen von Hitze und Trockenheit überstehen sie dank ihrer tiefreichenden Pfahlwurzeln erstaunlich gut. Was sie überhaupt nicht mögen, sind nasse Blätter bei wenig Wind.

Ein guter Rosendünger ist ein Muss, die Rose wird sich mit kräftigem Wachstum und reichen Blüten dafür bedanken.

Und was sagt Barbara Erlenkamp?
Bei uns gedeihen die Rosen am besten zwischen den anderen Blumen. Dabei folgen wir keinem bestimmten Gestaltungskonzept, sondern vor allem dem Prinzip »Wo ist denn noch

Platz«? Wir achten natürlich darauf, ob die Blütenfarben der neuen Nachbarn zusammenpassen, aber das war's dann auch schon.

Lange Zeit waren wir der Meinung, dass Rosen bei uns einfach nicht gedeihen. Wir haben kein Händchen für Rosen, daher gibt es kaum Blüten, dachten wir. Bis wir dahintergekommen sind, dass die Rehe aus dem nahen Wald daran schuld waren. Die sind nämlich wahre Feinschmecker, und frische Rosenknospen, noch nicht ganz geöffnet, gehören zu ihren Leibspeisen. Ein geeigneter Zaun rund um den Garten schafft in dem Fall Abhilfe … meistens.

Katies Gartenbücher

Werfen wir zum Schluss noch einen Blick in Katies Gartenbibliothek. Sie würde auf jeden Fall diese Bücher empfehlen:
Alan Titchmarsh: How to Garden – Growing Roses
Tony Hall: The Kew Gardener's Guide to Growing Roses
Brigid Quest-Ritson, Charles Quest-Ritson: RHS Encyclopedia of Roses

Happy gardening!

Danksagungen

Wenn Sie diesen Text lesen, haben Sie wahrscheinlich den dritten Band unserer kleinen Reihe rund um Katie Sheridan und ihre Pension im Weinberg ausgelesen. Hat es Ihnen gefallen? Wir hoffen das sehr. Wir möchten uns bei unseren Leserinnen und Lesern bedanken: für die Begeisterung, mit der unsere Geschichten aufgenommen werden, für das positive Feedback, für das Lob, das wir über E-Mails, Posts und Rezensionen bekommen. Wird es weitere Geschichten aus der kleinen Pension im Weinberg geben? Wer weiß …

Auch diesmal war das beHEARTBEAT-Team von Bastei Lübbe, Stephan Trinius und Anna-Lena Meyhöfer, an unserer Seite – herzlichen Dank für eure Begleitung, es ist eine tolle Zusammenarbeit.

Erst gemeinsam mit unserer Agentin Anna Mechler werden unsere Buchideen Wirklichkeit. Okay, das schreiben wir so gut wie in jedem Buch, aber nur, weil es die reine Wahrheit ist. Ganz lieben Dank, Anna.

Auch bei diesem Buch hat Dr. Clarissa Czöppan das Lektorat übernommen. Mittlerweile vertrauen wir blind auf ihr Urteil, und es macht riesigen Spaß, mit ihr zusammenzuarbeiten. Lieben Dank, Clarissa, für die großartige Arbeit!

Die Liebe findet dich, wenn du es am wenigsten erwartest

Antonia Sommer
FÜR IMMER INSELWIND
Ein Norderney-Liebesroman

276 Seiten
ISBN 978-3-7413-0413-2

Auf der Insel Norderney führt Raik nach dem Tod seiner Eltern den Fahrradladen seiner Familie und kümmert sich um seine vier jüngeren Geschwister. Bei so viel Verantwortung bleibt keine Zeit für Beziehungen. Und aus Prinzip lässt er sich nicht auf Touristinnen ein. Doch als er Svea kennenlernt, wirft er seine Vorsätze über Bord. Was als Urlaubsflirt beginnt, entwickelt sich schon bald zu echten Gefühlen. Aber Sveas Leben ist ein einziges Chaos. Und ein Anruf von Raiks Ex-Freundin stellt alles gehörig auf den Kopf ...

Lesejury